Ce patron interdit

Un nouveau bonheur pour Eliza

SUSANNAH ERWIN

Ce patron interdit

Traduction française de
JOËL MALLET

PASSIONS

HARLEQUIN

Collection : PASSIONS

Titre original :
WHO'S THE BOSS NOW?

HARPERCOLLINS FRANCE
83-85, boulevard Vincent-Auriol, 75646 PARIS CEDEX 13
Service Lectrices — Tél. : 01 45 82 47 47 - www.harlequin.fr
ISBN 978-2-2804-6753-7 — ISSN 1950-2761

Composé et édité par HarperCollins France.
Imprimé en février 2022 par CPI Black Print (Barcelone)
en utilisant 100% d'électricité renouvelable.
Dépôt légal : mars 2022.

FSC www.fsc.org MIXTE Papier issu de sources responsables FSC® C159065

Pour limiter l'empreinte environnementale de ses livres, HarperCollins France s'engage à n'utiliser que du papier fabriqué à partir de bois provenant de forêts gérées durablement et de manière responsable.

À Nia, Isabel et Marie, les meilleures critiques et amies dont une autrice puisse rêver.

- 1 -

Entrer par effraction dans le cellier privé de Saint Isadore ne présentait aucune difficulté. La petite porte à l'arrière du manoir, légèrement bloquée faute d'avoir servi pendant tant d'années, conduisit directement Marguerite Delacroix au sous-sol. Ressortir s'avérerait autrement plus compliqué cependant…

Elle tenta de soulever les deux caisses à ses pieds, en vain, et frotta ses bras endoloris en cherchant un moyen de repartir en vitesse. Ce qui lui avait paru un plan infaillible à 23 heures après une bouteille de carménère ou deux partagées avec sa meilleure amie, Aracely Contreras, finit par révéler de nombreuses failles deux heures plus tard. Les caisses pesaient bien trop lourd. Notamment pour les acheminer d'un seul coup en haut des marches. Il lui aurait fallu la nuit entière.

La torche de son téléphone allumée, elle pivota maladroitement dans la fraîcheur du cellier humide aux murs chargés d'étagères. Cela lui confirma uniquement ce qu'elle savait déjà : il ne lui restait plus que l'ascenseur, solution plus risquée.

Elle soupira. Forcément, les choses allaient se compliquer. Rien n'était jamais facile à Saint Isadore.

L'enfance de Marguerite avait été bercée par les fabuleux exploits de ses ancêtres, les Delacroix, génies de la viniculture. Elle descendait de la branche venue en Californie lors de la ruée vers l'or et qui s'était mise à produire du vin pour la population grandissante de la région. Grâce à l'expansion phénoménale de l'un des vignobles, le manoir de Saint Isadore avait vu le jour construit dans l'esprit des châteaux de la Loire. Désormais, il s'agissait d'un des derniers domaines aussi anciens à Napa.

La cave avait survécu au phylloxera qui avait ruiné les vignerons des environs et avait bravé les eaux troubles de la prohibition par le biais d'emballages astucieux et d'un peu de contrebande. Malgré tout, Saint Isadore avait failli péricliter quand deux frères en avaient hérité après la Seconde Guerre mondiale et s'étaient disputé les droits d'exploitation. En fin de compte, l'un avait conservé la cave, et l'autre les terres.

Les deux branches de la famille étaient restées en froid jusqu'au jour où le père de Marguerite était devenu propriétaire et avait revendu l'exploitation à feu Linus Chappell. Marguerite avait supplié ses parents de la laisser reprendre le flambeau, mais ils s'intéressaient très peu à ce secteur d'activité, et une retraite anticipée en Arizona leur faisait de l'œil. À la fin de sa troisième année d'université, elle avait découvert que, pour la première fois depuis leur création, les terres n'appartenaient plus à un Delacroix.

Or, même cette réunification ne parvint pas à rendre ses lettres de noblesse à Saint Isadore. Plus les vignobles du nord de la Californie accueillaient de touristes, plus le domaine semblait sombrer dans la déliquescence.

De nouveaux équipements étaient bien apparus avec le temps, mais l'ascenseur datait encore des années 1930. Il brillait autant par son charme Art déco et ses ornements complexes que par ses grincements et craquements.

La salle des machines se trouvait sous les quartiers du propriétaire et bourdonnait, vibrait en vérité, même à travers autant de murs et de planchers. La famille n'aurait changé l'appareil pour rien au monde. Il servait également d'alarme si quelqu'un cherchait à accéder à la réserve privée de crus rares et expérimentaux.

Au moins, la machine fonctionnait sans problème. De toute manière, qui l'entendrait ? Linus était décédé six mois plus tôt sans laisser de testament. Ses biens avaient alors été redistribués entre ses deux petits-neveux qui n'avaient pas attendu pour mettre toute l'exploitation sur le marché. Un grand magnat de la Silicon Valley avait acquis Saint Isadore et, d'après la rumeur locale, il n'avait pas encore emménagé. Et la rumeur locale savait de quoi elle parlait. Il était devenu une source intarissable de ragots, en partie en raison de son statut de célibataire diablement charmant.

Dès la fin du dépôt fiduciaire, les vigiles engagés par les petits-neveux s'étaient envolés. Cela laissait donc à Marguerite une minuscule fenêtre d'action dont elle comptait bien profiter.

Elle maintint la porte extérieure en bois de l'ascenseur ouverte grâce à une cale, tira le rideau d'acier ornementé, puis commença à charger la petite cabine. Elle ne mettrait sans doute plus jamais les pieds ici. Saint Isadore finirait en résidence de luxe, apparemment. Ses poumons se comprimèrent en y repensant.

Elle considéra le bon côté des choses, elle pourrait sauver le vin. Son vin. Celui qu'elle avait créé dans l'espoir de rendre leurs lettres de noblesse aux Delacroix. La plupart des bouteilles étaient inaccessibles, mais Linus avait exigé de conserver un échantillon de chaque cuvée au sous-sol du manoir. Aujourd'hui, au bout de huit ans,

Marguerite ne possédait rien d'autre que ces bouteilles. Huit années à se consacrer corps et âme à son travail pour une simple poignée de main : Linus la paierait quinze pour cent de son salaire ; le restant servirait à rembourser le vignoble originel afin que Marguerite puisse produire son vin sous la houlette de Saint Isadore. Elle n'allait pas laisser le nom des Delacroix sombrer dans l'oubli.

Et elle avait presque atteint son but ! Elle avait versé la dernière traite le jour de son anniversaire, par le plus grand des hasards, et Linus lui avait promis de s'occuper de la cession. Mais une attaque cardiaque avait eu raison de lui et, après son enterrement, impossible de trouver le livre de comptes où il avait noté la lente progression de Marguerite. Lorsqu'elle avait tenté de négocier avec ses petits-neveux, ils lui avaient ri au nez et avaient appelé la police pour la chasser.

Ce vin qu'elle avait fabriqué était tout ce qu'il lui restait. Plutôt mourir que le voir pourrir au sous-sol ou, pire encore, laisser quelqu'un le détruire. Elle ramassa la dernière bouteille. La sueur perlait sur son front malgré la fraîcheur ambiante. Elle s'essuya le visage d'un geste, les odeurs de vin ancien et de vieille pierre accrochées à la manche de son T-shirt trop large. Elle s'épousseta les mains sur son jean avant d'appuyer sur le bouton du rez-de-chaussée. L'entrée se trouverait tout près. Aracely se tenait prête quelque part, à l'affût d'un appel de Marguerite. Elles chargeraient le vin dans une camionnette et prendraient la fuite.

Mais où irait-elle, en vérité ? La seule vie que Marguerite eût jamais connue orbitait autour de Saint Isadore. Elle rêvait uniquement de rester là pour toujours, et son accord avec Linus aurait dû le lui permettre.

Marguerite réprima des larmes. Le domaine lui avait

causé bien trop de peine, mais elle ne se sentait chez elle nulle part ailleurs. Et, désormais, ce riche informaticien se trouvait sur le point de tout gâcher.

Evan Fletcher se frotta les yeux. Lorsqu'il les rouvrit, les chiffres sur l'écran de son ordinateur portable n'avaient pas bougé. Ils annonçaient de sombres présages.

Quand il avait autorisé sa conseillère financière à acheter Saint Isadore, il s'était réjoui d'apprendre que l'exploitation serait livrée tout équipée et la résidence principale entièrement meublée. Puis, lorsqu'il était arrivé pour inspecter les lieux quelques jours plus tôt, il s'était rendu compte que les belles photos prises au crépuscule cachaient une myriade d'imperfections et d'usures. Néanmoins, Saint Isadore demeurait fonctionnel et donc idéal. Tout le reste tenait de l'esthétique.

— J'adorerais te dire que je t'avais prévenu, mais il est tard, et j'aimerais ne pas perdre un client, ironisa sa conseillère à l'autre bout du téléphone avant de réprimer un bâillement.

— Aucun problème, Pia. Fais-toi plaisir. Ça m'apprendra à t'appeler à cette heure. Je pensais tomber sur ta boîte vocale.

— J'ai vite compris que, si je ne te réponds pas tout de suite, tu arrives toujours à t'enfoncer plus profondément encore le temps que je te rappelle… Comme quand tu as fait une offre d'achat pour un vignoble sans même l'avoir vu.

— La prochaine fois, je te téléphone aux heures de bureau. Je n'ai pas eu un seul moment de calme aujourd'hui, entre mon arrivée ici et une énième catastrophe.

— Je croyais que les choses s'apaisaient petit à petit.

— Tout dépend du point de vue.

Evan était le patron et fondateur de Medevco, une start-up informatique à l'essor fulgurant spécialisée dans l'intelligence artificielle pour appareils médicaux. Sa société avait atteint la valeur d'un milliard de dollars l'année passée, s'attirant ainsi le titre de licorne au cœur de la Silicon Valley, car de telles entités demeuraient rares et intrigantes. Néanmoins, croissance rimait avec problèmes en puissance. Des problèmes onéreux et nombreux…

Il remit de l'ordre dans ses idées. Une crise potentielle à la fois. Pour l'heure, il devait s'occuper de Saint Isadore.

— Merci d'éplucher les comptes du domaine avec moi. Dis bien à Luisa que je lui revaudrai de te garder éveillée si tard.

— Comme si le temps signifiait encore quoi que ce soit depuis l'arrivée du bébé, s'esclaffa-t-elle. Ne t'inquiète pas. Elle n'aura pas besoin de se lever cette nuit, ça lui suffit. Après, si tu culpabilises vraiment, envoie-nous une caisse de chardonnay… D'une autre cave.

— Très drôle, répliqua Evan en riant. Tu verras, à la même saison, l'an prochain, tu me supplieras à genoux pour une toute petite bouteille de chez Saint Isadore.

— On parle d'un secteur tout à fait différent de l'informatique, et tu as racheté un domaine qui produisait en capacité réduite même avant le départ des anciens. N'espère pas jouer au roi Midas, cette fois-ci.

— Serait-ce un défi ?

— Tout dépend de tes attentes, mais, je te connaissais, elles sont colossales.

Evan se gratta la nuque sans un mot. Les jeunes mamans n'avaient pas besoin de stress inutile.

— J'ai entendu, fit remarquer Pia.

— Entendu quoi ?

— Ce mutisme révélateur.

— Le grand sommet international aura lieu à Napa cette année.

Pia poussa un long soupir.

— Par pitié, ne me dis pas ce que tu essaies de me dire.

— Les organisateurs ont vu que j'achetais un domaine et m'ont demandé si je voulais accueillir le gala de lancement. Bien entendu, j'ai accepté.

— Evan, il y aura les plus grands chefs d'entreprise de la planète, maugréa Pia.

— Tout ira bien.

— C'est parce qu'Angus Horne filtre tes appels ?

— Me crois-tu capable d'acheter un vignoble et toute l'exploitation simplement pour piéger un potentiel investisseur féru de vin ? répliqua Evan en riant.

— Tu t'approprierais la lune si ça te permettait de charmer Horne. N'oublie pas que quand, toi, tu refuses de surveiller tes comptes, moi, je m'en charge à ta place. Lis entre les lignes, Evan. Comme presque tout ton capital est lié à Medevco, l'achat de Saint Isadore a fortement affaibli tes fonds personnels.

— Le domaine est une source de revenus, assura-t-il en l'entendant taper sur son clavier.

— Des revenus, oui, pas nécessairement des profits. Sans compter tout ce que tu devras investir dedans. Tu peux activer la machine à perte un an sans que je me fasse de cheveux blancs.

— Je ferai de mon mieux.

Il avait engagé Pia en raison de sa prudence. Seulement, Evan n'avait pas revendu trois compagnies et fondé Medevco avant ses trente ans sans se fier à son propre jugement et à son talent. Pia parlait de « jouer au roi

Midas », lui préférait voir cela comme une prise de risque innovante mêlée à un don inné pour limiter les pertes.

— Merci encore. Et essaie de te reposer avant que le bébé ne se réveille.

Il raccrocha et s'appuya contre le dossier de son fauteuil. Au moins, la maison semblait propre, l'eau chaude fonctionnait, ses cheveux n'avaient d'ailleurs pas encore entièrement séché, et on avait livré les nouveaux lits dans la soirée.

Il se leva pour s'étirer, bien décidé à découvrir si le matelas était aussi confortable qu'il le promettait, quand un bourdonnement provoqua une trépidation dans le parquet éraflé.

Il parcourut la pièce du regard. La vie en Californie lui avait vite appris à repérer l'endroit le plus sûr pour attendre la fin d'un séisme. Cependant, le tremblement ne s'accentua pas ni ne s'arrêta. Une vibration constante. Un bruit de machine.

Mais oui ! L'ascenseur. Celui relié au cellier privé loin sous terre. Son cœur se calma.

Puis son pouls s'accéléra de nouveau. Personne d'autre n'était éveillé dans la maison. Tout le monde dormait depuis longtemps. Il ne croyait pas aux fantômes, malgré certains bibelots dignes d'un manoir hanté. L'ascenseur datait du début du siècle dernier, il devait sans doute mal fonctionner.

Il souffla. Autant vérifier. Avec tous ces problèmes, mieux valait éviter un incendie dû à une installation électrique défectueuse. Il passa près de l'arche de la cuisine. Du coin de l'œil, il repéra une poêle en fonte. Il la saisit. Juste au cas où les fantômes existeraient bel et bien, et viendraient armés.

L'ascenseur s'arrêta. Marguerite appuya sur le bouton d'ouverture et tira sur la grille d'acier. Elle prit trois bouteilles dans ses bras, puis poussa la porte en bois avec le dos. Mission accomplie. Personne ne saurait jamais pour sa visite nocturne. Elle se redressa et se retourna…

… pour tomber nez à nez avec un homme à moitié nu, une poêle levée dans sa direction.

Marguerite cria. Deux bouteilles lui échappèrent. Elles s'écrasèrent dans un bruit sourd sur le linoléum usé de l'ascenseur. Ses instincts prirent le dessus en une fraction de seconde malgré son esprit embrumé par la peur panique. Elle saisit la troisième par le goulot, la porta à son épaule comme une batte de base-ball. Et elle frappa.

L'inconnu se protégea le visage derrière sa poêle. Le fracas du verre contre la fonte retentit dans la pièce. Puis, le flot de liquide froid sur les mains de Marguerite la ramena à la réalité. Elle cligna rapidement des yeux, encore surchargée d'adrénaline.

— Oh ! non. Non, non, non, non !

Qu'avait-elle fait ? Tout son dur labeur, son lien avec Saint Isadore, tachait désormais le sol. Elle mit immédiatement la bouteille à la verticale, bouchon vers le bas. Elle avait bien perdu le tiers du vin. Elle pouvait sauver le reste. Peut-être. Ses pensées s'emmêlèrent, en quête d'une solution.

L'homme baissa alors les bras. Marguerite en avait oublié sa présence. Ils s'observèrent le temps d'un battement de cœur, leurs poitrines soulevées à l'unisson. Ainsi, elle rencontrait le nouveau propriétaire diablement charmant. Elle reconnut la mâchoire carrée parsemée d'une barbe de trois jours et les sourcils épais qui surlignaient son regard perçant. Or, ni les photos dans les médias ni les potins ne rendaient hommage à ses larges épaules ou à son charisme, même dans ce simple pantalon de jogging serré avec négligence autour de ses hanches fines. De plus, c'était elle l'intruse ici, pas lui.

— Allez-vous me frapper avec ce truc ? lança-t-elle en désignant la poêle.

Il réfuta d'un signe de tête, comme s'il cherchait ses mots.

— Non, mais c'est quoi ce bazar ? cria-il alors. Qui êtes-vous ?

— Je vais tout vous expliquer.

S'il semblait furieux, à raison, Marguerite avait bien plus urgent à régler.

— Mais, d'abord, il me faut une bouteille. Un récipient. N'importe quoi.

Elle tenta de le contourner, mais il l'attrapa par le bras. Sa poigne solide la réchauffa après le froid du cellier. Du vin éclaboussa son T-shirt, et Marguerite réprima un petit cri. Elle ne parviendrait pas à se libérer. Pas sans gaspiller les restes de son cru… ni sans abandonner les autres bouteilles.

— Et puis quoi encore ? gronda-t-il. Parlez. Tout de suite.

— Lâchez-moi d'abord.

Les sourcils de l'homme s'arquèrent très haut.

— Vous lâcher ? Vous avez essayé de m'assommer, madame !

— C'est vous qui m'avez menacée le premier ! argua-t-elle en pointant la poêle du menton. Mais vous avez raison. Pardonnez-moi. Vous m'avez fait peur.

— C'est vous qui êtes entrée chez moi par effraction.

— Techniquement, je m'apprête à sortir de chez vous. Ce que je ferais avec plaisir, mais, je vous en prie, il me faut de quoi sauver ce vin.

Elle croisa alors son regard pour la première fois. Ses yeux luisaient dans la faible lumière. Elle avala sa salive.

— S'il vous plaît…

Il se rembrunit de plus belle, mais sa poigne se relâcha ; elle put se libérer et l'esquiver d'un geste vif avant de s'enfuir vers la cuisine en prenant la porte cachée par du papier peint. Elle y trouverait bien quelque chose.

Mais la chaleur des doigts de l'homme lui picotait encore la peau.

Evan sourcilla. La voleuse… Venait-elle de s'enfoncer dans le mur ? Que se passait-il, enfin ?

Il observa les bouteilles dans l'ascenseur. Elles ne portaient pas d'étiquette. Quelqu'un semblait avoir simplement écrit sur le verre. La cave renfermait des vins rares très onéreux. N'importe quel cambrioleur aurait jeté son dévolu sur ces crus-là. À quoi jouait donc cette femme ?

Il tâtonna le pan de mur où elle avait disparu et trouva la porte, légèrement entrouverte. Il revit alors l'agent immobilier lui parler avec enthousiasme de passages secrets. Evan avait cru à de l'esbroufe commerciale, une tentative de vendre un escalier caché ou un grenier comme une merveille architecturale. Mais non. Le manoir offrait bel et bien des couloirs dérobés. Et son invitée nocturne les connaissait.

Il tendit l'oreille. Le bruit le conduisit à une autre porte. En la franchissant, il se retrouva de nouveau dans la cuisine, espace caverneux aux meubles dignes d'une sitcom des années 1950. Des placards étaient ouverts, la bouteille brisée trônait tête à l'envers dans l'égouttoir près de l'évier en inox.

La cambrioleuse, affairée à fouiller partout, lui lança un regard par-dessus son épaule.

— Où gardez-vous les carafes ? Linus les rangeait ici. Les avez-vous déplacées ?

Evan chercha son téléphone dans ses poches, déjà prêt à appeler la police. Rien. Il avait dû le laisser dans le bureau.

— Ça suffit. Qui êtes-vous ? Que fabriquez-vous ici ?

Elle se tourna alors. Il put enfin la voir en pleine lumière. Des cheveux de jais noués en un chignon en bataille. La peau pâle, presque livide sous son T-shirt noir et son jean moulant sombre. Son pantalon soulignait d'ailleurs de longues jambes fines et des courbes douces, mais son haut cachait le reste de ses formes. Evan se força à ne plus la déshabiller sur place. D'après sa froideur de mort, elle l'avait surpris en train de fantasmer.

— Les carafes ? insista-t-elle.

— Vous ne semblez pas comprendre qui je suis ni la situation dans laquelle vous vous trouvez. C'est moi qui pose les questions.

Ses lèvres vrillèrent.

— Oh ! je comprends très bien. Vous êtes le nouveau propriétaire de Saint Isadore. L'informaticien. Toute la vallée se demandait quand vous débarqueriez mais, en vérité, je ne pensais pas vous trouver sur place. En fait, j'aurais parié que vous ne viendriez jamais. Revenons-en aux carafes. Les avez-vous rangées dans le garde-manger ?

Il fit non de la tête, troublé. Il chercherait un sens à ses paroles plus tard.

— Je n'ai rien rangé nulle part. J'ai à peine mis les pieds dans cette pièce.

Elle lorgna la poêle dans sa main et arqua un sourcil.

Il reposa l'ustensile sur le brûleur noirci de la vieille gazinière. Il ne pensait pas en avoir besoin face à elle.

— Sauf pour attraper ça. Vous, en revanche, semblez bien connaître la maison. Qui êtes-vous ?

— Peut-être que, si vous aviez inspecté la cuisine comme vous reluquez les femmes, vous seriez moins perdu chez vous.

Derrière son ton léger, elle gardait la tête haute comme une reine lors de son discours annuel à ses sujets.

— Je m'assurais seulement de pouvoir décrire en détail qui s'était introduit chez moi quand la police arrivera.

— Je ne suis pas entrée par effraction, en vérité, précisa-t-elle en examinant un autre placard. J'ai une clé. En général, on change les serrures quand on déménage, vous savez.

Elle avait la clé ? Et une surprise de plus au sujet de sa voleuse.

— Je ne vous ai pas invitée, c'est donc un cambriolage.

— En Californie, je crois qu'on parlera simplement de violation de propriété, ajouta-t-elle en attrapant une petite cruche en plastique, rayée et décolorée. Puis-je vous emprunter ça ?

— Je ne suis peut-être pas avocat, mais si les rediffusions de New York, police judiciaire m'ont bien appris quelque chose, c'est qu'il ne s'agit que d'une violation de propriété si vous n'aviez pas l'intention de commettre un délit. Le vin dans l'ascenseur atteste du contraire.

Elle traversa la cuisine et ouvrit les tiroirs les uns après les autres. En trouvant un tire-bouchon, elle poussa un petit cri de victoire.

— Je ne commets aucun délit. J'admets être entrée chez vous, mais je ne vole rien.

Sa voix se mourut quand elle souleva la bouteille brisée pour l'examiner.

— Ça a cassé net. Bizarre, je ne pensais pas avoir frappé si fort, commenta-t-elle en versant le vin avant de soupirer, les épaules relâchées. Voilà. J'aurais préféré qu'il gagne en maturité, mais au moins je pourrais y goûter.

Elle se tourna alors vers Evan.

— Merci pour votre patience. Et de ne pas avoir appelé la police. Je vous dois une explication…

Des lumières bleues et rouges illuminèrent la pièce au même moment, projetant des ombres agitées sur les murs. Des bruits de portières retentirent dans la foulée. La femme parut étonnée.

— Bon, vous les avez appelés, en fin de compte.

Evan fit non de la tête. Que se passait-il encore ?

— Je n'ai pas mon téléphone sur moi. Ne bougez pas. Je veux savoir ce que vous fabriquez chez moi.

Il fonça vers l'entrée, alluma dehors et ouvrit une des lourdes portes de bois. L'air frais de janvier s'invita à l'intérieur, mais Evan ne prêta attention qu'au véhicule de police dans l'allée. Deux hommes discutaient près de la voiture.

— Bonsoir, leur dit Evan, même si le jour se levait déjà. Un problème, messieurs ?

Le plus grand et le plus costaud se redressa.

— Rien de grave. Désolé de vous déranger.

Le plus petit des deux s'avança vers la maison. Evan distingua peu à peu son visage et reconnut son jeune frère.

— Nico, s'exclama-t-il tandis que son cadet le dépassait sans un mot. Qu'a-t-il fait ?

— Qui ça ? Nico ? Oh ! non, il n'a rien fait. Son amie conduisait en état d'ébriété. Votre frère est sobre, mais comme il n'avait pas de permis valide sur lui, on ne pouvait pas le laisser prendre le volant. Je finissais justement mon service et je lui ai proposé de le déposer.

— Avec les gyrophares ? s'enquit Evan, encore tendu par tant d'adrénaline.

La nuit devenait de plus en plus surréaliste. Le shérif l'ignora et leva la main.

— Bonjour, Marguerite.

— Bonjour, shérif Franks.

Evan se tourna pour voir la voleuse debout dans le hall, sous la lumière du lustre en fer forgé.

— Je croyais que vous aviez déjà déménagé, reprit l'agent de police.

La cambrioleuse, ou plutôt Marguerite corrigea Evan, lui adressa un regard. Il se tut, et elle prit une longue inspiration.

— C'est le cas.

Comme le shérif les observait tour à tour, Evan se rappela qu'il portait un simple bas de jogging. L'homme se contenta alors de hocher la tête.

— D'accord. Bon, je vais vous laisser.

— Merci d'avoir ramené Nico, lança Evan en rentrant. Marguerite, vous me devez encore des explications. Mais je dois d'abord discuter avec mon frère.

— Il est dans la cuisine. Il a l'air de mauvaise humeur. C'est pour ça que je suis venue vous trouver.

— Nico est toujours de mauvaise humeur, marmonna-t-il.

— Pourquoi ne pas m'avoir dénoncée au shérif ? demanda-t-elle en inclinant la tête, faisant tomber d'autres mèches de son chignon sur ses hautes pommettes.

Evan ne sut pas trop quoi répondre. Il se contenta de l'inviter à la suivre.

— Je m'occupe de mon frère, puis de vous.

Nico était assis à la grande table de chêne au bout

de la cuisine. Il avait pris une miche de pain et un pot gigantesque de beurre de cacahuète et buvait du…

— Oh ! non ! pesta Marguerite.

Elle se rua sur le jeune homme pour lui arracher la cruche vide des mains. Si Nico était rentré sobre, il semblait bien résolu à y remédier. Une goutte d'eau de plus dans un vase qui débordait déjà. Evan frappa violemment sur la table. Les deux autres levèrent les yeux sur lui.

— Tu ferais mieux de t'expliquer, ordonna-t-il à son cadet. Je t'ai vu aller te coucher.

— Je me suis relevé, répondit Nico sans ambages en se faisant une tartine.

Une mèche châtain lui retomba sur le front, mais Evan savait que Nico resterait tout aussi inexpressif.

— Une copine m'a invité à sortir. Elle est venue me chercher pendant que tu prenais ta douche.

— Tu pourrais prévenir.

— Tu l'oublies trop souvent, mais j'ai vingt et un ans, donc, non, affirma le jeune homme en croquant un bout de pain. Je t'ai écrit quand le shérif nous a contrôlés. Merci d'être passé me chercher, au fait. Ce n'était pas du tout gênant de rentrer à l'arrière d'une voiture de police.

Bon sang. Le téléphone d'Evan était resté dans le salon. Il ne l'avait pas consulté depuis qu'il avait commencé à éplucher ses papiers, quatre heures plus tôt.

— Il ne s'agit pas de moi, répondit-il enfin, mais de toi.

Nico sc contenta de manger.

— Qui est-ce ? s'enquit-il alors en désignant Marguerite.

— Ah, non, fit-elle en serrant la cruche contre sa poitrine. Laissez-moi en dehors de vos histoires. Je récupère mes affaires et je m'en vais.

— Par « mes affaires », vous entendez ces bouteilles de vin que vous me volez ? intervint Evan.

— Il reste du vin ? chantonna Nico. S'il est aussi délicieux que celui-là, alors j'en veux bien.

— C'est vrai ? demanda Marguerite.

Elle s'illumina de bonheur. Evan ne l'aurait jamais imaginée si rayonnante. Et il la trouva… grandiose. Il avait remarqué ses iris teintés de bleu foncé, tel un ciel après le crépuscule. Mais ils flamboyaient quand elle souriait.

— Il manquait de maturité, pourtant.

— C'était excellent, fit Nico en allant déposer son assiette dans l'évier.

— Merci, dit-elle en humant le fond de la cruche. Même si un expert y trouverait…

— Un peu trop de tanin, oui, et trop jeune. Mais l'équilibre des saveurs était parfait. Bref, bonne nuit.

Il s'en alla sans un mot de plus.

— Hé, je n'en ai pas terminé avec toi.

Evan s'apprêtait déjà à se lancer à ses trousses, mais Marguerite l'en dissuada d'un geste. Il baissa les yeux sur ses longs doigts posés sur son biceps.

Elle rougit. Elle se recula alors, puis se rendit à l'évier pour rincer la cruche.

— Laissez-le. Il cherchait le conflit, et il a réussi à me prendre de court. Accordez-lui cette petite victoire.

— Cambrioleuse et psychologue. Que de talents !

— Je ne suis ni l'une ni l'autre, le corrigea-t-elle en se redressant, les joues de plus en plus écarlates. Je suis viticultrice. Et je sais ce que c'est d'avoir son âge.

Elle semblait insinuer qu'Evan ne se rappelait plus sa jeunesse. Au fond, elle avait raison. À vingt et un ans, il dirigeait déjà sa première entreprise. Cependant, il n'avait pas besoin qu'une voleuse, aussi mystérieuse fût-elle, vienne lui remémorer ce fossé entre son frère et lui.

— Ne vous occupez pas de lui.

— D'accord, acquiesça-t-elle avec nonchalance. Bien, comme je le disais, je récupère mes affaires et…

— Vous ne m'avez toujours pas expliqué votre présence ici. Laissez-moi deviner. Vous vous prétendez viticultrice, ainsi j'imagine que vous avez fabriqué le vin que vous me vol…

— Je ne suis pas une voleuse !

— Que vous rendez à la nature, alors, reprit-il en mimant des guillemets avec les doigts. Il ne me semble pas avoir vu votre prénom dans la liste des employés. Je croyais que le chef de la fabrication s'appelait Calvin, ou Cassian ou…

— Casper Vos. Il travaille pour les caves Dellavina maintenant.

Un éclat d'acier durcit le regard de l'inconnue à cet instant.

— On dirait que vous ne l'appréciez pas beaucoup.

— La plupart des employés de Saint Isadore sont partis voir ailleurs, répondit-elle, ignorant sa remarque.

— Je m'en suis rendu compte, merci.

— Ils cherchaient déjà du travail avant la crise cardiaque de Linus, affirma-t-elle, amère. C'est peut-être pour le mieux, ce n'est pas la loyauté qui les étouffe.

— Contrairement à vous ? Quel rôle jouiez-vous à Saint Isadore ?

— C'est compliqué, soupira-t-elle.

Il agita les mains en direction des fenêtres.

— Le jour ne se lèvera pas avant quelques heures.

Elle ouvrit la bouche…

La lumière vacilla puis s'éteignit. L'obscurité envahit la pièce.

- 2 -

Marguerite laissa ses yeux s'accoutumer à la pénombre soudaine avant de bouger. Elle entendit un bruit sourd et un fracas, suivis de plusieurs jurons inaudibles, mais sans doute très peu orthodoxes.

— Ça va ? s'enquit-elle.

— Quelle nuit infernale ! grogna-t-il. Que se passe-t-il, encore ?

Elle ne put s'empêcher de glousser, même si son cœur battait de façon erratique depuis qu'elle s'était fait prendre la main dans le sac. À l'instant où la bouteille avait frappé la poêle, sa respiration s'était emballée pour ne plus s'arrêter, comme si Marguerite avait amorcé la dernière ligne droite d'un triathlon.

Du moins, elle ne trouva pas meilleure excuse à cet instant pour justifier son émoi. Cela n'avait absolument rien à voir avec Evan Fletcher dans son simple jogging toujours à deux doigts de tout dévoiler. Elle se réjouit presque de l'absence de lumière ; ainsi, plus besoin de se forcer pour ne pas admirer ses pectoraux impeccables et ses tablettes de chocolat.

— L'ancien propriétaire perdait un peu la mémoire sur la fin. Il avait peur d'oublier d'éteindre et de se ruiner en électricité. Il a installé des minuteurs partout.

— Même à 2 heures du matin ? marmonna Evan, à la fois incrédule et agacé.

— C'était un couche-tard. Je vais rallumer.

— Je sais encore où se trouve la lumière chez moi.

Puis, on entendit un meuble racler le sol et un bruit sourd, très violent. Marguerite sursauta. Se faire surprendre ici par un agent de police à une heure si tardive, c'était une chose, mais si ce dernier revenait et trouvait le propriétaire blessé tandis qu'elle était dans les parages... Sa réputation en pâtirait encore un peu plus, surtout après sa dispute avec les neveux de Linus. En fait, elle entendait déjà les cancans du lendemain sautiller de bar en bar grâce au shérif Franks.

Elle ne distingua pas de silhouette dans la pénombre. Evan ne pouvait pas être tombé loin de la table. Elle se hâta, mais trébucha sur ses pieds. Elle perdit l'équilibre et chuta en avant, se rattrapant comme elle pouvait.

— Ouille...

— Hé, ça fait mal, bon sang ! se plaignit Evan, quelque part sur sa gauche.

— Ça va ? Que s'est-il passé ?

— La chaise. Nico ne l'a pas rangée.

Marguerite ne put s'empêcher de ricaner.

— J'en déduis que vous n'avez rien de cassé.

— Non, si on oublie ma dignité. Et vous ? On dirait que vous êtes encore plus mal tombée que moi.

Ses poignets, qui avaient amorti sa chute, la lançaient. Elle se concentra un instant sur le reste de son corps. Elle sentit alors la cuisse ferme d'Evan contre la sienne ; leurs jambes étaient emmêlées. Elle se libéra en vitesse.

— Hum. Non. Plus de peur que de mal.

Il s'agita pour se relever. Désormais accoutumée à la pénombre, elle le vit lui tendre la main. Elle l'accepta. Sa paume chaleureuse et sa poigne ferme la rassurèrent. Elle se mit sur pied lentement mais, au moment de prendre appui sur sa cheville gauche, une violente douleur la saisit.

— Aïe !

Il se colla contre elle afin de la soutenir.

— Une entorse ?

— Juste une foulure. Ça ira.

Elle tenta de s'éloigner de lui, sans parvenir cependant à poser le pied par terre.

— Venez, l'encouragea-t-il en se rasseyant puis en lui tirant sur les doigts avec gentillesse. Je vais avoir des bleus aux mollets après ma bagarre avec cette chaise et je me suis fait mal au genou en tombant, je ne pourrai donc pas vous porter. Pour le moment, je n'ai qu'un coin de parquet pour vous accueillir.

Proposition plus ou moins alléchante. Malgré la fraîcheur des lattes, le sol offrait un certain confort. Marguerite se choisit une place où leurs jambes ne se toucheraient pas et s'adossa contre un placard. À l'instant où elle retira sa main, elle regretta la chaleur d'Evan.

Le silence et la nuit régnaient. Les ombres se pressaient dans la cuisine, mais créaient un cocon pour mieux isoler ces deux-là du monde extérieur. Dans le noir, les autres sens de Marguerite s'accrurent. Elle entendit la douce respiration d'Evan. Et son nez, formé à reconnaître les légères variations d'arômes de vin, perçut des touches de citronnelle, de basilic et de quelque chose d'inconnu qu'elle décrivit simplement comme l'odeur de sa peau, chaude et propre. Son sang s'agita.

Il aurait suffi d'un geste infime pour l'effleurer, et peut-être se complaire dans sa force rassurante. Alors sans doute cela aurait-il servi d'excuse à Evan pour la tirer près de lui, et elle aurait pu explorer du bout des doigts les territoires sur lesquels elle avait eu trop peur de s'attarder en pleine lumière. La peau douce de ses biceps hâlés, la toison noire éparse sur son torse, de plus en plus fine jusqu'à disparaître sous l'élastique de son pantalon…

Il se racla la gorge, et Marguerite revint à la réalité.

— Déjà trois surprises à propos de cette maison pour l'instant. Quatre, avec vous. L'ascenseur fonctionne derrière ses allures de relique, les passages secrets existent et les lumières s'éteignent toutes seules. Tu parles d'une première nuit.

— Bienvenue à Saint Isadore. J'en apprenais tous les jours. Même après des années.

Il pivota vers elle, son visage demeurant illisible dans le noir.

— Que fabriquez-vous ici, d'ailleurs ? Il me semble que le viticulteur s'appelait Custer.

— Casper, rectifia-t-elle en ricanant. Je vous l'ai dit, c'est compliqué.

— Fantastique. Vous me devez une histoire. Tant mieux si elle est intéressante.

— Bon, d'accord, maugréa-t-elle, pourtant peu encline à aborder les moindres détails. Je travaillais en tant qu'assistante personnelle de Linus. Une femme à tout faire, en quelque sorte. Tant que j'exécutais ses ordres, j'agissais comme bon me semblait et durant mon temps libre je créais des vins. L'ancien viticulteur avait accepté de me former.

Elle éprouva une certaine fierté de ne pas craquer en évoquant ce souvenir. Le départ brutal de Casper pour l'un des meilleurs domaines de la région ainsi que son déni total du talent de Marguerite la blessaient encore.

— Au fur et à mesure, j'ai fini par tester mes propres mélanges et méthodes.

— Mais alors, pourquoi avoir travaillé comme assistante ?

Elle pinça les lèvres. Ses raisons de rester à Saint Isadore étaient personnelles, chaotiques et troubles… Du moins pas autant que les rumeurs à son sujet. Et Casper ne s'était pas privé d'en lancer une grande partie pour s'assurer de bien ruiner sa réputation. Quant à Evan Fletcher, il ne saurait absolument pas pourquoi cela importait tant à Marguerite.

— Les raisins ne sont pas les mêmes partout, répondit-elle en se calmant. Et n'affirmez jamais que c'est faux. Pas dans la région.

Pas besoin de lumière pour le voir grimacer.

— Malgré ce que vous pensez, je ne suis pas un de ces informaticiens qui ne s'intéressent à rien. J'allais vous demander ce qui rendait le vin de Saint Isadore si unique. Je n'ai pas acheté le domaine pour rien, après tout.

Il est unique parce qu'il m'appartient. Elle refusait de lui raconter le passé difficile des Delacroix, tout comme elle ne pouvait se résoudre à lui avouer à quel point elle avait toujours laissé les autres profiter de sa candeur. De plus, elle ne se débarrasserait pas de lui avec quelques affirmations vagues. Cet informaticien-là n'avait bel et bien rien d'un idiot en dépit de tous ses muscles.

— Ce qui le rend si unique, c'est le terroir.

— Le terrain ?

— Vous me charriez, j'espère, demanda-t-elle en riant. Vous savez ce qu'est le terroir quand même ?

— Oui. Un peu. Enfin, disons que non.

— Ce terme englobe les conditions spécifiques au goût du raisin : le sol, le vent, le soleil, l'altitude… Comme chaque vignoble présente ses propres caractéristiques, chaque vin est unique. Ce n'est pas aussi simple, bien entendu, mais passons… Les rumeurs à votre sujet sont sans doute vraies.

— Quelles rumeurs ? Que raconte-t-on sur moi ?

S'imaginait-elle des choses ou s'était-il rapproché ? Puis, quand elle sentit son souffle sur sa joue, elle se rendit compte qu'il était bien trop réel. Elle sentit des picotements sur sa peau et déglutit.

— Rien de méchant, en fait. Les gens disent que vous avez acheté Saint Isadore pour tout raser, diviser le domaine et tout revendre.

— Les gens n'ont aucune idée de la raison pour laquelle j'ai acquis ces terres, répondit-il en s'éloignant légèrement.

Était-ce normal de se languir du souffle de quelqu'un ? Car Marguerite aurait voulu sentir celui d'Evan encore un peu.

— Pourquoi un geek plein aux as achèterait-il un vignoble qui a connu de meilleurs jours ? À moins que cela vous serve de niche fiscale. Je ne sais pas trop comment ça fonctionne. Peu importe, je vois bien que vous n'avez pas acquis Saint Isadore par amour du vin. Alors, expliquez-moi.

Son silence de mort ne fit qu'accentuer la température polaire de la pièce. Puis, il répondit enfin.

— Il s'agit d'une entreprise. Et, moi, j'achète et revends des entreprises.

Marguerite serra puis desserra les poings.

— Ainsi, vous comptez garder le domaine pour y produire du vin ? Vous n'allez pas tout raser ?

— Absolument pas, j'aimerais générer du profit, soupira-t-il. Si j'y arrive.

Des papillons d'espoir s'envolèrent dans la poitrine

de Marguerite. Saint Isadore resterait debout. Personne ne vendrait ni n'arracherait ses vignes.

Elle réaliserait peut-être ses rêves d'enfance, en fin de compte. Peut-être sauverait-elle son héritage familial. Oh ! bien sûr, Evan n'accepterait jamais un accord comme celui entre elle et Linus, et Marguerite n'oserait même pas lui proposer. Elle avait uniquement fait confiance au vieil homme, à tort semblait-il, car elle l'avait considéré comme son grand-père. Quand on voyait où cela l'avait menée… Elle avait sué sang et eau sans jamais rien recevoir de concret hormis quelques bouteilles qu'elle avait dû récupérer dans l'illégalité.

Marguerite tenta de saisir le regard d'Evan. Même après s'être habituée à la pénombre, elle ne parvint pas à déchiffrer son visage. Elle se leva en s'aidant des poignées du placard puis se mit à sautiller vers l'interrupteur. Une vive lumière chaude jaillit dans la cuisine quand elle se tourna de nouveau vers son hôte. Il plissait les paupières.

— Merci de prévenir.

— Désolée. La prochaine fois, peut-être.

— La prochaine fois ? Comptez-vous vous inviter tous les soirs ?

— Oui. Vous allez m'engager.

Il en resta pantois, visiblement décontenancé.

— Pardon ?

— Vous avez besoin de moi.

Il afficha alors un sourire taquin.

— Nous nous connaissons à peine. Un peu présomptueux, non ?

Elle se plaqua les mains sur les hanches.

— Vous avez besoin de mon expertise pour remettre Saint Isadore sur les rails. Vous l'avez dit vous-même, la plupart des employés sont partis.

Il se rembrunit.

— J'ai déjà une assistante.

Elle lui adressa un grand sourire.

— Je ne serai pas votre assistante. Je fabriquerai votre vin.

Evan n'avait jamais vécu de nuit si bizarre, y compris la fois où une ex l'avait convaincu de participer à une séance de spiritisme à la Maison Mystère Winchester.

Pourtant, il n'avait jamais rien connu de si fascinant ni d'aussi vivifiant, même s'il préférait ne pas se pencher sur la réaction de son corps face à Marguerite. Oui, il avait une fâcheuse tendance à se laisser avoir par de beaux yeux sombres plus éloquents que les mots. Or, en dépit de nombreux imprévus, cette nuit avait clarifié une chose : Pia ne s'était peut-être pas trompée.

Il naviguait en eaux troubles. Il avait trop fait confiance à ses talents et à son intuition. S'il échouait, sa solution pour aider Nico volerait en mille morceaux comme la bouteille de Marguerite. Cette femme pouvait-elle réellement le sauver ?

— Tout d'abord, vous êtes une voleuse.

Il dut lever un doigt devant ses lèvres, ses belles lèvres pulpeuses, pour l'empêcher de protester.

— D'accord, vous n'êtes pas une voleuse. Mais vous avouez ne pas avoir le droit d'être ici.

— Parce que je pensais que vous alliez détruire Saint Isadore. Écoutez, une voleuse se jetterait-elle sur les bouteilles sans étiquette ou sur les vins cotés à quelques billions de dollars ?

Il s'était fait la même réflexion.

— Vous affirmez aussi avoir travaillé en tant qu'assistante de l'ancien propriétaire, mais à ce train-là vous alliez mettre la clé sous la porte. Pourquoi devrais-je vous engager ?

S'il savait bien une chose à propos de la viniculture, c'était que la fabrication du vin jouait un rôle essentiel dans la réussite ou l'échec.

— J'admets que le domaine n'exploitait pas son potentiel. Linus ne croyait pas en la technologie malgré tous les arguments de ses employés. Mais j'ai travaillé huit ans ici. Je connais les lieux, je connais les crus. Par-dessus tout, je sais ce dont Saint Isadore est capable. Et, au cas où vous n'auriez pas remarqué, vous n'avez personne d'autre.

— Je peux toujours engager quelqu'un.

Elle arqua les sourcils d'un air téméraire en haussant les épaules.

— Oui, mais personne ne connaîtra aussi bien le domaine que moi.

Elle lui sourit alors ; il aurait pu jurer que toutes les ampoules de la pièce s'étaient mises à crépiter.

— Et puis… votre frère aime bien mon vin.

Même si elle avait dit cela sur le ton de la plaisanterie, ce dernier argument jouait sincèrement en sa faveur. Evan ne parvenait pas encore à bien cerner Nico, cependant une chose était certaine : le jeune homme était un génie en la matière. Le devait-il à un trait génétique ou au fait d'avoir grandi chez leurs grands-parents italiens, qui n'auraient jamais envisagé de ne pas boire de vin à table ? Peu importe, Nico possédait un palais à rendre jaloux les plus illustres sommeliers du guide Michelin.

Il souffrait néanmoins d'une blessure énorme visible depuis la lune, mais Evan trouverait le moyen de le guérir. Un jour. D'après son sixième sens, Marguerite ne mentait pas. Elle tenait de toute évidence à Saint Isadore. Elle s'impliquerait tout autant qu'Evan pour rendre sa noblesse au domaine. Et jusque-là son instinct ne l'avait jamais trompé.

— Au vu des circonstances, je manque effectivement d'employés…

— Vous me paierez au prix courant. Sans oublier les avantages. Et un contrat. Manuscrit et signé.

— Vous ne m'avez pas laissé finir, affirma-t-il en réprimant une moue amusée. Oui, Saint Isadore a besoin d'un expert en fabrication de vin, mais il me faut également quelqu'un qui puisse m'assurer que le domaine sera en mesure d'accueillir un événement prestigieux dans six mois.

— Six mois ? s'étonna-t-elle, les sourcils froncés.

— Je dois organiser la soirée d'ouverture d'un sommet international.

— Attendez, j'en ai entendu parler. C'est ce rassemblement de patrons et de chefs d'État où, à la fin, Amazon finit par racheter Disney.

— Un peu simpliste, mais oui. Saint Isadore gagnera en notoriété si tout se passe bien.

— Dans le cas contraire, vous vous étalerez lamentablement devant les puissants de ce monde.

Il préférait ne pas l'admettre.

— Si vous désirez rester à Saint Isadore plus longtemps, autant vous assurer de faire un sans-faute.

— Six mois…, fit-elle en levant le menton. Ce sera avant les vendanges. L'exploitation tourne grâce à une équipe fantôme, il faut recruter sans tarder. Et proposer un salaire convenable et des avantages. Si vous visez la perfection pour le gala, je connais justement la bonne personne.

— J'assure toujours une excellente rémunération à mes équipes. En retour, l'échec n'est pas permis.

— Et, moi, je sais ce que je fais. Par ailleurs, ce gala sera une mise en bouche idéale pour le dîner annuel des vendanges, ce qui vous attirera des louanges ou jettera l'opprobre sur vous, le nouveau propriétaire de Saint Isadore.

— Je ne crois pas en avoir entendu parler, avoua-t-il en essayant de se rappeler ce qu'on lui avait expliqué sur le domaine.

— C'est une tradition vieille d'un siècle dans le vignoble. Les billets se vendent quelques centaines de dollars. Nous lançons les vins nouveaux, et toute la presse spécialisée vient au rendez-vous. Il vous faudra assurément quelqu'un qui connaisse Saint Isadore.

Elle l'étudia de derrière ses longs cils avant de lui tendre la main droite. Il se rapprocha et la lui serra. D'aussi près, il vit que ses yeux adoptaient des teintes variées de bleu, presque marine sur les bords et aux couleurs d'un ciel printanier vers la pupille. Elle dégagea alors une mèche de sa joue, soulevant un parfum de fraise. Evan venait soit de conclure l'affaire de sa vie, soit de se jeter dans l'abîme.

— Je vous garantis une complète satisfaction, assura-t-elle.

Son esprit lui jouait-il des tours ou s'était-elle attardée sur ce dernier mot ? Une étincelle mutine dansait dans son regard quand l'ancra au sien.

— À notre future réussite.

Il souhaitait l'embrasser. Quel goût aurait donc ce baiser ? Que ressentirait-il en la sentant s'ouvrir pour lui, s'offrir à lui ? Ses lèvres et sa langue se voulaient-elles aussi facétieuses que ses paroles ? Il ne put s'empêcher de remercier l'inventeur des joggings de les avoir créés si amples afin d'éviter les malaises éventuels.

Un téléphone sonna alors, et elle sursauta. Le bruit fit à Evan l'effet d'une douche froide après des rêves fiévreux.

— Ce doit être le vôtre.

Elle sortit un vieux portable de sa poche arrière puis s'immobilisa devant l'écran.

— Oh ! non, comment ai-je pu l'oublier ? s'exclama-t-elle en décrochant. Oui, Aracely.

La personne qui avait appelé Marguerite ne semblait pas de bonne humeur et ne la laissait pas en placer une. Evan fit mine d'aller se servir un verre d'eau. En vérité, il désirait donner à son corps le temps de s'accoutumer au brusque changement d'ambiance. Oui, sa libido éveillait des pulsions en lui. Néanmoins, sa raison lui dictait d'engager sa voleuse. Et tout cela restait trop incompatible.

— C'était mon chauffeur, indiqua Marguerite en raccrochant. Elle arrive dans quelques minutes. On se voit demain matin ? À 9 heures, dans les bureaux de Saint Isadore.

— Disons midi. Reposez-vous un peu.

— D'accord.

Elle parut hésiter, ouvrit la bouche, puis se ravisa avant de le saluer d'un geste.

— À plus tard.

Ensuite, il l'observa sortir de la cuisine en trottinant. Son instinct ne le trompait jamais. Il espérait simplement l'avoir engagée pour des raisons professionnelles, pas à cause d'envies plus primaires.

- 3 -

— Si j'étais un livre de comptes introuvable, où me cacherais-je ? se demanda Marguerite en se tapotant le menton.

Debout sur le seuil de l'étude de Linus, elle inspectait de loin les étagères poussiéreuses et la collection de presse-papiers toujours bien en place là où le vieil homme les avait laissés, sur le bureau en acajou. Marguerite avait peu dormi en rentrant, aussi ne voyait-elle pas très clair. Peu importe, elle aurait pu décrire la pièce dans ses moindres détails les yeux bandés.

Elle n'avait pas pensé éprouver autant de mal à passer la porte. Non pas qu'elle crût trouver ce qu'elle cherchait ici. La dernière fois qu'elle était venue, cela avait été pour déménager toutes les archives commerciales du domaine sous l'œil méfiant des petits-neveux de Linus. Aucune trace du livre de comptes alors, même si Marguerite, encore sous le choc, n'y avait pas songé un seul instant. Plus tard, elle avait compris que, sans ce carnet, elle ne disposait d'aucune preuve de son accord avec Linus.

Elle réprima des larmes. Elle n'avait jamais connu ses grands-parents, et Linus lui avait servi de substitut. Il lui manquerait encore longtemps. Mais il avait été son patron. Et, aujourd'hui, elle héritait de son bureau.

Elle s'installa dans l'immense fauteuil, ignorant le frisson le long de son échine quand le cuir craqua, comme chaque fois que Linus se penchait en avant pour partager un peu de sa sagesse avec elle.

Elle secoua la tête. La pièce avait bien besoin d'une touche de neuf. Le passé se trouvait au premier rang des choses à disparaître.

— Bonjour, le vigile m'a dit que vous étiez déjà arrivée.

Elle sursauta. Evan s'appuyait sur l'embrasure de la porte, les bras croisés avec nonchalance. Elle ne le reconnut presque pas dans son uniforme d'homme d'affaires décontracté. D'une certaine façon, elle regrettait de ne plus pouvoir s'abreuver de ses glorieux pectoraux et deses abdominaux ciselés, mais cette chemise bleu clair en contraste avec ses cheveux noirs et son bronzage dessinait d'autres plaisirs visuels.

S'il manquait de sommeil, il n'en laissait rien paraître. Marguerite craignit alors de ne pas avoir l'air en aussi grande forme. Le sourire chaleureux d'Evan lui rappela sa tentative de flirter avec lui la nuit précédente et la façon dont elle avait échoué. Tant mieux, d'ailleurs. Les amourettes de bureaux ne menaient jamais à rien de bon.

Dieu merci, elle avait pensé à mettre du mascara, ce matin-là.

— Bonjour, répondit-elle. Nous avions rendez-vous à midi, mais je préférais arriver plus tôt.

— Ça m'arrange, en fait, affirma-t-il en s'avançant pour lui présenter un dossier en papier kraft. Voici le contrat de travail que vous exigiez.

— Et je n'ai pas mon mot à dire quant à mon…

Elle s'arrêta en avisant la première page du document. Une somme mirobolante lui avait sauté dessus sans crier gare.

— Je suis ouvert aux négociations, reprit-il, s'efforçant de retenir un sourire malicieux.

Marguerite cligna des yeux. Non, elle n'avait pas pensé à un tel montant.

— Je suis persuadée qu'on ne vous le dit pas souvent, mais c'est trop. J'ai demandé le tarif du marché. Ça, c'est plus que le double.

Il s'assit alors dans le petit fauteuil face à elle, ses larges épaules cachant complètement le dossier. Evan s'appropriait les lieux avec une assurance légère qui ne le rendait que plus attirant. Et ce sourire… Le ventre de Marguerite se noua de façon fort agréable.

— Insinuez-vous que votre temps et vos efforts ne valent rien ?

— Non, je…, hésita-t-elle avant de prendre une longue inspiration pour se remettre les idées en place. Nous nous connaissons à peine. Je n'ai même pas commencé à travailler. Pourquoi me payez-vous autant ?

— Je me suis un peu renseigné, ce matin. Apparemment, c'est vous qui avez tenu la barre de Saint Isadore ces dernières années. Je ne comprends toujours pas pourquoi vous étiez une vulgaire assistante, en revanche.

À cause d'un accord.

— Une vulgaire assistante ? reprit-elle en le fusillant du regard. La vôtre sait-elle à quel point vous méprisez son rôle ?

— Je mets mes employés en avant, rétorqua-t-il. Je ne les garde pas dans un état de servitude masquée. J'ai vu votre salaire, vous étiez sous-payée. Considérez ça comme la juste rétribution de votre labeur.

— Il en existe d'autres que l'argent.

— Pas d'après ce que je sais, non.

Elle faillit défendre Linus, lui expliquer leur entente, puis referma la bouche d'un coup. Sans vraiment connaître Evan, elle avait déjà compris qu'il raisonnait en matière de logique et d'espèces sonnantes et trébuchantes. Dans le meilleur des cas, il douterait de ses compétences. Dans le pire, il la ferait expulser des locaux tout comme les petits-neveux de Linus quand elle leur en avait parlé. Par ailleurs, Evan possédait suffisamment de raisons de la bannir de Saint Isadore après les événements de la nuit dernière.

— Je vois…, fit-elle en tapant le contrat du bout des ongles pendant qu'elle le parcourait. Où est le piège, alors ? Ah, le voilà. Une évaluation au bout de six mois avec possibilité de licenciement si mon travail ne vous convient pas.

— Ça correspond au début du sommet international. Je vous ai prévenue, je limite les pertes rapidement et efficacement.

— Pas d'inquiétude, répondit-elle en balayant sa remarque d'un geste. Vos amis en auront pour leur argent. Si ce n'est que ça, je dois passer la période d'essai. Un gala bien organisé, c'est un jeu d'enfant.

— Je suis un homme simple qui ne désire que des choses simples.

— Vous ne teniez pas le même discours, hier soir. Je doute fortement que vous soyez aussi simple que vous l'affirmez.

Elle marqua une pause, qu'elle espéra imperceptible.

— Et cela inclut vos désirs.

— C'est vrai, acquiesça-t-il. J'aime quand tout se complique un peu, quand rien n'est évident. Cela rend le moment où on obtient ce qu'on convoite encore plus alléchant.

Il lui sourit d'un air de grand méchant loup à l'affût des filles en rouge dans les bois. Malgré le soleil et la chaleur, Marguerite sentit un frisson l'assaillir, comme s'ils étaient de retour dans la cuisine froide, l'un contre l'autre.

— Avez-vous déjà connu l'échec ? s'enquit-elle alors.

Il secoua la tête lentement. Il s'agissait d'une question rhétorique, bien sûr. Elle appuya les coudes sur le bureau, puis posa le menton sur ses doigts entrelacés afin de mieux le captiver.

— Il y a toujours une première fois, vous savez, Evan.

— On se retrouve seulement face à des situations nouvelles. Mais on apprend de ses expériences. Tenez, ce truc, par exemple.

Il ramassa une balle antistress rose sur le sous-main.

— Linus s'en servait pour se détendre. Vous faut-il le mode d'emploi ?

Il lui adressa alors un sourire plus carnassier encore, et les tempêtes d'excitation qui l'avaient envahie la veille hurlèrent de plus belle.

— Je connais bien le besoin de lâcher du lest. Mais, ça, ce n'est pas ma méthode préférée.

La gorge de Marguerite se desséchait de seconde en seconde. Elle déglutit à grand-peine.

— Je n'en doute pas. Je vous en prie, continuez.

— C'est une question d'action et de réaction. Tenez, si j'appuie là, je découvre que la balle est molle, malléable. Si j'appuie ici…

Son pouce traçait de petits cercles sur le caoutchouc. Marguerite ne parvenait pas à se détourner de lui. Sous le bureau, elle croisait et décroisait les jambes dans l'espoir d'apaiser la tension dans son bassin. En vain.

— … je découvre comment réagit la matière.

Elle s'adossa afin de feindre une froideur en complète opposition avec la chaleur dans son corps. Elle tenait à ce poste, elle en avait besoin. Elle ne pouvait pas risquer un désastre pour un flirt.

— Si vous voulez mon avis, la balle est juste là, rien de plus, fit-elle d'un sourire innocent. Je n'appellerais pas ça une réaction. Sauf si c'est à ça que vous êtes habitué. Dans ce cas, pas étonnant que vous pensiez ne jamais avoir échoué.

Evan sembla s'embraser, et il éclata de rire en reposant la balle.

— Encore une fois, j'apprends vite et j'en sais bien plus sur vous, désormais.

— Sur moi ? En quelques heures à peine ? N'exagérez pas.

— Vous sous-estimez la valeur de votre travail. Vous faites preuve de patience, sans quoi vous ne vous intéresseriez pas à des produits aussi longs à préparer. Vous organisez tout minutieusement sans jamais agir de façon impulsive, sauf peut-être quand votre vin entre en jeu, mais là encore vous aviez tout prévu en me cambriolant. Alors, qu'en pensez-vous ?

Il semblait amusé. D'ailleurs, il s'en sortait bien. Elle avait toujours cru que les informaticiens ne juraient que par le codage et des nombres sans vie dans une pièce sombre et solitaire. Evan, lui, l'avait mise à nu, un trait de caractère après l'autre.

— Ce n'est pas ce que j'appelle apprendre, assura-t-elle en feignant un bâillement. C'est de la psychologie de magazine.

Il se pencha sur le bureau, à quelques centimètres de sa bouche. Il la fixa de ses yeux noisette empreints de touches hypnotiques de jade, d'ambre et de brun roux.

— Et vous n'aimez pas vous rapprocher des autres.

— Pardon ?

Sans avoir tout à fait tort, il n'avait pas tout à fait raison. Elle aimait développer des liens forts. Le problème demeurait le suivant : quand les autres découvraient à quel point elle se souciait d'eux, ils profitaient d'elle. Parfois même, ils la trahissaient.

— J'en tiens pour preuve que ça ne vous plaît pas que j'en sache autant à votre sujet.

— Sérieusement…

— Vos lèvres.

Sa voix grave donna la chair de poule à Marguerite.

— Mes lèvres ? fit-elle en se les humectant.

Il l'observait.

— Vous les pincez quand vous êtes agacée.

C'était effectivement le cas à cet instant. Cependant, elle se languissait également d'un baiser. La lueur dans le regard d'Evan ne mentait pas, il l'avait compris lui aussi.

Elle se recula pour ne plus sentir son adorable parfum. Il oscillait entre le coton frais, la citronnelle, le basilic et une touche de poivre noir et de cardamome. Pour la première fois de sa vie, elle regretta son odorat si développé.

— Vous savez juste analyser les expressions des autres. Vous devez faire des ravages au poker.

— C'est vrai, reconnut-il. Mes amis ne veulent plus jouer avec moi.

— Et je pourrais être énervée pour bien des raisons. Cette discussion, entre autres.

— Parce que j'ai touché une corde sensible, conclut-il en ricanant, visiblement satisfait.

Elle s'était jetée dans son piège, mais hélas elle ne s'en souciait guère. Elle pouvait s'y mettre à l'aise, aiguiser ses sens pour mieux jouer avec lui, admirer ses iris qui changeraient de couleur tandis qu'il répliquerait.

Néanmoins, elle savait aussi d'expérience à quelle vitesse les relations évoluaient. Un jour, elle se retrouverait à la porte, tremblotante de froid, misérable et perdue. Casper lui avait servi de mentor, Linus de grand-père, et, même si ces liens étaient toujours restés platoniques, Marguerite en était sortie anéantie.

Sa première réaction face à Evan n'avait rien eu de platonique. Cela annonçait bien trop de problèmes dans une situation déjà à même de la détruire. La seule manière de maîtriser la tempête entre eux consistait à établir les règles dès le départ. Elle quitta son fauteuil.

— Où allez-vous ?

— Ne le savez-vous pas déjà, vous qui me connaissez si bien ?

Elle défit son chignon mal noué pour laisser ses cheveux lui retomber sur le visage. Puis, elle se les rattacha en queue-de-cheval, consciente que ce geste révélerait sa poitrine sous son meilleur jour. Cela ne manqua pas, elle capta toute l'attention d'Evan. Elle contourna alors le bureau et, tournée face à lui, s'assit dessus d'un petit bond avant d'ôter ses sandales d'un geste vif et de croiser les jambes. Son pied touchait presque les cuisses d'Evan.

— Je me montre impulsive. Toutefois…

Elle le dévora du regard, s'attardant sur les parties de son corps les plus appétissantes.

— … pas autant que je le voudrais.

— Ah ? fit-il d'une voix grave. Qu'est-ce qui vous en empêche ?

Elle haussa les épaules.

— Tout d'abord, il me faudrait le consentement de l'autre partie.

— Disons que vous l'avez. Ensuite ?

— Le problème reste tout de même plus compliqué,

ajouta-t-elle en désignant le contrat de travail. Je n'embrasse pas mes collègues. D'ailleurs, je ne fais rien avec mes collègues.

Il sembla enfin comprendre et parut terrifié. Il se passa une main dans les cheveux.

— Moi, non plus. Ce n'est… Je ne me comporte jamais comme ça, d'habitude. Ce n'était pas très malin de ma part, pardonnez-moi, Marguerite. Si vous avez changé d'avis à propos de ce poste…

— Non, je travaillerai pour Saint Isadore, répondit-elle sans lui laisser le temps de négocier. C'était mon idée, rappelez-vous. Mais…

Elle approcha son pied gauche de l'entrejambe d'Evan.

— … je crois que nous apprécions trop tout ça. Ce petit jeu de séduction, si j'ose dire.

Il se tut, son air enfiévré valait toutes les réponses du monde.

— En somme, une fois que j'aurai signé ce contrat, je travaillerai pour vous. En attendant…

— Ce n'est pas le cas.

Ce sourire dessiné lentement sur ses lèvres coupa le souffle à Marguerite. Elle fit pivoter le fauteuil du bout du pied. Evan lui tournait désormais le dos. Il pencha la tête en arrière.

— Si je m'étais attendu à ça.

Elle sauta de son perchoir.

— Je vous l'ai dit, je me montre impulsive.

Alors, elle lui plaqua les mains sur les joues puis s'inclina pour l'embrasser. Les tempêtes devinrent orages. Pas étonnant que ce baiser renversé dans Spider Man avait tant marqué les esprits. La topographie entière de deux bouches se changeait en un territoire inconnu ne demandant qu'à être exploré.

Il, ou elle, poussa un gémissement, Marguerite ne savait pas. Evan se dégagea de son étreinte légère. Mais, avant même de se languir de sa chaleur, il se levait pour venir la serrer contre lui, ses mains fermement agrippées à ses hanches pour lui faire sentir sa vigueur. Alors, ce fut à son tour de conquérir ses lèvres avec passion et insistance.

Elle avait connu bien des baisers auparavant, avec des experts en la matière dont elle n'avait jamais pu se plaindre. Mais Evan… Evan jouait dans une autre catégorie. Si cela avait été une discipline olympique, on l'aurait forcé à prendre sa retraite pour relancer la compétition. Il n'avait pas menti. Il apprenait. Et vite. Il analysait les soupirs et les cris étouffés de Marguerite pour faire chanter ses nerfs.

Elle se libéra avant que sa raison ne cède à son désir, avant de ne plus contrôler ses mains, pour les empêcher de lui ouvrir sa chemise et s'aventurer sur ce vaste torse musclé comme dans ses rêves endiablés de la nuit précédente.

— Me trouvez-vous toujours trop prévisible ? demanda-t-elle, cherchant à retrouver son souffle.

— Me croyez-vous quand je vous dis que j'apprends vite ? répliqua-t-il avec un petit rire.

— Belle argumentation.

Marguerite vibrait encore.

— Bien, ni vous ni moi ne fréquentons nos collègues.

— Exactement.

Elle retourna s'asseoir. Pourvu qu'il ne remarque pas à quel point ses jambes tremblaient. Elle craignait de tomber à tout instant.

— C'était sympathique. Mais soyons bien clairs : ni baiser ni aucune relation physique d'aucune sorte entre collaborateurs.

Elle tira alors le contrat de travail vers elle. D'un œil sombre, Evan l'observa parcourir le document jusqu'à la dernière page puis le signer.

— Désormais, nos échanges resteront purement professionnels. Entendu ?

Une étincelle anima Evan l'espace d'un instant, puis il s'apaisa.

— Deux adultes consentants ont passé un bon moment, mais l'heure est venue de se mettre au travail. Je ne vous mentirai pas, je vous trouve séduisante. Cependant, je vous ai également promis que vous pouviez me faire confiance. Ma volonté est de fer.

Il n'y a pas que votre volonté... Elle secoua la tête. Ils avaient laissé libre cours à leur curiosité, ils pourraient désormais collaborer sans craindre cette tension constante. Marguerite garderait sa libido sous les verrous. Rien ne l'empêcherait de ramener les Delacroix sur le devant de la scène. Pourtant, en toute honnêteté, elle trouvait Evan charmant au possible.

— J'ai hâte de voir ce que nous arriverons à réaliser ensemble, fit-elle en lui tendant le contrat. Bien, nous pouvons commencer.

- 4 -

Avachi dans son fauteuil, Evan observait la vue magistrale depuis son bureau au dernier étage de la tour Medevco. Sous ce ciel dégagé, libre de tout brouillard, la baie de San Francisco retrouvait toute sa splendeur. Les bateaux de plaisance gonflaient leurs voiles aux côtés des navettes en partance pour Alcatraz. Evan, lui, ne les voyait pas, il fixait le Golden Gate, les rondeurs des collines sur l'autre rive. Vendredi soir approchait. S'il partait maintenant, il arriverait à Napa en une heure et demie pour profiter du week-end…

— La réunion avec les fournisseurs aura lieu mardi. Nous devons en terminer avec eux avant de parler aux banquiers, la semaine prochaine. Et…

Luke Dallas, assis en face de lui, posa sa tablette.

— Tu m'écoutes ?

Evan s'arracha à ses rêves de Saint Isadore. Si, officiellement, Luke occupait le poste de directeur général et Evan celui de grand patron, ils présidaient Medevco en équipe. Un duo bien rodé. Pourquoi Luke se montrait-il si irritable ?

— Oui, je suis là. Jeudi. Réunion.

— Mardi. Me cacherais-tu quelque chose ?

— Non, pourquoi ? Les problèmes de distribution sont réglés malgré trois semaines de stress inutile, et tout est revenu à la normale. Ça souligne simplement que nous devons signer avec Angus Horne.

Evan se tourna de nouveau vers la baie. Un reflet sur l'eau attira son attention. Il suivit les éclats du soleil jusqu'au pont. Les bouchons commençaient déjà, mais empireraient vraiment dans une heure. S'il se dépêchait…

— Tu n'as que ce nom-là à la bouche en ce moment, pesta Luke.

Ce dernier semblait toujours agacé. Les seules fois où Evan l'entendait rire, c'était quand sa femme, Danica, se trouvait à ses côtés.

— Tu n'as plus besoin de moi, aujourd'hui, si ? J'aimerais aller voir le vignoble.

Evan rangeait déjà ses affaires, mettait de l'ordre à son bureau. Luke se rembrunit d'autant plus.

— Notre entreprise a besoin de nous pour régler ce problème de fournitures si nous voulons encore pouvoir l'appeler entreprise.

— Très effrayant, répondit Evan en fermant un tiroir à clé. Mais tu exagères.

— Je n'ai pas le choix pour capter un peu ton attention, rétorqua Luke en tapotant l'écran de sa tablette. Je t'ai envoyé les détails pour la réunion de mardi. Ne reste pas trop longtemps à Napa, même pour la plus belle femme de l'univers.

— Pas de souci, je serai prêt…, lui assura-t-il avant de se figer, son ordinateur portable à moitié dans sa sacoche. Qu'est-ce qui te fait croire que je pars pour une femme ?

Luke n'avait jamais levé les yeux au ciel en plus d'un an de partenariat. Or, sa réaction à ce moment-là s'en rapprochait.

— Tu es irritable et tu n'arrives pas à te concentrer. Je ne vois pas d'autre explication.

— Je pourrais t'en citer des tas. Nico, par exemple.

— Si tu veux. Nico, ton frère dont j'ignorais l'existence jusqu'à ce que tu le ramènes au bureau, le mois dernier. C'est vrai que tu t'es toujours soucié de passer le plus de temps possible en sa compagnie.

Aïe. Evan appréciait Luke. Sincèrement. Il n'avait jamais connu de partenaire plus fiable en vingt ans passés à fonder des start-up florissantes pour les revendre à prix d'or à de grandes sociétés. Il avait voulu travailler avec lui depuis très longtemps. Jusqu'à aujourd'hui…

— Ce n'est pas parce que je ne me transforme pas en tas de guimauve quand on parle de la famille que…

— Un tas de guimauve ? Comment ça ?

— Danica, précisa Evan, faisant immédiatement naître un sourire sur les lèvres de son ami. Tu vois ? Une vraie guimauve dès qu'on prononce son nom.

— J'ignorais que c'était le terme pour quelqu'un qui aime sa femme, fit Luke en se levant pour s'en aller. Amuse-toi bien ce week-end, mais n'oublie pas la réunion.

— Ne t'inquiète pas.

Evan le salua d'un geste avant de préparer ses affaires. Il ne partait pas voir Marguerite. Il devait passer un peu de temps avec son frère. Nico le haïssait certainement plus que tout pour s'être fait traîner de force à Napa où il se retrouvait tout seul dans ce vieux manoir.

Malgré tout, des souvenirs d'un chignon noir chaotique assaillirent Evan. Des yeux sombres, si sombres qu'il n'avait presque pas discerné leurs pupilles. Une peau pâle et des joues roses qui trahissaient des sentiments derrière une fausse nonchalance.

Il avait appelé Marguerite tous les jours, ces trois dernières semaines. Il avait vite cerné son esprit vif, son humour taquin et ses apartés francs. Elle le faisait beaucoup rire. Il la trouvait mystérieuse. Après tout, elle l'avait persuadé de l'engager après s'être introduite chez lui… et il n'éprouverait aucune aversion pour un nouveau baiser, voire plus, sous ses draps de préférence. Seulement, les choses s'arrêteraient là.

Aucune guimauve pour lui, à savoir pourchasser les chimères d'amours hypothétiques. Il n'arpenterait pas les locaux de la compagnie fendu d'un sourire niais comme Luke au moindre message de Danica. Ni aujourd'hui, ni jamais.

Les relations prenaient du temps, de l'énergie, des moyens. Evan, simple mortel, disposait de tout cela en quantité limitée. Il connaissait ses points forts, savait maximiser ses profits. S'il était rentré après le décès de ses parents pour s'occuper de Nico comme ses grands-parents le voulaient alors, il n'aurait pas pu réaliser ses ambitions, maîtriser le codage, engager des développeurs, rencontrer des investisseurs et des acheteurs. Il n'aurait pas eu suffisamment d'argent pour assurer une vie tranquille à son cadet. Il souhaitait lui offrir un avenir plus simple que le sien, lui paver le chemin vers une existence bien plus douce.

Il avait pris une sage décision à l'époque et continuait sur sa lancée. Nico avait vécu une belle enfance chez leurs grands-parents et, aujourd'hui, Evan allait l'aider à trouver sa voie. Ainsi, il avait hâte de regagner Saint Isadore, et ce pour une seule raison : savoir si son investissement reposait entre de bonnes mains le temps que Nico reprenne les rênes. Dans le cas contraire, il devrait décider s'il fallait tout revendre et laisser le jeune homme s'adonner à une autre passion.

De toute manière, Marguerite travaillait pour Evan. Ils

avaient bien insisté là-dessus, les relations personnelles au bureau ne les intéressaient pas.

Néanmoins, au moment de franchir le Golden Gate, des images de mèches noires et d'yeux embrumés de passion voilaient l'esprit d'Evan.

Marguerite fixait l'écran de son ordinateur. Elle avait passé la journée à répondre à des courriels. Cependant, les messages non lus continuaient de s'accumuler dans sa boîte de réception. Elle en ouvrit un au hasard puis le supprima dans la seconde. Elle ferma les paupières.

Puisque Evan avait dû rentrer à San Francisco en urgence, la gestion quotidienne de Saint Isadore lui revenait. Ils avaient beau discuter tous les jours au téléphone, les connaissances de son patron en matière de vin auraient tenu sur une étiquette de bouteille sous le logo et les appellations d'origine contrôlée. Marguerite avait assisté Linus sans jamais se rendre compte de sa charge de travail. Pas étonnant que le domaine ait traversé tant d'épreuves après ses problèmes de santé.

Il y avait tant à faire. Outre la fabrication du vin, la salle de dégustation devait être remise au goût du jour. Le bâtiment principal exigeait des réparations. Quant à leur chaîne de distribution, elle se trouvait en fin de vie, tout comme leurs équipes commerciales. Il fallait donc presque repartir de zéro dans certains domaines.

Ils venaient d'engager un directeur des opérations, et toute une pile de CV attendait Evan pour d'autres postes à pourvoir. Ensuite, tout fonctionnerait à la perfection, mais comment Marguerite pouvait-elle croire qu'elle parviendrait à relancer les affaires ? Et pourquoi donc s'était-elle vantée d'y arriver sans problème ?

À cause de sa maudite fierté, voilà pourquoi. Et par loyauté. Pour l'honneur familial. Au moins, tant qu'elle travaillait à Saint Isadore, elle pouvait espérer redorer le blason des Delacroix. Dans la mesure où elle garderait son emploi plus de six mois, voire plus de six semaines.

Elle grogna puis croisa les bras sur son bureau en guise d'oreiller le temps de décider quel problème gérer en priorité.

— J'ai divisé l'organisation du sommet international en plusieurs étapes, annonça tout à coup Aracely en s'invitant comme une brise légère dans la pièce.

On l'aurait crue prête à s'installer au premier rang de la fashion week. Son maquillage parfait sur sa peau brune mettait en valeur sa chevelure ébène nouée en une natte complexe. Elle s'arrêta net, et sa longue jupe ondoya.

— Par pitié, dis-moi que tu n'as pas passé la journée à faire la sieste.

— Des étapes ? demanda Marguerite en relevant la tête, pleine d'espoir. Peux-tu me donner la prochaine ?

— Bien entendu, c'est même pour ça que tu m'as engagée.

Aracely lui tendit un énorme classeur puis s'assit en face d'elle. Marguerite revit son baiser avec Evan, la façon dont il avait accueilli sa langue, avait joué avec. Ses mains…

— C'est aussi pour ça que tu me paies autant, ajouta Aracely en agitant les sourcils, ce qui arracha un rire à son amie.

— C'est Evan qui te paie.

— Exact. Je n'en reviens toujours pas que tu aies trouvé du travail en le cambriolant. Et même un appartement.

— Personne n'occupait la dépendance, et un locataire ne pouvait pas lui faire de mal, affirma Marguerite avec désinvolture. Je le sais, personne n'y a vécu depuis qu'on m'en a expulsée. Il ne fallait pas chercher bien loin.

Aracely ricana en attirant l'attention de Marguerite sur le classeur.

— Là-dedans, tu trouveras des esquisses pour l'agencement de la salle, divers types de décorations et des échantillons de tissu pour les nappes ou encore pour les tenues des serveurs. Ah, en parlant de vêtements, j'ai déposé quelques affaires chez toi si tu veux m'emprunter une robe ou deux pour la soirée. Ou simplement pour sortir, maintenant que tu es de retour.

— Tu n'aurais pas dû, répondit Marguerite par réflexe même si elle souriait jusqu'aux oreilles.

La garde-robe de sa camarade forçait vraiment l'admiration. Non seulement Aracely avait des goûts exquis et les moyens de les combler, mais elle avait également hérité des montagnes d'ensembles chics de sa mère et de sa grand-mère, toutes deux très connues de la haute société dans leur jeunesse.

— Juste un détail ou deux, reprit Aracely, comme pour rappeler à Marguerite de se concentrer. Tiens, regarde.

La page ouverte par l'organisatrice affichait des dessins de la terrasse de la cave, agencée de différentes manières. Un intercalaire cachait une planche de tendances avec divers coloris, suggestions d'éclairage et arrangements floraux pour les tables.

— Tout ce que je vois, ce sont des décisions à prendre, admit Marguerite en rendant le classeur. C'est trop d'informations pour mon cerveau. Je te laisse choisir.

— *Pobrecita*, se moqua Aracely. Si tu veux diriger le domaine, ce genre d'événements constituera une importante source de revenus. Retourne à la première page et lis tous les documents.

Marguerite soupira. Aracely marquait un point. Pour retrouver sa stabilité, Saint Isadore devait absolument devenir un endroit prisé pour les réunions d'entreprises et les fêtes.

— Pardon. Une panique soudaine. Tu ne m'y reprendras plus.

— Oh ! que si. Tu es humaine. Mais vois le bon côté ! Nous pouvons dépenser l'argent de quelqu'un d'autre. Mon sport préféré.

— C'est vrai que tu adores pousser tes cartes de crédit dans leurs retranchements.

À ces mots, Marguerite ouvrit le classeur à la première page pour étaler sous ses yeux les premières sélections.

— Commençons par l'ambiance générale, puis nous parlerons de la décoration.

— Et ensuite, les détails, acquiesça Aracely. Ne te vexe pas si je t'indique mes préférences.

— Si jamais je fais le mauvais choix.

— Tout à fait, affirma son amie d'un air angélique. Je mise tout autant ma réputation que toi.

Marguerite releva la tête.

— Tu délires ? Tu t'es installée à Napa il y a trois ans à peine, et tout le monde se bouscule déjà pour travailler avec toi. De toute façon, tu rentres au Chili, en décembre. Ce que je ne te pardonnerai jamais, d'ailleurs. Je me fiche de savoir à quel point tes parents ont besoin de toi pour leurs affaires.

— Ce n'est qu'une excuse, expliqua Aracely avec un sourire moins radieux. Ils veulent que je rentre, rien de plus.

— Pour reprendre l'entreprise familiale, non ?

La jeune femme l'arrêta d'un geste impatient.

— On s'en moque. Bon, souhaites-tu installer les

tables au nord ou au sud de la terrasse ? Tiens, voici plusieurs propositions.

— Si tu préfères rester, tu devrais leur dire.

— Le nord conviendrait mieux à cause du vent, continua Aracely sans la regarder.

— Tu sais que je suis là si tu as besoin d'en discuter.

Marguerite crut alors voir un éclair transpercer son amie.

— Je trouverai une solution. J'arrive bien à organiser la dégustation sans toi. Vas-tu enfin te décider à m'aider ? J'imagine qu'Evan voudra savoir comment nous procéderons… Ou pas. Peut-être qu'il ne cherche qu'une excuse pour s'encanailler avec toi.

— S'encanailler ? Mais à quelle époque vis-tu ?

— Ah ! j'ai donc raison si tu ne prétends pas le contraire.

Marguerite grimaça.

— On ne s'encanaille pas, ni maintenant ni jamais. Nous sommes collègues.

— Tu dis ça mais, toi et Evan, vous vous êtes encanaillés.

— Peux-tu arrêter avec ce mot ? Il ne se passe rien entre nous. Je l'ai embrassé pour lui prouver quelque chose, voilà tout. Il est mon patron, et notre relation reste purement professionnelle.

Marguerite coupa court en posant brutalement le doigt sur le premier bout de papier qu'elle trouva.

— Tiens. Ça, ça ira très bien.

— C'est un courrier de la compagnie de ramassage des ordures. Ça risque d'être compliqué comme thème pour la dégustation, mais avec un peu d'imagination…

— Installe les tables au nord, à cause du vent, fit Marguerite en lui arrachant la lettre des mains.

— Excellent choix. Et pour les chaises ?

Alors, le portable de Marguerite sonna. C'était Nico. Même si le jeune homme était resté à Saint Isadore sans Evan, elle le voyait rarement, et ils ne s'étaient presque pas parlé. Pourquoi l'appelait-il ? Elle envisagea plusieurs réponses, toutes plus catastrophiques les unes que les autres.

— Allô ?

— Evan n'est pas avec toi, par hasard ?

— Euh, non.

Pourquoi cette question ? Evan avait-il manqué de discrétion ?

— J'espérais qu'il serait rentré, expliqua-t-il, essoufflé, comme s'il souffrait.

— Désolée, je ne l'ai pas vu. Tout va bien ?

Il se tut un instant.

— J'ai des ennuis. Il faudrait que quelqu'un vienne me chercher.

— Tu es blessé ? Faut-il t'amener à l'hôpital ?

— Non, ça va. Mon amie aussi. Mais on ne peut pas rester là. On a essayé d'appeler un taxi, et personne n'est disponible.

— Êtes-vous en danger ?

— Pas pour le moment, pantela-t-il en reprenant son souffle.

Ensuite, il lui expliqua où il se trouvait, elle nota l'adresse et se leva pour attraper son sac et ses clés.

— Si tu vois Evan, dis-lui que je suis partie récupérer Nico, lança-t-elle à Aracely en sortant.

Le jeune homme attendait Marguerite dans une commune à quarante-cinq minutes de Saint Isadore, mais on aurait plutôt cru un rassemblement de stations essence et de supermarchés autour d'un restaurant perdu et d'une cave. Heureusement, la route était presque déserte derrière les vignobles, et Marguerite parvint donc à le rejoindre en un temps record.

Il piétinait devant une supérette, mains dans les poches, le cou rentré dans ses fines épaules. Marguerite se gara près de lui et l'appela. Il se redressa, toujours aussi méfiant.

— Deux secondes, demanda-t-il avant de disparaître dans la boutique.

Il ressortit avec une jeune femme. S'il ne la touchait pas, tout semblait indiquer qu'il s'agissait de l'amie dont il avait parlé au téléphone. Peut-être signifiait-elle plus à ses yeux.

Nico lui ouvrit la portière arrière droite, la laissa s'installer puis contourna la voiture pour aller la rejoindre sur la banquette.

— Merci d'être venue. Je te présente Gabi. Gabi, Marguerite.

La fille leva la tête pour croiser son regard dans le rétroviseur.

— Désolée de vous avoir dérangée. C'est gentil de votre part. J'ai appelé des amis, mais ils travaillent tous et ne pouvaient pas se libérer.

Elle comprit vite ce que Nico trouvait à cette jolie Afro-Américaine directe et bien élevée.

— Aucun problème, acquiesça Marguerite. Bien, que s'est-il passé ?

— Ça te dérange si on y va ? lui demanda Nico, visiblement inquiet.

— Non, non.

Elle sortit du parking. Une fois sur la route, elle jeta un coup d'œil au couple à l'arrière.

— Je n'ai rien contre les intrigues à la James Bond, mais ce serait sympathique de m'expliquer, les enfants.

— Je suis stagiairc aux caves Dellavina.

Un sentiment insidieux se glissa dans le cœur de Marguerite.

— Vous travaillez pour Casper Vos.

— Oui. Enfin, nous sommes allés boire un verre avec les autres stagiaires, il y a quelques jours. J'ai rencontré Nico et nous avons, euh…

— Discuté, intervint-il.

— Voilà. Nous sommes restés en contact et, comme j'étais libre aujourd'hui, je lui ai proposé d'explorer Napa à vélo.

Le malaise de Marguerite s'accrut, mais surtout à cause de Casper.

— Je n'ai pas vu vos vélos sur le parking. Quelqu'un vous les a volés ?

— Un des pneus s'est dégonflé, alors on s'est arrêtés pour le regonfler, expliqua Nico d'une voix semblable à un volcan sur le point d'exploser. Puis, des types sont passés en voiture et ont insulté Gabi. Au début, on ne s'en est pas inquiétés mais, un quart d'heure plus tard, ils sont revenus dans l'autre sens.

— Quelle bande d'imbéciles…

— Ils avaient peut-être trop bu, reprit Gabi. Au bout de la troisième fois, nous avons préféré abandonner les vélos dans le fossé et couper à travers champs vers un endroit plus fréquenté. C'est là que nous vous avons appelée.

— J'ai bien fait de décrocher. Je vais demander à quelqu'un de récupérer les vélos.

— Si personne ne les a trouvés entre-temps, commenta Nico, les lèvres pincées. Ils appartiennent à Dellavina, ce serait bien de les rapporter.

— Je préviendrai la police. Pourriez-vous décrire leur voiture ?

Marguerite se rendit soudain compte qu'ils approchaient Saint Isadore.

— Désolée, je suis en pilote automatique. Gabi, où préférez-vous que je vous dépose ?

— Elle reste avec moi, assura Nico d'un ton ferme. Et j'ai relevé leur plaque d'immatriculation.

— Pourquoi ne venez-vous pas chez moi, tous les deux ? Ce sera plus confortable que le bureau de la cave.

Tous les habitants de San Francisco étaient tombés d'accord pour visiter Napa, ce week-end-là, songea Evan après avoir mis trois heures à rejoindre Saint Isadore. Au moins, il avait pu en profiter pour prendre rendez-vous avec Angus Horne. Il lui tardait de sortir de voiture pour se servir un verre d'une cuvée préparée par Marguerite et lui demander un compte rendu de leurs affaires.

Il était à peine 20 heures. Elle travaillait souvent tard. Peut-être accepterait-elle de venir chez lui, dans l'intimité d'un canapé douillet et la douce pénombre des grandes pièces. Il s'imaginait déjà assis près d'elle, sous un halo de lumière, pour discuter de leurs objectifs. Pour une fois, l'esthétique de maison hantée ne le dérangeait pas.

Cependant, de retour dans le manoir, le calme absolu lui indiqua que personne ne se trouvait là. Il tira alors les rideaux des fenêtres donnant sur la cave, mais aucune lumière ne brillait là-bas non plus. En ce qui concernait Nico, Evan ne s'attendait pas à le voir rester sagement à la maison au lieu de fréquenter les bars, clubs et gens de son âge. Marguerite, elle… Son absence lui asséna un crochet du droit déconcertant.

Il s'agaçait lui-même. Bien sûr qu'elle avait mieux à faire un vendredi soir qu'attendre son patron pour le mettre à la page. Mais il avait cru que, peut-être, elle aurait voulu passer du temps en sa compagnie après trois semaines.

Il jeta un œil à son téléphone. Nico avait cherché à le joindre plusieurs fois. Bon, au moins, ce dernier le gardait au fait de ses allées et venues depuis le premier soir. Evan le rappela en fouillant les maigres offrandes laissées dans le réfrigérateur. Son frère n'avait de nouveau pas fait de courses. Encore une fois, comment lui en vouloir ?

— Salut, répondit Nico par-dessus des rires et de la musique.

— Salut, je suis rentré. Où es-tu ?

— Chez Marguerite, dit-il avant que quelqu'un ne l'interrompe à l'autre bout de la ligne. Je dois te laisser. À plus.

Evan resta bouche bée devant son portable. Nico, chez Marguerite ? Un vendredi soir ? Que se passait-il, enfin ? Et pourquoi y avait-il de la musique ? Il ne ressentait aucune jalousie envers son cadet, mais avaient-ils organisé une fête ? Sans lui ? Ils savaient tous les deux qu'il revenait aujourd'hui.

Cela lui rappela qu'il avait pris la bonne décision, toutes ces années auparavant. Il devait consacrer ses week-ends à des dîners d'affaires, à se créer un réseau solide, à travailler sans relâche pour bâtir son empire. Jusque-là, Medevco représentait sa plus belle chance de fonder une entreprise dont tout le monde vanterait encore les louanges dans une vingtaine d'années. Même si leur réussite tenait à l'imagination sans limites de Luke, c'était Evan qui avait rameuté les investisseurs afin de développer la compagnie. Il avait charmé Grayson Monk, et son capital-risque avait séduit les banques, Wall Street. Et il amènerait bientôt Angus Horne dans l'équation pour leur plus gros coup, à savoir un financement salutaire pour leur stabilité. Voilà où il excellait, comment il assurait la sérénité à ses proches.

Il prit une bière dans le réfrigérateur, sortit dans l'arrière-cour et s'engagea sur les huit cents mètres d'allée jusqu'à la dépendance. Il préférait ne plus conduire après ce trajet harassant. Il avait également besoin de se dégourdir les jambes et de profiter de la fraîcheur nocturne.

Quand il arriva devant la maison, il suait légèrement et avait terminé sa bière. Il s'était quelque peu calmé. Jusqu'au moment où il aperçut la voiture de police s'éloigner des anciennes étables converties en garages, sous l'appartement de Marguerite.

Evan se mit à courir, étonné de ne pas trébucher sur les pavés de la cour. L'entrée du rez-de-chaussée était déverrouillée, aussi monta-t-il les marches deux par deux vers le premier étage où il débarqua en trombe dans le salon de Marguerite et faillit tomber à la renverse.

Trois visages abasourdis se tournèrent dans sa direction.

— Pourquoi est-ce que… le shérif… était encore là ? demanda-t-il, haletant.

Il découvrit alors la scène. Marguerite se tenait au milieu de la pièce, le bras en l'air comme une pin-up. Une jeune fille était assise sur le sofa. Nico était avachi dans un fauteuil en face, à côté d'une chaise engloutie par une montagne de robes. Trois verres de vin se disputaient la table basse avec une bouteille presque vide, un saladier de pop-corn et des chips. Ils avaient mis de la musique en fond. Evan venait de les interrompre.

Marguerite fut la première à retrouver son aplomb. Elle baissa le bras.

— Bonjour, Evan. Bienvenue chez moi. Le shérif est passé prendre la déposition de Nico et Gabi.

Comme si cela expliquait tout. Elle fronça les sourcils puis vint lui arracher la canette vide des mains.

— Quoi ? Qui ? Pourquoi ?

Ses poumons le brûlaient encore comme s'il avait avalé des langues de feu.

— Nico et Gabi, reprit Marguerite en désignant la fille à ses côtés. Evan, je te présente Gabi Watkins, l'amie de ton frère. Elle fait un stage universitaire aux caves Dellavina. Ils se promenaient à vélo quand de sales types se sont mis à les harceler. Nico a donné leur plaque d'immatriculation à la police.

— Attends, ralentis, lui intima-t-il après avoir enfin repris son souffle. Une chose après l'autre. Une balade à vélo, Nico ? Tu devais rester avec les comptables, cette semaine.

Nico se crispa sur-le-champ.

— C'est tout ce que tu as retenu dans tout ça ? Que je ne t'ai pas obéi ?

— Chaque chose en son temps, objecta Evan.

Il se passa une main dans les cheveux. Pourquoi n'arrivait-il jamais à communiquer avec son frère ? Il n'avait aucun problème avec ses employés.

— Et si tu commençais par « est-ce que tu n'as rien » ? tempêta Nico, laissant libre cours à sa colère. Non, en fait, tu aurais pu saluer Gabi.

Le jeune homme se leva d'un coup pour se rapprocher de sa copine.

— Allez, Gabi, on s'en va.

— Nico, balbutia Evan.

— Nico, intervint Marguerite d'une voix douce qui sembla apaiser le garçon. Evan vient tout juste d'arriver. Laisse-lui le temps de tout comprendre. Gabi, quelqu'un peut-il passer te chercher ? Quant à toi, Evan, suis-moi.

— Tu te rappelles que je suis ton patron, j'espère ? maugréa-t-il en s'exécutant malgré tout.

Elle le conduisit sur un petit balcon à côté de la salle à manger. Elle referma la porte-fenêtre derrière eux puis lui adressa une merveilleuse moue furibonde.

— Oui, je me rappelle. Mais c'est terminé, je démissionne.

— Très bien. Alors, en tant que patron… Attends ! De quoi ?

— De toute manière, tu vas me renvoyer. Autant ne pas perdre de temps.

Marguerite prit une longue inspiration pour ne pas flancher. Elle courait un gros risque ; il allait sans doute lui demander de quitter Saint Isadore. Cependant, elle avait passé ces deux dernières heures à faire connaissance avec Nico. Ce jeune homme avait besoin d'un champion pour le défendre. Et cela impliquait de s'immiscer dans l'intimité des Fletcher.

— Au moment de signer le contrat, nous sommes tombés d'accord sur le fait de rester strictement professionnels. Or, là, il s'agit de ta vie privée.

— Je ne te renverrai pas parce que tu me parles franchement, assura Evan, l'air sombre. N'hésite pas, dis-moi tout.

— Arrête de traiter Nico comme un enfant ou comme un de tes employés, lança-t-elle, les bras croisés pour empêcher ses mains de trembler. Tu es son frère, pas son patron.

Elle s'attendait à le voir fulminer ou afficher un dédain sans nom. Au lieu de cela, il se contenta d'arquer les sourcils pour l'admirer des pieds à la tête.

— Je connaissais le vendredi décontracté, mais le vendredi gala, c'est une première. Une tradition de Saint Isadore ?

— Comment ? N'essaie pas de changer de sujet…

— Ça te va très bien, au fait, coupa-t-il en désignant la tenue de Marguerite.

Soudain consciente de porter une robe de soirée, elle sentit le sang lui monter aux joues.

— Ah, oui. Désolée. Je voulais changer les idées à Nico et à Gabi. Aracely m'a prêté des vêtements pour le sommet, nous avons organisé un petit défilé.

Elle passa le plat de la main sur la base de sa robe de cocktail vert émeraude style années 1950.

— Tu devrais voir Gabi dans cette mini-robe Pucci.

Evan la déshabilla sur place une nouvelle fois en prenant son temps.

— Ce que je vois là me plaît déjà bien assez. Autant en profiter tant que nous abordons des sujets personnels.

Les joues de Marguerite la brûlèrent tellement qu'elle crut pouvoir provoquer un feu de forêt.

— Nous parlions de toi, pas de moi.

— Je t'en prie, s'excusa-t-il en s'éclaircissant la voix. Tu étais en train de m'engueuler.

— Mais non. Je ne comprends simplement pas comment Nico et toi parvenez à vous sauter à la gorge en moins de deux secondes.

Elle eut beau chercher son regard, il se détourna.

— Je ne lui ai pas sauté à la gorge. Je lui ai posé une question toute bête.

Il s'appuya contre la porte-fenêtre. La lumière de la salle à manger profila alors son ombre et masqua ses traits.

— Ils ont eu peur, aujourd'hui. Très peur. Tu ne leur as même pas demandé s'ils allaient bien.

— Vous aviez pourtant l'air de bien vous amuser quand je suis arrivé.

— Parce que j'ai réussi à leur changer les idées ! Tu devrais faire un peu plus attention à lui.

— Mais c'est déjà le cas, maugréa-t-il en se redressant. Pourquoi l'aurais-je amené ici, sinon ? Pourquoi crois-tu que j'aie acheté Saint Isadore ?

— Franchement ? Je n'en sais strictement rien.

— Pour Nico. Il a abandonné la fac, il ne peut pas rester à se tourner les pouces. J'aimerais qu'il se trouve un métier, qu'il se salisse un peu les mains. Tu dis que je ne suis pas son patron, mais c'est bel et bien le cas.

— Attends, tu as acquis Saint Isadore pour lui comme on offrirait un jouet à un enfant ? s'exclama-t-elle d'une voix stridente.

Tout son dur labeur. Le passé de sa famille. Et, pour Evan, Saint Isadore représentait une simple lubie.

— Ce n'est pas un jouet…

— Tu diriges une compagnie informatique. Pourquoi ne pas lui avoir trouvé un poste à San Francisco ? Penses-tu vraiment pouvoir mettre n'importe qui à la tête d'une exploitation vinicole ?

— C'est toi que j'ai mise à la tête de Saint Isadore.

— C'est différent, ricana-t-elle sèchement.

— Ah, bon ?

— Oui, moi, je…, commença-t-elle avant de se taire.

Elle se mordilla la lèvre. Elle s'était souvent demandé si elle avait la force de prendre les rênes de Saint Isadore. Malgré tout, elle avait sauté sur le poste à la première occasion. Evan, lui, accordait si peu d'attention à Nico. Ils n'avaient sans doute jamais discuté de ce que le jeune homme désirait vraiment. Elle releva alors le menton pour fusiller Evan du regard.

— Moi, je sais tout ce que ça implique. J'ai assez d'expérience.

— Tout à fait, et Nico ne tarderait pas à apprendre s'il se réveillait un peu, répondit-il en indiquant d'un grand geste l'ombre massive des caves du domaine, au loin. Combien de gamins de son âge disposent d'une telle chance ? Il est en train de tout gâcher.

— En s'accordant un après-midi pour passer du temps avec une fille qui lui plaît ?

— Un après-midi a vite fait de se changer en une semaine puis en un mois. Sans qu'il s'en rende compte, l'année se sera écoulée, et il n'aura toujours rien accompli.

— Son couple constituera peut-être une plus belle réussite.

Evan éclata d'un rire venu du plus profond de son être.

— C'est ça. Ça compensera largement le fait de ne pas avoir appris à relancer une entreprise de zéro. Que fera-t-il quand elle reprendra les cours, après son stage ?

— C'est vrai, mais tu ne m'écoutes pas…

— Elle retournera auprès de ses amis, à l'université. Elle oubliera vite Nico. Et lui se retrouvera sans diplôme et sans aucun savoir-faire.

— Ça, tu n'en sais rien.

— Tu trouves que je ne m'occupe pas assez de mon frère ? Tu te trompes. Je lui donne de mon temps et de mon argent. Beaucoup d'argent. Ce vignoble est un vrai gouffre, mais ça ne me dérange pas si je peux assurer son avenir à Nico. Un avenir que je ne chercherais même pas à lui garantir si je ne tenais pas tant à lui.

Il lui adressa un signe de tête, elle l'observa un moment.

— C'est bon, tu as fini, Evan ? Crois-tu sincèrement que Nico devrait passer ses journées dans un bureau morose entouré de comptables ?

— Pour qu'il apprenne. Mince, j'aurais bien aimé en faire autant quand je me suis lancé. On ne va nulle part sans savoir lire un rapport financier ou une feuille de calcul…

— Laisse-moi finir, Evan, le coupa-t-elle en se raclant la gorge.

— Pardon, fit-il en levant les mains. Je t'en prie.

— C'est donc ça que tu faisais à l'âge de Nico ? Tu te terrais dans un vieux bureau au lieu de profiter de la vie ? De tomber amoureux ?

— J'ai aimé plus d'une femme, répondit-il. Je tombais amoureux plusieurs fois par nuit. Et je n'ai rien contre le fait que Nico passe du bon temps.

Elle avait bien fait de démissionner. Elle ne voulait surtout pas se lancer sur ce terrain avec son patron, même si le sujet l'intéressait au plus haut point.

— Je ne te parle pas d'aventures d'un soir mais d'amour.

— La différence reste très infime quand on a vingt et un ans.

— Mais pas du tout ! Gabi et Nico en sont le meilleur exemple.

— Je n'ai jamais entendu parler de cette fille, se moqua Evan. D'accord, Nico bave peut-être devant elle. Mais de là à appeler ça de l'amour. Ils se connaissent à peine. Il est trop jeune pour faire la différence.

Marguerite se retint de le cogner.

— Et à quel âge apprend-on enfin à lire son cœur, ô, grand sage ? Vingt-cinq ans ? Trente-deux ? Cinquante-sept ?

— Tu sais que j'ai raison, même si tu refuses de l'admettre.

— Es-tu seulement déjà tombé amoureux ? lui

demanda-t-elle en parvenant à ancrer son regard au sien cette fois-ci.

Elle ne put lire dans ses yeux assombris. Plus elle le fixait, plus son sang s'agitait. Il ne se détournerait pas, et elle ne pouvait s'y résoudre.

Il céda le premier, au grand bonheur de Marguerite. Ou à son grand dam. Impossible de le savoir quand son cœur menaçait de lui perforer la poitrine.

— Comme tout le monde. Après une rupture, je me suis laissé pousser la barbe et j'ai dévalisé le rayon whiskey d'un magasin.

— Navrée de l'apprendre, ça n'a pas dû être facile.

— Puis, un beau jour, je me suis rasé et j'ai organisé une grosse soirée, continua-t-il en s'accoudant à la balustrade. Mes amis ont vidé le bar à ma place, et tout allait mieux. Et toi, Marguerite ? À quel âge as-tu su distinguer l'amour de… du plaisir physique, disons ?

La brise souleva le parfum d'Evan. Toujours les mêmes touches de citronnelle et de basilic, mais nuancées par une odeur plus riche que Marguerite appelait de plus en plus « Evan ». Elle inspira un grand coup sans vraiment s'en rendre compte.

— Selon moi, on le sait dès la naissance. En revanche, il faut rencontrer la bonne personne pour le comprendre, peu importe l'âge.

— Et as-tu déjà ressenti ça ? demanda-t-il d'une voix grave.

Le vent s'était apaisé, le monde reposait immobile, silencieux. Les étoiles brillaient dans le ciel indigo sans lune. Marguerite avait trop conscience de la proximité d'Evan. Elle aurait pu lui prendre la main, l'attirer plus près. Elle remit de l'ordre dans ses idées.

— Il ne s'agit pas de moi. Écoute, je ne sais pas ce qui

s'est passé entre ton frère et toi. C'est peut-être seulement la différence d'âge qui vous pousse à jouer les gros bras chaque fois que vous êtes ensemble. Mais, même en tant que patron, tu ne peux pas le cloîtrer dans un bureau, t'en aller et exiger qu'il soit heureux. Tu as encore moins le droit de lui en vouloir s'il passe du temps avec Gabi. Il tient sincèrement à elle.

Le moment, s'il avait bel et bien existé, s'évanouit. Evan s'éloigna légèrement.

— Je sais d'où il tire ces sentiments, et ce n'est pas du cœur, mais d'un autre organe. Je m'en moque tant qu'ils sont consentants et prennent leurs précautions. Cependant, batifoler avec elle pendant son temps de travail ne paiera pas ses factures. Quelqu'un doit le lui apprendre. Il a énormément de chance de m'avoir pour jouer ce rôle.

Le vent souffla alors une mèche de cheveux sur le visage de Marguerite. Elle se recoiffa, agacée.

— Très bien. Comme tu voudras. C'est toi son frère.

— Exactement, dit-il en lui adressant un regard en coin. Mais tu n'as pas tort. Nous nous disputons tout le temps. Je ne l'ai jamais vu aussi calme depuis qu'il m'a rejoint en Californie.

— J'ai discuté pendant deux heures avec lui et Gabi, expliqua Marguerite en songeant à lui prendre la main avant de se raviser. Tu devrais essayer.

— Je ne voulais pas le laisser seul si longtemps… Les crises s'enchaînent sans cesse à Medevco. Comme nous nous sommes développés très rapidement, il nous faut trouver plus de fonds afin de continuer à grandir, sans quoi nous devrons recourir à des sacrifices. Et je refuse d'en arriver là.

Derrière ce ton résolu, Marguerite perçut tout de même

de l'inquiétude. Peut-être était-il capable de compassion, en fin de compte.

— Nico sait à quel point tu tiens à ta compagnie, je t'assure. Mais as-tu déjà songé à le faire travailler dans la communication ou la vente au lieu de le forcer à apprendre la comptabilité ? Prends la boutique de souvenirs, par exemple. Il apprécie le contact et s'y connaît en vin. Il faudrait bien lui expliquer les points forts de Saint Isadore, mais il saurait vite conseiller les clients.

— J'ai une meilleure idée, annonça-t-il en secouant la tête. Nico suivra tes ordres dorénavant.

— Comment ? Impossible, je viens de démissionner.

— Selon ton contrat, tu dois m'envoyer un préavis de deux semaines, plaisanta-t-il, lui arrachant un rire.

— Bien, nous restons collègues, alors.

Son auriculaire lui effleura la main. Par mégarde, sans doute. Son cœur virevolta malgré tout.

— Moi qui croyais que cette conversation avait eu lieu entre deux amis, se plaignit Evan.

— Des amis ? demanda Marguerite. Je ne sais pas trop. Le travail et les sentiments, même amicaux, ça ne donne jamais rien de bon d'après moi.

— D'accord, acquiesça-t-il. Nous en avons déjà parlé, c'est vrai.

Cette voix grave mêlée à l'étincelle diabolique dans ses iris lui indiqua à quoi il pensait. Les genoux de Marguerite se liquéfièrent. Fort heureusement, elle s'agrippait fermement à la rambarde.

— Durant les heures de bureau, je dois pouvoir faire semblant de savoir où je vais avec Saint Isadore. Pour le bien illusoire de mon pauvre ego.

Elle s'esclaffa dans l'espoir de gagner du temps et de se reprendre.

— Tu vois, c'est à cause de ça que je n'affirmerai jamais te comprendre. Tu me sors des énormités pareilles sans prévenir.

— Qu'en dis-tu ? Amis ?

Elle devait refuser. Accorder sa confiance à Casper l'avait poussée à baisser sa garde. Ensuite, il l'avait mise KO en s'appropriant ses idées avant de se garantir une place de rêve ailleurs, sans se priver de cracher sur le dos de Marguerite au passage. Elle avait cru que Linus tenait à elle comme à sa propre fille, non pas comme à une vulgaire employée, et cela l'avait presque anéantie quand elle s'était rendu compte du contraire.

Cependant, devenir amie avec Evan la tentait bien. Notamment si cela lui permettait d'aider les deux frères Fletcher à s'entendre. Et puis, elle devait bien l'admettre, elle appréciait sa compagnie. Elle voulait apprendre à mieux le connaître.

Pour se faciliter la tâche, bien entendu, rien d'autre... Du moins, elle se rassurait comme elle pouvait.

— À l'amitié, déclara-t-elle en levant un verre imaginaire. Après le travail.

Il l'imita, et leurs mains se touchèrent un bref instant. Une chaleur intense la saisit à cet endroit. D'après elle, on ne s'embrasait pas des heures durant au contact de ses amis.

Inutile de le préciser, Marguerite passa une longue nuit sans sommeil.

- 5 -

Marguerite raya un autre jour du calendrier suspendu derrière son bureau et se pencha en arrière dans son fauteuil. Six semaines plus tôt, elle et Evan avaient décidé de devenir amis.

Le sommet international aurait lieu dans trois mois.

Seraient-ils prêts ?

Saint Isadore ne l'inquiétait pas, pour une fois. Après avoir réévalué leurs objectifs, ils en avaient conclu qu'ils manquaient de personnel. Ils avaient terminé les entretiens d'embauche et pourvu plusieurs postes, dont un de directeur des opérations pour soulager Marguerite. Les caves fonctionneraient bientôt à plein régime, les vendanges toutes proches ne la torturaient plus du tout. Quant à la dernière cuvée de Linus, elle semblait des plus prometteuses. Le cabernet sauvignon exigerait encore un peu de temps, mais le chardonnay serait prêt dans les semaines à venir. Certes, la production resterait trop faible cet automne, mais l'avenir de Saint Isadore s'annonçait plus radieux que ces dernières années.

Or, avant les vendanges à la fin de l'été, Marguerite devait encore survivre au sommet international. Cela impliquait de passer plus de temps avec Evan qui venait de lui apprendre son arrivée.

Adieu, les échanges coincés au téléphone des premières

semaines. Depuis la soirée chez elle, ils se parlaient sans la moindre gêne.

La longue distance avait ses limites. En dépit de certains appels vidéo quand Marguerite lui demandait son avis sur des détails visuels, Evan se résumait le plus souvent à une présence sonore. D'habitude, il lui téléphonait tard le soir après des marathons de travail pour Medevco et, les premières minutes, il se montrait sec, impatient. Il suffisait alors de quelques plaisanteries comblées par des explications sur leurs emplois du temps respectifs pour qu'il se calme. Il ralentissait, sa voix devenait plus grave, adoptait le rythme de paroles plus attentionnées, parfois même osées, ponctuées çà et là d'un éclat de rire.

Marguerite adorait ce moment de la journée. Seule dans sa chambre, au chaud sous la couette, lumières éteintes, avec Evan comme unique attache à ce monde, il devenait si facile de faire semblant d'être son amie. Voire plus encore.

Raison de plus pour ne pas lui expliquer son accord avec Linus ou lui avouer sa parenté avec les tout premiers propriétaires de Saint Isadore. Elle ne voulait pas risquer la confiance timide qui s'établissait petit à petit entre eux ni gâcher les maigres liens tissés entre Evan et son frère.

On frappa à sa porte. Comme si elle l'avait invoqué par la pensée, Nico apparut, une grosse boîte en mains.

— Ça te dérange si je pars plus tôt ? Les parents de Gabi sont en ville. Ils m'ont invité à la Blanchisserie.

— Waouh, c'est extrêmement dur d'avoir une réservation là-bas. Alors, tu rencontres ses parents, hein…

Face au grand sourire irrépressible de Marguerite, Nico sembla rapetisser.

— N'en fais pas toute une histoire.

Les deux frères Fletcher se ressemblaient peu, hormis

dans leur façon de parler. Nico se barricadait derrière la même attitude faussement menaçante qu'Evan quand on le titillait trop sur les sujets sensibles. Marguerite désigna la boîte du menton.

— Tu as emprunté le kit de dégustation, je vois.

— Merci d'ailleurs, fit-il en le posant sur le bureau. Nous nous sommes entraînés, avec Gabi. Je pensais avoir le nez fin, mais alors, elle, c'est impressionnant.

— Je parie que tu es très doué, toi aussi.

Marguerite regarda l'heure. Evan arriverait d'un instant à l'autre, sauf s'il se retrouvait de nouveau dans les bouchons. Elle était trop nerveuse pour rester assise derrière un bureau et faire semblant de répondre aux derniers courriels de la journée.

— Est-ce que tu as le temps de me montrer ce que tu as appris, Nico ?

— Une demi-heure, pas plus, annonça-t-il, radieux. À quoi pensais-tu ?

— Veux-tu m'aider à goûter le chardonnay ?

— Avec plaisir. En route pour le cellier.

— Je vais demander qu'on nous apporte des échantillons. Je préfère ne pas rater Evan.

Elle envoya aussitôt un message puis perçut son reflet dans l'écran de son ordinateur. Elle réajusta sa queue-de-cheval, car quelques mèches rebelles s'en étaient échappées. Son chemisier froissé resterait une cause perdue, mais elle tenta malgré tout de le lisser.

Nico s'installa dans le fauteuil en face d'elle, ce même siège qu'elle ne pouvait toujours pas voir sans rougir.

— Tu ne veux pas le rater, hein ?

Elle leva les yeux de derrière son écran et saisit la moue taquine du jeune homme.

— Mon patron rentre de San Francisco après une semaine d'absence, j'ai beaucoup de choses à lui expliquer.

— Tu peux lui envoyer un message, insista Nico souriant jusqu'aux oreilles.

Très bien, s'il voulait jouer…

— Revenons-en aux parents de Gabi. C'est la grande première, ce soir.

Nico adopta de nouveau un visage neutre avant de se gratter la nuque.

— Je me demandais si je pouvais travailler dans la salle de dégustation, si tu es d'accord.

— La fabrication t'ennuie déjà ? s'enquit-elle, plus sérieuse.

— Je n'aime pas trop la chimie. Ni les mathématiques.

— C'est vrai qu'il faut s'y connaître un peu pour ça, acquiesça-t-elle.

— J'adore parler de vin. En boire aussi. Mais pas forcément le créer. Pas comme toi et Gabi. Pour vous, c'est une vocation. Pour moi, c'est plutôt un loisir.

— Sais-tu pourquoi Evan a acheté le domaine ?

Un employé leur apporta les échantillons à ce moment précis. Marguerite le remercia avant de poser les huit verres étiquetés devant elle. Quatre pour elle, quatre pour Nico.

— Sauvé par le gong.

— Qu'avons-nous là ? demanda Nico en se redressant.

— Je procède à des essais avec différents types de fûts pour laisser le chardonnay fermenter. Le vin de Saint Isadore a tendance à être onctueux, boisé, mais dernièrement les consommateurs semblent rechercher des saveurs plus légères, plus sèches.

— D'accord. D'après, Gabi, Dellavina aimerait aussi varier sa gamme.

Marguerite réprima ses sarcasmes. Rien d'étonnant à cela, Saint Isadore et eux produisaient des chardonnays assez similaires. Seulement, lorsque Casper travaillait encore avec Marguerite, il avait outrancièrement ignoré toutes ses suggestions.

— Ces quatre vins viennent du même endroit, continua-t-elle. Le premier échantillon a fermenté dans un fût en chêne français. Le deuxième dans un fût en chêne jeune d'Amérique. Pour le troisième, j'ai fait cintrer les douelles à la vapeur et non au feu. Le dernier, c'est le chardonnay que nous mettons en bouteille en ce moment.

— Par où commencer ? l'interrogea Nico, penché en avant.

— Par le quatrième. Puis, tu me diras lequel propulserait Saint Isadore dans la bonne direction, selon toi.

Au fur et à mesure de la dégustation, ils se détendirent, se mirent à plaisanter en partageant leurs idées. Marguerite lui raconta la plus grosse bourde de sa carrière : avoir ajouté trop de levure d'un coup dans un fût déjà en fermentation. Ce fut à cet instant qu'elle aperçut Evan sur le pas de la porte.

Elle ignorait depuis combien de temps il les observait. Il semblait fatigué. Même d'aussi loin, elle distinguait ses cernes et ses joues creuses. Pourtant, sa chemise au col déboutonné le rendait plus séduisant que n'importe qui, et son pantalon taillé sur mesure dessinait à merveille ses hanches minces et ses cuisses musclées. Alors, leurs regards se croisèrent, et tout s'arrêta autour d'eux.

— Bonsoir, lui dit-elle doucement.

— Salut.

Elle aurait pu se perdre dans cet instant.

— Je vais être en retard, indiqua Nico avant de se lever. Merci, Marguerite.

Elle sortit soudain de son envoûtement.

— Attends, tu ne m'as pas dit ton préféré.

— Le deuxième, assura-t-il avant de filer sans prêter attention à son aîné.

Evan l'observa partir.

— Moi aussi, je suis content de te voir.

— Il devait vraiment y aller, expliqua Marguerite. Il a rendez-vous à la Blanchisserie.

— Tiens donc ? J'ignorais que je le payais autant.

— On l'a invité, précisa-t-elle avant de reprendre à voix basse. Les parents de Gabi.

Evan vint ensuite s'asseoir dans ce fauteuil, *son* fauteuil aux yeux de Marguerite.

— Toi au moins tu fais des progrès avec lui. Bien joué.

— Je suis pourtant convaincue que ça n'entre pas dans mes fonctions, chef.

Elle avait ajouté ce dernier mot pour leur bien à tous les deux.

— D'accord, trêve de bavardages. Comment s'annonce le sommet international ?

Ils discutèrent alors de leur stratégie et en profitèrent pour sceller les décisions qui ne revenaient qu'à lui. La soirée prenait forme doucement grâce à la minutie d'Aracely, aussi Marguerite ne savait-elle pas trop comment interpréter l'air renfrogné d'Evan.

— Tout va bien ? s'enquit-elle.

— Comment parviens-tu à dérider Nico de la sorte ?

— Je lui parle, tout simplement, fit-elle, étonnée. Tu devrais essayer, je te l'ai déjà dit.

— Je ne l'avais jamais entendu rire comme ça auparavant.

— Jamais ? Ça n'avait rien d'exceptionnel.

Evan se leva pour aller fermer la porte puis se mit à faire les cent pas.

— Comme tu le sais, mon frère et moi ne sommes pas proches.

— Je ne m'avance pas trop en affirmant que tout le monde est au courant au domaine. Peut-être même en Californie du Nord.

— Oui, lui accorda-t-il en se massant les tempes. Nous n'avons jamais passé autant de temps sous le même toit, non plus.

— Vraiment ? Pas même quand vous étiez enfants ? À vrai dire, la différence d'âge n'a sûrement pas aidé.

— Il était bébé, la dernière fois. Je suis entré à l'université à dix-sept ans. Lui devait en avoir deux.

— Mais, et pendant les vacances ? Tu rentrais chez vos parents, non ?

Il s'arrêta sur place, si immobile que l'espace d'un instant Marguerite voulut lui passer la main devant le visage pour vérifier s'il ne s'était pas pétrifié.

— Nos parents sont morts dans un accident de voiture durant ma deuxième année de fac.

— Désolée, fit-elle, sous le choc. Pour toi et Nico.

Il parut aussitôt bien plus jeune, brisé. Marguerite voulut lui offrir un peu de réconfort. Néanmoins, même si leur lien se solidifiait de jour en jour, cela représentait une barrière encore infranchissable. Ils prenaient bien soin de ne pas se toucher.

— Je n'ose même pas imaginer à quel point ça a dû être difficile.

Il haussa les épaules avant de se reprendre, de redevenir le Evan qu'elle connaissait. Celui qui préférait plaisanter ou se retrancher dans les fanfaronnades plutôt que d'admettre ses faiblesses de mortel.

— Garde ça pour Nico. Lui est devenu orphelin à cinq ans. J'avais déjà lancé ma compagnie depuis ma chambre d'étudiant.

— Ça a quand même dû t'anéantir.

Marguerite ne s'en serait jamais remise si elle avait perdu ses parents à un si jeune âge. Malgré leurs différends, notamment à propos de son attachement à Napa, l'héritage vinicole des Delacroix ou leur empressement de fuir en Arizona dès que l'occasion s'était présentée, elle les aimait plus que tout.

— Je dirigeais une entreprise, reprit-il d'une voix sourde. Une entreprise que j'ai revendue neuf cent mille dollars. Pas trop mal pour un adolescent.

Elle se garda bien de préciser que même les étudiants avaient le droit de porter le deuil.

— Et Nico ? Que lui est-il arrivé après l'accident ?

Evan se remit à piétiner.

— Les parents de ma mère l'ont accueilli. Il a mené une vie heureuse chez eux.

Ne tentait-il pas de s'en convaincre ?

— Je n'en doute pas. Seulement, pourquoi affirmer que c'est la première fois que vous vivez sous le même toit ? Ne leur rendais-tu pas visite ?

Il évitait de la regarder tout en arpentant le bureau comme un tigre en cage. Marguerite se tut pour l'observer.

— Si, répondit-il sans s'arrêter de tourner en rond. Je suis venu à sa remise de diplôme au lycée. Je ne pouvais pas prendre de congés. Après cette première vente, je me suis installé en Californie et j'ai recommencé trois fois de suite, avec des profits toujours plus importants. Mais je m'y consacrais jour et nuit.

Il se tourna de nouveau vers elle comme pour la faire captive.

— Nico menait une vie heureuse, insista-t-il en serrant les poings. Jusqu'à l'an dernier. Il a arrêté d'aller en cours. Mes grands-parents ne savaient plus quoi faire. Je suis intervenu.

— Pourquoi a-t-il abandonné l'université ? demanda-t-elle après quelques longues secondes.

— Il ne faisait pas la fête, ne se droguait pas. Il boit, mais avec modération. Et, avant que tu ne poses la question, il n'a rompu avec personne, donc écartons la peine de cœur.

Elle ignora cette brimade vis-à-vis de l'amour.

— Beaucoup de personnes ne trouvent pas leur compte à l'université. Toi aussi, tu as laissé tomber.

Evan s'esclaffa d'un rire creux.

— Oui, pour lancer ma société. Lui a abandonné sans savoir quoi faire. Quand je lui ai demandé ce qui l'intéressait, il m'a répondu qu'il voulait être payé à boire du vin. Et nous voilà.

— Evan, je…

Marguerite ne trouvait pas les mots, ignorait ce que leur lien l'autorisait à dire. Son cœur se pinça tandis qu'elle se retrouvait paralysée, comme une souris hypnotisée par un cobra au milieu du désert.

— Le problème ne consiste pas à savoir comment moi j'ai fait rire Nico. Tu dois découvrir comment y arriver par tes propres moyens.

— J'ai déjà essayé. S'il soupire, c'est bien.

— Parce que même les blagues de papa sont moins gênantes que les tiennes.

Il se rembrunit, mais Marguerite se réjouit de le voir rapidement se dérider de nouveau. Elle perçut autre chose aussi. Une gratitude dans laquelle elle désirait se complaire sans oser s'y aventurer. Elle baissa le regard sur le kit de dégustation.

— Si j'aime tant travailler avec le vin, c'est en partie à cause de mes ancêtres. Nous œuvrons dans ce domaine depuis des générations. Que faisaient tes parents ?

— Maman était enseignante et papa garagiste, lui apprit-il avec un haussement d'épaules. Nous n'avons pas de spécialité particulière.

— Et tes loisirs ? N'en partagez-vous aucun, Nico et toi ?

— Je n'en ai pas non plus. Je travaille.

— Tu…, commença-t-elle avant de se raviser. Et si tu t'intéressais aux mêmes choses que lui ? Si je m'entends avec ton frère, c'est à cause de notre goût pour le vin. Je pourrais t'apprendre.

— Je préfère la bière, ironisa-t-il.

— J'avais remarqué…, grogna-t-elle en indiquant le kit de dégustation. Nico vient de me rapporter ça. On s'en sert pour enseigner les diverses saveurs des vins. Veux-tu essayer ? Au moins, ça vous fournirait un sujet de conversation.

— Comment ça marche ? demanda-t-il, soudain plus pétillant.

Elle ouvrit la boîte puis en sortit six fioles avant d'en déboucher une qu'elle lui tendit.

— Sens-la. Qu'est-ce que c'est, à ton avis ?

Il inhala trop fort et se mit à tousser.

— Doucement.

— Pardon, s'excusa-t-il en recommençant. Euh… De la fraise.

— Bien joué, approuva-t-elle en lui en donnant une autre.

— La même chose, fraise, assura-t-il en se l'agitant sous le nez.

— Non, même si c'est aussi un fruit.

Il leva la fiole un peu plus près de ses narines, troublé.

— C'est un piège.

— La différence est légère. Promis, il n'y a pas de piège.

Evan s'enfonça dans son fauteuil. Le soleil de cette fin d'après-midi faisait ressortir les touches d'or dans ses iris.

— C'est peut-être parce qu'en ta présence tout ce dont j'arrive à me souvenir, c'est du parfum de tes cheveux.

Marguerite dut lutter pour adopter sa voix la plus autoritaire.

— Concentre-toi sur les fioles.

— Pardon, fit-il en réessayant avant de la reposer pour afficher un air entendu. Toujours fraise. Mon préféré.

Seul Evan Fletcher savait si délicieusement pervertir un innocent fruit d'été.

— Tes autres sens influencent peut-être ton odorat.

— Devrais-je fermer les paupières ?

— Y parviendras-tu ?

Il réfléchit un instant et se fendit d'un sourire plus grand encore en dévisageant Marguerite. Elle se mit à rougir de nouveau.

— Non.

Elle se releva, surprise et heureuse de tenir sur ses jambes.

— J'ai une idée. Il est plus de 17 heures, si je ne m'abuse.

— Presque 18 heures. Pourquoi ?

Elle ouvrit un placard. Normalement, Linus avait gardé des sacs pour les cadeaux imprévus. Elle en trouva un en velours noir fermé par un ruban de satin et le montra à Evan.

— Les heures de bureau sont passées. Ou peut-être devrais-je te donner une lettre de démission avant.

— Tu es renvoyée jusqu'à demain, rétorqua-t-il, les paupières plissées.

— Super. Parce que bander les yeux de mon patron va clairement à l'encontre de mon contrat.

Elle se posta à ses côtés pour lui couvrir le haut du visage. Elle serra le ruban en douceur. Ses doigts effleurèrent sa joue rugueuse, ses cheveux soyeux. Elle retint son souffle pour ne pas trahir son émoi, puis recula.

— Est-ce que tu vois quelque chose ?

Ce bandeau de fortune accentuait les lignes avantageuses de sa bouche, mettait en relief sa mâchoire ciselée et ses traits anguleux.

— Non. Redonne-moi la fiole.

— Attends.

Quand elle lui passa l'échantillon sous le nez, Evan lui saisit le poignet en douceur pour l'empêcher de bouger. Elle déglutit. Il inhala, expira. Son souffle lui caressa la peau, éveilla un frisson en elle.

— Toujours de la fraise. Et les cookies, peut-être ?

C'était elle qu'il décrivait. Son shampooing et sa lotion pour le corps, plus exactement.

— Tu triches, lança-t-elle.

— Non. Mais tu sens les cookies. J'adore.

Le ventre de Marguerite se mit à papillonner.

— C'est de la vanille. Bien, si tu ne prends pas les choses sérieusement…

— Mais si. J'aimerais pouvoir comprendre la différence entre les deux.

Sa main s'était glissée sur la sienne. Il la serrait

légèrement, l'effleurait du bout du pouce. Marguerite tenta de se calmer.

— Allez, fais un effort. Mon travail consiste aussi à savoir distinguer tous les arômes d'un kit comme celui-ci. J'y parvenais déjà à l'école primaire.

— Montre-moi.

Elle lui retira alors le sac. Ce mélange de vert, d'ambre et de roux dans ses yeux la fascina d'autant plus. Elle mit une seconde avant de se rappeler qu'elle devait se redresser.

— Tourne-toi, lui ordonna Evan avant de lui nouer le bandeau improvisé sur le haut du visage.

Le velours lui titilla la peau, lui chatouilla les paupières. Evan l'installa dans le fauteuil, sa main chaude la brûlant à travers le tissu de son chemisier.

— Prête ?

Pour quoi, elle l'ignorait et n'aurait même pas su l'imaginer. Elle se pencha en avant comme si des liens invisibles cherchaient à la tirer en arrière. Ne rien voir changea réellement sa perception des choses. Dans le noir, elle entendit chaque détail de la scène : le cliquetis du verre quand Ethan choisit la fiole qu'il allait lui tendre, sa respiration lente, apaisante. Puis, il revint près d'elle. Marguerite sentit l'atmosphère s'appesantir par sa seule présence.

— Voilà.

Son estomac se noua d'impatience. Il lui prit la main pour lui donner un échantillon, et les seins de Marguerite durcirent par ce simple échange. Il guida ses gestes alors… Elle crachota et se tourna vers là où elle pensait qu'il se trouvait.

— Sérieusement ? Écurie ?

— Désolé, j'étais curieux de savoir ce que ça sentait.

Et ça m'intéresse encore plus de comprendre pourquoi on donnerait cette saveur à un vin.

Elle éclata de rire, à moitié soulagée et déçue qu'il ait brisé l'envoûtement.

— Cette odeur vient d'un type de levure, les brettanomyces, surnommées brett. On les utilise dans le vin rouge comme le côtes-du-rhône, mais ça indique parfois des problèmes dans certains crus…

Elle s'arrêta. L'atmosphère de la pièce paraissait différente.

— Evan, tu es en train de te moquer de moi.

— Oh ! non, absolument pas, crois-moi, lui susurra-t-il d'une voix rauque, éveillant des tempêtes entre les reins de Marguerite. Tu rayonnes quand tu parles de vin, tu sais.

Il lui confia une autre fiole froide.

— Et celle-ci ?

— Feuille de laurier.

Il émit un rire grave comme un grondement léger.

— Et qui se sert de sa mémoire plutôt que de son odorat, maintenant ?

— C'est de la feuille de laurier, Evan.

— En es-tu si sûre ? Mon après-rasage est à la feuille de laurier.

— C'est faux, rétorqua-t-elle. Tu sens la citronnelle et le basilic.

Sans avoir besoin de voir Evan pour savoir où il se trouvait, elle lui prit le poignet pour l'amener à ses narines. Elle ferma les yeux afin de mieux mémoriser son parfum, heureuse qu'il ne vît pas son plaisir à cet instant.

— Et là, continua-t-elle en traçant les veines et les tendons sur ses bras. Cannelle et clou de girofle, avec une pointe d'orange. Tu t'es servi du savon de la boutique de souvenirs.

Evan ne bougeait pas, seul son pouls vibrait sous les doigts de Marguerite. Elle le relâcha, en proie à une panique nouvelle. Elle venait de se trahir. Il savait désormais à quel point elle s'intéressait à lui. Seulement, lui flirtait par jeu, pas elle. Elle n'avait jamais été très douée pour cela, incapable de séparer ses émotions de ses paroles et de ses actes. Par exemple, quand elle l'avait embrassé pour dissiper la tension entre eux, son attirance pour lui ne s'était que renforcée.

Evan lui plaisait. Il lui en faudrait peu pour tomber folle amoureuse. Cependant, elle ne voulait plus risquer de ressentir ce vide intense s'il venait à l'abandonner. Elle ne commettrait plus la même erreur, encore moins quand l'avenir de Saint Isadore dépendait de leur relation.

Elle ôta le bandeau et sourcilla le temps de se réhabituer à la lumière.

— Bon, s'exclama-t-elle gaiement. Veux-tu emporter le kit chez toi pour t'entraîner tout seul ?

— Non, ça ira, fit-il en secouant la tête, un peu absent. Mais merci, tu as vraiment changé ma vision des choses.

— Aucun problème. C'est une autre de mes responsabilités, enseigner les arômes du vin. Un bon viticulteur devrait savoir expliquer les étapes de fabrication et décrire les saveurs.

Elle bafouillait sans réfléchir pour oublier le parfum d'Evan et la chaleur au creux de ses reins, pour réinstaurer un semblant de normalité entre eux.

— Penses-tu que ça t'aidera avec Nico ?

— Non, en tout cas pas comme ça.

— Ah, souffla-t-elle, déçue. Ça valait le coup d'essayer.

— Il trouvera ça bizarre si je lui vante les délices

de sa peau, ironisa-t-il, d'un air mutin. Mais c'était très amusant.

Ses reins s'électrisèrent. Elle s'appuya sur le bureau pour ne pas vaciller.

— Ce sera au moins ça de gagné.

— Même si je ne sais toujours pas ce que sent la fiole d'écurie.

— N'hésite pas à emporter le kit.

— Une autre fois, s'excusa-t-il, soudain plus sérieux. Je tiens à te remercier de t'inquiéter pour Nico et moi.

— C'est normal. Je l'aime bien.

Sur un coup de tête, comme avec un ami, elle se pencha pour lui faire une bise. Mais Evan se tourna à la dernière seconde. Sa bouche ferme se posa sur la sienne. Alors, il desserra les lèvres, et elle faillit s'abandonner à sa chaleur. Marguerite recula, à la fois surprise et déconcertée.

Elle comprit, trop tard, ce qu'elle venait de faire. Elle avait dépassé les bornes. Elle l'avait touché, l'avait embrassé. Elle se cacha le visage dans les mains.

— Désolée…

Il fit non de la tête d'un geste brusque puis s'approcha pour la saisir par la taille et la serrer contre lui.

— Fraise et vanille. Tu as le même goût que ton parfum.

— Heureusement, tu n'as pas le goût du basilic et de la cannelle, répondit-elle en reprenant son souffle.

— Hum, et si tu réessayais pour t'assurer que tu as bien saisi toutes les touches ? C'est bien le bon terme, j'espère.

Voulait-il recommencer ? Son corps tout entier lui hurlait d'accepter.

— Les touches sont primordiales. Tu as raison, ce serait dommage de les rater.

Il ne lui en fallut pas plus, il la serra davantage. Elle se pendit à son cou comme pour le défier de l'étreindre encore plus fort, les yeux fermés, impatiente.

Lui prit son temps. Il la couvrit de baisers sur les joues, le menton, les tempes. Il la taquinait du bout des lèvres, avec sa langue et sa barbe fine pour mieux éveiller des séismes partout où il traînait, pour mieux soulever des secousses au plus profond de son être. Elle en voulait plus, là, maintenant…

Quelque chose vibrait. Depuis quelques secondes, en vérité. Evan avait dû s'en rendre compte, lui aussi. Il releva la tête, perdu dans le vague.

— Téléphone…

— Ce n'est pas le mien, haleta Marguerite comme si elle venait de terminer un triathlon.

Sans la lâcher, Evan fouilla la poche de son pantalon pour répondre sèchement. Marguerite n'entendit pas la voix de son interlocuteur, mais ce dernier ne semblait pas porteur de bonnes nouvelles. Evan se libéra alors pour aller se réfugier dans un coin. Elle se retourna, pas tant pour lui accorder un brin d'intimité que dans l'espoir de réajuster ses vêtements et sa coiffure. Son chemisier sortait de sa jupe, ses cheveux lui retombaient en mèches folles sur le visage, une de ses sandales avait mystérieusement disparu. Sans doute quand elle avait levé la jambe contre Evan pour se coller à lui.

Il se racla la gorge, et elle releva les yeux. Sa chaussure attendrait. Lui aussi s'était recoiffé, même si ses boucles noires semblaient plus sauvages qu'à son arrivée. Il avait l'air tendu, visiblement désolé.

— Nous devrions discuter de ce qui vient de se passer, mais…

— Tu dois repartir en urgence à San Francisco, affirma-t-elle en reconnaissant l'expression sur son visage.

— Un problème avec un fournisseur. Le directeur aimerait nous voir au plus vite. Si je prends la route tout de suite, je peux encore arriver à temps pour une réunion tardive. Et Luke a organisé une journée au golf à la dernière minute. Toutes mes excuses. Je t'appelle dans la soirée, si tu veux.

— Et Nico ?

— Je vais lui parler.

Elle le dévisagea de sous ses cils.

— Promis, s'exclama-t-il. Même un char d'assaut ne saurait m'en empêcher.

— Étant donné que les tanks ne courent pas les rues en Californie, tu ne prends pas trop de risque, répondit-elle avec un sourire pour atténuer ses reproches. Medevco en revanche…

Il se redressa.

— Je sais. Une fois ce problème réglé…

— Tu devras faire passer Nico en priorité si tu tiens vraiment à le connaître.

Comme elle lui prenait la main, Evan se raidit. Même s'il hocha la tête, Marguerite ignorait si elle avait fait mouche.

— Peux-tu veiller sur lui en attendant ?

— Mais oui ! De toute manière, il est sous ma responsabilité. Ah, non, plus maintenant.

Elle lui sourit de nouveau tandis qu'il lui caressait les doigts. Elle crut fondre encore une fois.

— Exact, je te réengage immédiatement, assura-t-il en la lâchant. Je dois y aller, mais toi et moi…

— Il n'y a pas de mais qui tienne. Et, franchement, ne

t'attends pas à une conversation pénible et interminable. Tout va bien. Patron.

— Patron… Alors, je n'ai pas droit à un baiser d'adieu.

— Va-t'en, fit-elle en éclatant de rire. J'ai du travail, moi aussi. Sois prudent sur la route.

Malgré tout, après son départ, elle resta assise à son bureau, immobile, perdue dans le dédale de ses pensées longtemps encore après que le soleil eut disparu et laissé le manoir dans la pénombre.

Elle aurait pu se mentir : en dehors du travail, elle et Evan étaient amis. Des amis avec une forte attirance mutuelle, qui s'égaraient de temps à autre, mais sans plus.

Le cœur de Marguerite ne s'y risquerait plus.

- 6 -

Marguerite se glissa sous la douche, heureuse de ce samedi matin de paresse. Soudain, elle sursauta, coupa l'eau, passa la tête derrière le rideau. Quelqu'un venait de s'inviter à l'intérieur et montait les escaliers ! Elle était persuadée d'avoir verrouillé. Qui était-ce ?

— Salut, appela Aracely. Tu es là ?

Marguerite souffla, comme pour mieux laisser l'adrénaline redescendre, même si elle avait souhaité entendre une voix masculine au lieu de celle de sa meilleure amie.

— Tu m'as fichu la trouille ! cria-t-elle en se séchant avant d'enfiler un peignoir. Je devrais te reprendre ta clé. Tu as intérêt à m'avoir apporté du café pour me remettre de ma crise cardiaque.

Quand elle arriva dans la cuisine, Marguerite trouva Aracely, deux gobelets dans une main, un sac blanc dans l'autre.

— Et des donuts tout frais.

— Je retire ce que j'ai dit. Garde la clé. Mais qu'est-ce que tu fais là ? Je croyais que tu avais rendez-vous avec un client.

Elle prit les donuts et s'installa à table. Aracely l'imita.

— Oui, mais je voulais m'assurer de bien avoir entendu ce que tu m'as raconté au téléphone, hier soir. Tu as embrassé Evan, et il a fui en courant ?

Marguerite se figea, un beignet au chocolat à mi-chemin de sa bouche.

— La journée commençait pourtant si bien. Merci, Aracely.

— Ce n'est pas normal entre un patron et son employée.

— Aurais-je oublié un jour férié ? fit Marguerite en reposant la pâtisserie. La fête des affirmations inutiles, par exemple.

— Non, c'est la fête du je-tiens-à-mon-amie-et-je-m'assure-que-tout-va-bien, la corrigea sa camarade en ancrant ses yeux noirs aux siens. Tout va bien ?

— Mais oui. Pourquoi cette question ?

Aracely croisa les bras, parangon de scepticisme.

— Il n'y a aucun problème. En fait, hier, j'ai reçu les rapports d'analyses sur la qualité du vin, et tout était parfait. Je suis vraiment soulagée, tu sais, je craignais tellement de…

— Et qu'ont révélé les rapports d'analyses à propos de ton baiser avec ton patron ? Parle-t-on de culotte fondue ou de frissons de rien du tout ?

Marguerite faillit recracher son café.

— Je t'ai déjà expliqué qu'il m'a renvoyée avant. Techniquement, il n'était plus mon patron.

— C'est ça. Mais, techniquement, votre petit jeu ne change rien aux faits. Tu en as conscience, j'espère.

— Et revoilà les affirmations inutiles, se plaignit Marguerite en croquant dans son donut. Je le sais très bien. Mais bon…

— C'est plus simple que d'en parler.

— Je lui ai assuré que ce n'était pas la peine. Et c'est le cas. Oui, il me paie, et, oui, je l'aime beaucoup.

— Assez pour te jeter dans ses bras plusieurs fois.

— Deux fois seulement. Nous savons très bien que ça n'ira jamais plus loin.

Elle reposa son beignet. Elle n'en avait plus tellement envie.

— Il cherche encore à améliorer sa relation avec Nico et il croit que la meilleure solution reste de le cloîtrer ici. Il se trompe, mais il va devoir le découvrir tout seul. De toute évidence, sa priorité demeure Medevco et la Silicon Valley. Et moi, je ne quitterai pas Saint Isadore.

— Et s'il revend le domaine ?

— Comment ça ? s'enquit Marguerite en dévisageant son amie.

— Tu l'as dit toi-même : il a racheté Saint Isadore pour ne pas avoir à s'occuper de Nico. Et si ce dernier décidait de s'en aller, Evan ne garderait pas le vignoble, si ?

— Il a l'intention de rentabiliser les caves. Par ailleurs, il y a encore le gala. Tu sais, celui pour lequel on t'a engagée.

— Attends, d'après ce que tu m'as raconté, il procède tout le temps de cette façon. Il développe puis revend des compagnies. Bref, as-tu des pistes pour retrouver le livre de comptes ?

— Non. J'ai fouillé les caves de fond en comble plusieurs fois. Je ne pense pas qu'il soit dans le manoir non plus. Linus laissait toujours les papiers dans son bureau.

Marguerite frissonna malgré la chaleur de la cuisine. Evan se débarrasserait-il vraiment de Saint Isadore ?

Si seulement elle avait déniché ce livre de comptes… Elle aurait dû exiger un contrat signé dès le départ, mais Linus se vantait toujours de procéder à l'ancienne. Selon lui, ses paroles suffisaient à prouver sa bonne foi, Marguerite n'avait donc pas à s'inquiéter. Elle avait cependant fini par comprendre son erreur. Voir à quel point il avait abusé de sa crédulité l'avait anéantie, surtout quand on savait qu'il était allé jusqu'à tenir des comptes sans jamais prévoir de lui léguer le domaine.

Elle entendait encore les railleries de ses petits-neveux. Pour quelle raison aurait-il accepté de confier les rênes de ses terres les plus rentables à sa jeune assistante ? Si Marguerite n'avait pas été payée convenablement du vivant de leur grand-oncle, alors c'était son problème à elle. Si le livre de comptes restait introuvable après tout ce temps, il le demeurerait certainement à jamais. Linus avait donc dû le jeter. Marguerite sentit des larmes lui brûler les yeux.

Elle avala une gorgée de café puis décida d'éviter le sujet avant de s'engouffrer trop loin dans le terrier du lapin.

— As-tu dit aux membres de ta famille que tu ne voulais pas les rejoindre à Santiago ? demanda-t-elle à Aracely, lui arrachant un rire.

— C'est peut-être parce que je les évite que je sais que tu dois parler à Evan, affirma-t-elle avant de se lever. Bon, j'y vais. À plus tard.

— Oui, merci pour le café, et pour tout, en fait.

— *Claro, po.* Pas de problème.

La pièce sembla bien calme après son départ. Trop calme. Aussi, Marguerite se remit-elle à penser à Evan.

De toute évidence, ils ne pouvaient pas continuer ainsi. Pour son équilibre mental, à défaut de sa libido. De son point de vue, trois solutions s'offraient à eux : elle démissionnait pour de bon ; Evan ne venait plus à Saint Isadore ; ils établissaient de nouvelles limites à leur relation, car de toute évidence celles qui étaient en place ne les empêchaient pas de se sauter dessus.

Hors de question d'opter pour la première. Elle adorait son travail, d'autant plus maintenant qu'on lui avait confié davantage de responsabilités. C'était elle qui prenait les décisions sans Casper Vos dans ses pattes. Evan lui avait donné carte blanche en matière de créativité. Il gérait peut-être les portefeuilles, mais elle menait la barque en ce qui concernait le vin.

Evan ne se résoudrait pas à la deuxième option. Marguerite ne voulait pas non plus arrêter de le voir.

Restait donc la dernière. Cependant, si elle mourait d'envie et de peur d'explorer cette alchimie explosive entre eux, elle se liquéfiait à l'idée de lui raconter tout son rapport à Saint Isadore. La soupçonnerait-il de simplement s'intéresser à lui par appât du gain ? Elle voulait croire que non. Elle avait déjà accordé sa confiance à Casper et à Linus, à tort. Oserait-elle s'ouvrir à Evan, non seulement au sujet de son héritage familial, mais aussi à propos de ses sentiments les plus profonds ?

Peut-être pouvait-elle assouvir ses ambitions sans posséder le vignoble. Peut-être son poste actuel suffirait-il à redorer le blason des Delacroix, comme elle l'espérait depuis si longtemps. Peut-être réaliserait-elle un nouveau rêve par la suite. Un rêve où elle pourrait embrasser Evan Fletcher des heures durant, caresser ses boucles de jais…

Elle revint à la réalité. Autant s'habiller et entamer la journée. Inutile de se tracasser pour le moment. Evan était rentré à San Francisco et y resterait probablement jusqu'au week-end prochain.

Quelqu'un toqua à la porte.

— Et c'est maintenant que tu frappes ? cria-t-elle en se dirigeant vers le palier. Utilise donc ta clé… Ah !

Evan se tenait là, vêtu d'un pantalon kaki et d'une chemise verte qui mettait en valeur les touches de jade dans ses iris. Marguerite s'imprégna de sa présence, mais il semblait exténué.

— Je suis bien élevé, je n'entre pas chez les gens comme ça.

Il l'observa puis se concentra rapidement sur les plantes dans le jardin.

— Désolé, j'aurais dû te prévenir.

— Je t'ai pris pour Aracely. Elle vient de partir.

Marguerite resserra son peignoir à hauteur du cou. Que faisait-il ici un samedi matin ? Il hocha la tête, se gratta la nuque sans la regarder.

— C'était une mauvaise idée. Je te laisse tranquille.

— Attends. Je croyais que tu devais jouer au golf, aujourd'hui. Un problème avec le fournisseur ?

— Non. Enfin, oui, je devais le retrouver, mais…

Evan fixa les jambes nues de Marguerite puis erra vers le cordon à peine attaché à sa taille.

— Pas après ce qui s'est passé hier. Laisse tomber, nous en parlerons une autre fois.

Ils auraient pu attendre lundi et en discuter dans son bureau. Elle aurait pu démissionner, le forcer à la renvoyer temporairement. Néanmoins, Aracely avait raison, ce petit jeu ne changeait rien aux faits.

Sinon, elle pouvait simplement opter pour la troisième solution énoncée quelques minutes plus tôt. Aussi, elle relâcha son peignoir.

— Entre donc. Il reste des donuts, et je peux refaire du café.

— Ce n'est pas une bonne idée. Peut-être quand tu seras habillée.

— Arrête un peu. Tu as raison. Il faut qu'on crève l'abcès, qu'on établisse de nouvelles règles.

— Je t'assure que, si tu ne te changes pas, je ne vais pas dire grand-chose. Franchement, tout ce dont je veux parler c'est de la façon de contourner ces règles.

Il ne lui en fallut pas plus. Marguerite lui passa les bras autour du cou pour le forcer à se pencher en avant. Là, elle l'embrassa fougueusement et lâcha prise.

— Super. On se comprend, alors. Bien, entre si tu ne veux pas traumatiser les voisins.

Il lui sourit pour la première fois depuis son arrivée et la serra plus fort.

— Nico a passé la nuit chez Gabi. Le seul voisin, c'est moi. Traumatise-moi autant que tu voudras.

— J'y compte bien, murmura-t-elle contre ses lèvres.

Elle lui donna un nouveau baiser. En douceur, cette fois. Elle prit son temps. Une invitation à explorer leur passion, tout comme la veille. Cependant, aujourd'hui…

Il ne réagit pas tout de suite. Mais alors il se détendit, et Marguerite ne sut plus trop qui menait la danse ni qui se laissait gentiment emporter. La tension se mit à lui tourbillonner dans les reins, agitant son corps tout entier, aussi s'accrocha-t-elle à son cou pour ne pas s'écrouler sur les dalles.

La chaleur de sa bouche trahissait ses envies. Ses mains parcoururent son dos jusqu'à sa nuque avant de jouer avec ses cheveux. Marguerite se détendit entre ses bras, bien décidée à le libérer de cette angoisse qui l'empêchait de se laisser aller. Dorénavant, il n'existait plus aucune raison de se retenir.

Elle se mit sur la pointe des pieds, son peignoir s'ouvrit, elle pressa son ventre et ses seins contre lui. Elle se tortilla pour mieux sentir la bosse dans son pantalon.

— Je n'attendais que ça la première fois.

— Je n'attendais que ça quand tu m'es tombée dessus dans la cuisine.

Elle rit tandis qu'il enfouissait le nez sous son oreille, dans son cou. Il glissa ensuite une main sur son sein droit puis traça lentement de petits cercles du bout du pouce, et il ne fut plus question de plaisanter.

— Si nous n'allons pas dans la chambre dans la seconde…, haleta-t-elle sous l'effet des mains d'Evan sur son ventre et des tempêtes qui l'animaient, … je vais me mettre à hurler et rameuter tout le vignoble.

— J'aime l'idée de t'amener dans un lit.

Il tenta d'ouvrir la porte puis fronça les sourcils.

— Quoi ? s'étonna-t-elle en se tournant pour essayer à son tour. Mais non, ce n'est pas possible !

Elle n'avait pas entièrement déverrouillé en sortant. Ils étaient enfermés dehors.

— Dis-moi que tu gardes une clé quelque part, Marguerite. Ou que tu as laissé une fenêtre ouverte.

— Non. Tu n'as pas de double, j'imagine.

— Pas sur moi. Je rêvais de me retrouver entre tes draps, mais seulement si tu m'y invitais.

Elle grommela en grattant la porte.

— Tant pis. C'est peut-être mieux ainsi. Je vais rentrer au manoir et rapporter le trousseau de clés. Tu pourras t'habiller et nous irons prendre le petit déjeuner en ville.

Il lui déposa un baiser sur le dos de la main. Cependant, Marguerite ne comptait pas cacher cet instant sous le tapis à cause d'un simple contretemps. Elle ne se contenterait pas d'une relation entre collègues à deux doigts de déraper.

— J'ai déjà mangé, fit-elle en le fixant de manière insistante pour le forcer à la regarder. J'ai envie de toi.

Elle retira son peignoir d'un geste d'épaules et se retrouva entièrement nue. Evan s'assombrit sous le grand soleil matinal. Il déglutit.

— T'ai-je déjà dit que je suis toujours plus heureuse à l'extérieur ? lui demanda Marguerite en s'étirant comme pour toucher l'azur.

Le vent tourna. Elle sentit les parfums du changement lui chatouiller les narines.

— Je crois que je te comprends, assura-t-il en s'imprégnant de sa nudité, s'attardant sur sa poitrine, sur les courbes de son ventre, sur les petites boucles en haut de ses cuisses.

Elle se mit à rayonner, ravie de la réaction d'Evan, puis l'embrassa. Il gémit au contact de leurs langues emmêlées tandis qu'elle déboutonnait sa chemise. Elle passa les doigts sur la fine toison de son torse puis s'aventura plus bas sur ses abdominaux, dans son pantalon. Elle continua ses explorations toujours plus loin et ouvrit grand la bouche en découvrant toute l'envergure de la chaleur et de la vigueur d'Evan.

Il l'aida aussitôt et se retrouva vite nu. Elle se dégagea un instant pour vérifier ce que ses doigts lui avaient déjà prouvé : elle assistait à la plus magnifique érection qu'elle avait jamais vue. Elle se mit alors à genoux sur son peignoir et lui fit une fellation.

L'intimité adoptait bien des visages mais, de tous les actes imaginables entre deux amants, Marguerite appréciait par-dessus tout celui-là. Pas uniquement parce qu'elle devenait maîtresse de son extase, se servant du velours ardent de sa langue pour découvrir comment le pousser à bout, le faire mourir de plaisir, le forcer à serrer les poings pour ne pas se laisser aller. Pas seulement parce qu'elle pouvait également le caresser en même temps, l'étreindre ou le chatouiller ; apprendre comment lui faire invoquer son nom comme une prière impie. Mais aussi parce que cela restait bien la meilleure façon de s'imprégner de son odeur.

Evan lui survolta les sens, une vraie torture. Elle le cajola avec sa langue et suçota sa verge satinée, ébahie de le voir grandir davantage, fascinée par sa respiration rauque, douce musique à ses oreilles. Puis, il lui toucha la joue pour lui intimer de se relever.

— À mon tour, dit-il sans ambages en la menant vers le banc tout près.

Elle avait toujours apprécié ce banc, un des endroits qui lui avaient le plus manqué après son départ forcé. Trois treillis de vignes le dissimulaient et se rejoignaient loin au-dessus en une arche. Elle adorait y passer son temps à lire, rêvasser ou dormir. Toutefois, lorsque Evan la fit s'asseoir avant de se jeter à ses pieds pour la combler à son tour…

Par tous les saints, sa langue. Cette langue experte, sauvage, insatiable. Il léchait, traçait des cercles, suçotait, s'inspirait de ses soupirs alanguis, apprenait ses envies à des rythmes et intensités variés pour la propulser plus haut, plus loin. Elle voulut se retenir, savourer l'irréalisme du moment… Après tout, Evan était accroupi, il l'adulait… mais la tension entre ses cuisses monta et monta encore jusqu'à ne plus tenir, et Marguerite sentit les moindres de ses atomes pétiller, éclater comme des bulles de champagne.

Désormais, Evan la guidait à travers les remous, plus en douceur, plus lentement, et lorsque Marguerite put enfin rouvrir les paupières, elle était assise sur ses genoux, là, sur le banc. Il affichait un immense sourire.

— Fier de toi, dirait-on, lui murmura-t-elle, consciente d'exhiber une expression similaire.

— Tu n'imagines même pas, lui chuchota-t-il.

— J'espère que tu as un préservatif.

Elle enfouit le nez dans son épaule, le soleil lui réchauffant le dos. Mais, alors, un bruit de pneus sur les graviers de l'allée dissipa la brume voluptueuse dans laquelle Marguerite s'était recroquevillée.

— Une voiture. Quelqu'un arrive.

Il réagit au quart de tour. Il alla attraper le peignoir de Marguerite et le lui jeta avant d'enfiler son pantalon. Il ne portait qu'une chaussure et cherchait la seconde, lorsque le portail grinça. Elle se précipita pour aller intercepter leur hôte.

Aracely apparut à l'angle de la maison, penchée sur son téléphone. Quand elle releva la tête, elle se pétrifia un instant puis tenta de réprimer un sourire narquois qui finit bientôt par lui dévorer tout le visage.

— Salut, s'écria Marguerite, la suppliant de lui épargner ses commentaires. Déjà terminé ?

— J'ai dû oublier mon portfolio chez toi, ce matin, répondit son amie en se raclant la gorge. Je ne le trouve plus. Bonjour, Evan.

— Bonjour, lança-t-il en enfilant sa deuxième chaussure.

— Je ne crois pas, non, Aracely. Enfin, je n'ai rien remarqué.

— Tu as quand même l'air… nerveuse, dit l'autre en avisant la porte, amusée, sous le regard agacé de Marguerite. Je peux vérifier à l'intérieur ?

— Oui, bien sûr, l'encouragea-t-elle, ravie qu'elle leur ouvre. Fais comme chez toi.

Aracely louchait sur Evan et Marguerite.

— J'y vais, alors, assura-t-elle. Je pense en avoir pour quinze bonnes minutes…

— Très bien, ne te presse pas.

— C'est surtout pour vous laisser le temps de vous rendre présentables.

Elle se dirigea donc vers l'entrée, déverrouilla, mais marqua une pause avant de s'engouffrer dans la maison.

— N'oubliez pas les chaussettes sous le banc et le caleçon dans le treillis.

Elle claqua ensuite la porte derrière elle sans se gêner. À ce moment, le rire nerveux que retenait Marguerite éclata au point qu'elle dut s'asseoir. Evan ne tarda pas à l'imiter puis vint l'aider à se relever dans la cour emplie de joie.

— Si on m'avait dit que je passerais la matinée comme ça…, s'exclama-t-elle en essuyant ses larmes.

— Ne m'en parle pas. J'en ai rêvé, sans doute, mais la réalité s'est avérée bien plus alléchante.

Marguerite reprit le contrôle et se raidit quelque peu.

— Bon, la porte est ouverte.

Elle ferma son peignoir d'un double nœud bien serré, geste assez ridicule après ces quelques minutes. Néanmoins, ce bouclier la rassura, aussi fragile fût-il.

— Je t'ai promis un café, Evan.

— Marguerite, fit-il, à la fois comme une caresse et comme un avertissement.

Elle leva les yeux de ses pieds nus pour se plonger dans son regard. Elle y décela… Ah ! tant de choses. Désir, espoir, bonheur, mais aucune inquiétude. Elle y retrouva cette impatience tapie au fond d'elle-même.

— Oui ?

— À propos de tout ça, continua-t-il en cherchant ses quelques vêtements manquants pour les enfouir dans ses poches. J'ai réfléchi aux prochaines étapes.

Le cœur de Marguerite s'emballa de plus belle, pas en raison de leur intimité cette fois-ci. *C'est vrai. La discussion.*

— Nous venons d'en parler, non ?

— Oui, mais au-delà de ça, tu t'es montrée plutôt claire

sur tes appréhensions quant aux relations de bureau. Je ne voudrais pas que tu te sentes gênée.

— Tu as bien dû voir que je ne ressentais aucune gêne.

— Oui, reconnut-il, amusé. Je pensais surtout au fait de continuer à collaborer. Je souhaiterais éviter qu'on se fasse de fausses idées à notre sujet, qu'on imagine que je t'ai forcé la main.

Elle aimait le savoir inquiet pour sa réputation. Elle l'aimait… Non. Elle ne pouvait pas. Ou plutôt, elle ne devait pas le lui montrer, trop consciente du rapport de pouvoir dans leur relation. Tant qu'elle ne pourrait pas prouver ses droits sur Saint Isadore, Evan resterait le seul maître, même s'il lui confiait déjà toutes les décisions concernant les caves. Toutefois, s'il apprenait ses sentiments nouveaux à son égard, Marguerite se retrouverait en position d'infériorité.

— Ou ils feront de toi la victime et m'accuseront d'en avoir après ton argent, assura-t-elle d'un ton léger. Nous n'y pourrons rien, mais nous devrions quand même nous en soucier un minimum.

— Et donc ?

— Le vin touche un vaste public, mais se fabrique dans de petites structures. Gardons nos distances au travail, surtout quand nous ne sommes pas seuls. Nous devrions y arriver sans problème.

Elle déposa un baiser sur ses lèvres afin de lui signifier son manque d'animosité.

— Facile, étant donné que je ne suis pas souvent là. Et d'ailleurs…

Il se tut en détectant Aracely sur le seuil, brandissant bien haut son portfolio, l'autre main devant les yeux en guise de barrière.

— Trouvé, s'exclama-t-elle. Est-ce que je peux sortir ?

— Oui, c'est bon, le jardin est sécurisé.

— Tout dépend de ce que tu appelles « sécurisé », lança Evan, d'un air malicieux, s'attirant un coup de coude de Marguerite.

— Je ne veux même pas savoir, reprit Aracely en laissant retomber ses mains. En revanche, si Evan reste dans les parages, nous devrions revoir les derniers détails pour le sommet international.

— Lundi après-midi ?

— Lundi ? s'étonna Marguerite. Tu ne rentres pas à San Francisco ?

— Le contrat dont je te parlais est en pause pour l'heure, lui indiqua-t-il en lui caressant la joue. Tu sais, cet investisseur, il a dû régler un problème familial. J'ai dit à Luke que je travaillerais ici le temps de relancer les négociations.

— Toi, tu vas travailler ici ? Qui êtes-vous et qu'avez-vous fait d'Evan Fletcher ?

Il haussa les épaules, signe évident de sa nonchalance derrière ses émotions contraires. Marguerite frissonna.

— J'aimerais en apprendre plus sur Saint Isadore et sur le vin. On m'a même suggéré que cela pourrait m'aider avec mon frère.

— Ça ne ferait pas de mal au domaine.

— Rien qu'au domaine ?

Elle fit non de la tête, elle préférait garder ses pensées enfouies au plus profond d'elle-même. Au lieu de cela, elle lui passa les bras autour du cou pour lui donner un baiser. Quand ce simple geste se changea en une étreinte plus effrénée, Marguerite entendit le rire d'Aracely dans la cour. Ensuite, elle ne discerna plus rien d'autre qu'Evan.

- 7 -

Marguerite s'enfonça dans les coussins rembourrés du nouveau canapé en cuir. Elle observait Evan et Nico se disputer la dernière part de la pizza cannibale. Le cadet finit même par proposer un bras de fer pour les départager. Gabi trouva le regard de Marguerite et leva les yeux au ciel face à ces deux hommes de Cro-Magnon. Elles souriaient malgré tout. Marguerite n'aurait jamais imaginé un match à ce point truffé de tricheries.

Depuis qu'il avait décidé de séjourner plus longuement à Saint Isadore, Evan avait instauré la tradition de la pizza du vendredi soir, au manoir. Nico avait profité du retour de son frère pour discuter de façon régulière de sa place à Saint Isadore. Ils en avaient rapidement conclu que ces réunions exigeaient de quoi se rafraîchir et manger, d'où les pizzas. La première fois, Evan avait apporté de la bière, au grand dam de Marguerite. Cependant, elle avait vite saisi l'occasion pour l'initier aux charmes du vin. S'il préférait encore le houblon, au moins il pouvait se défendre en croisant un vigneron.

Elle n'en revenait toujours pas : il était vraiment resté à Saint Isadore. Certes, il se terrait dans son bureau toute la journée et en émergeait uniquement afin de signer des documents importants, mais le soir… Le soir, il lui révélait toute l'ampleur de sa présence. Chez elle. Plusieurs fois dans ce fameux fauteuil. Même dans le pick-up qu'utilisait Marguerite quand elle allait voir les vignerons et les terres.

Les souvenirs de ce qu'il lui avait fait sous le ciel nu, au milieu de grappes et de feuilles vertes, la poussèrent à se tortiller sur le canapé. Evan lui sourit d'un air équivoque, comme s'il lisait ses pensées. Comme s'il savait que Marguerite ne songeait plus à rien d'autre depuis leurs ébats dans le jardin.

— J'ai gagné ! s'écria Nico.

— C'est parce que je me suis laissé distraire par quelque chose de plus délicieux, expliqua-t-il en passant l'assiette en carton à son cadet. Bon appétit.

Son coude s'approcha dangereusement du vin ouvert sur la petite table quand il voulut se relever.

— Attention ! lança Marguerite en attrapant la bouteille. C'est un grand cru.

— Alors, ne le gaspillons pas, dit-il en s'asseyant à ses côtés.

— Tout d'abord, interro surprise : pourquoi a-t-on bu du cabernet sauvignon avec ce type de pizza ?

— Le tanin, répondit Evan après quelques secondes de réflexion. Ça contrebalance la graisse de la viande.

— Et ce vin fruité s'accouple bien au goût.

— J'aime bien les accouplements, lui susurra-t-il alors que Nico et Gabi ne leur prêtaient pas attention. N'hésite pas à me poser d'autres questions quand nous serons seuls.

Gabi réunit alors les parts de pizza restantes dans un carton puis referma le couvercle.

— Nous devons retrouver des amis de mon stage, dit-elle en donnant une petite tape sur la boîte. Ils vous remercient pour cette offrande.

— En parlant de stage…, hésita Nico en échangeant un regard entendu avec sa petite amie.

Marguerite se redressa tout à coup. Evan pivota lui aussi, soudain plus attentif. Nico fixait la bouteille sur la petite table.

— J'ai réfléchi. J'aime beaucoup travailler avec toi, Marguerite. La salle de dégustation, ça me plaît vraiment.

— Mais ? intervint Evan.

— Mais Gabi retourne à l'université de Cornell en août, continua-t-il, timidement. Et, à force de fréquenter les autres stagiaires, je me dis que je devrais reprendre mes études. Cette fois, je me donnerai du mal. J'aimerais travailler dans l'hôtellerie. Pour une grande chaîne de luxe. J'aurais donc besoin de m'y connaître en commerce.

— C'est formidable, s'exclama Evan, rayonnant de bonheur.

— Je n'ai pas encore tout réglé, et je passerai l'été à Saint Isadore. Je ne sais pas si Boston me reprendra, mais je vais essayer.

— Et, au pire, Nico peut toujours tenter de faire transférer son dossier, ajouta Gabi.

— Et ce transfert concernerait-il une université à Cornell, par hasard ? s'enquit Evan en souriant.

— Tous les détails ne sont pas encore très clairs, mais c'est possible.

— Il faut qu'on y aille, s'excusa Gabi en regardant son téléphone. À plus tard.

Marguerite parvint à peine à leur dire au revoir, obnubilée par la nouvelle. Evan leur servit le reste du cabernet sauvignon.

— Santé, fit-il en levant son verre. Au plaisir de nous retrouver seuls pour les sept heures à venir.

Comme elle se contenta de sourciller, il baissa le bras.

— Un problème ?

— Non, pourquoi ? Tout va bien.

Il la dévisagea, peu convaincu par sa réponse.

— Crois-tu que Nico ait eu une mauvaise idée ?

— Au contraire. Il s'en sort merveilleusement bien, les clients l'adorent. Il ferait un excellent gérant d'hôtel ou de restaurant.

— Alors qu'est-ce qui te tracasse ? Tu te mordilles la lèvre.

Et mince, il lisait trop facilement en elle.

— C'est juste que..., répondit-elle sans trop savoir comment justifier sa panique soudaine. En fait, si Nico s'en va, garderas-tu Saint Isadore ? Il faudra encore quelques années avant de générer de gros bénéfices, et tu as déjà dépensé tellement dans une affaire qui ne te passionne pas.

Ce fut au tour d'Evan de sourciller.

— Je n'y ai pas réfléchi. Franchement, je ne pensais pas que Nico reprendrait ses études, je n'ai donc pas envisagé l'avenir de Saint Isadore sans lui. Et puis... Si j'investis dans telle ou telle compagnie, ce n'est pas en fonction de mes goûts mais en fonction d'éventuels profits.

— Et Medevco ?

— Je tiens vraiment à pousser Medevco sur la voie de la réussite mais, pour le moment, ça se résume à d'interminables heures à éviter les catastrophes. Peut-on parler de passion pour autant ? Pas vraiment, en comparaison de ton amour pour le vin.

— À l'âge de huit ans, j'ai annoncé à mes parents que je travaillerais dans ce domaine.

Et que je redorerais le blason des Delacroix.

— Bien sûr, je n'avais encore jamais bu de vin, mais je savais. Et toi, que voulais-tu faire quand tu étais petit ?

— Gagner beaucoup d'argent. Mes parents avaient du mal à joindre les deux bouts et, quand Nico est arrivé, ça ne s'est pas arrangé. Ne te méprends pas, nous n'étions pas pauvres, mais les fins de mois s'avéraient souvent difficiles, notamment si les clients de mon père ne le payaient pas à temps.

Il se tut un instant, le regard perdu sur la bouteille vide.

— Peu importe… En parlant de Medevco, Luke m'a appelé avant que Gabi et Nico n'arrivent.

Le ventre de Marguerite, déjà assez retourné pour la soirée, se noua alors de plus belle.

— Des nouvelles d'Angus Horne ?

— Pas pour le moment, mais ça ne tardera plus. Nous devons nous préparer. Le problème, c'est que Luke et moi ne sommes pas d'accord. Je dois lui parler en personne.

Sur ce, il la prit dans ses bras, le visage enfoui dans son cou. Son menton mal rasé la chatouilla. Elle ricana malgré la panique qui lui remontait le long de l'échine.

— J'espère que tu n'appliques pas la même méthode avec Luke.

— Tu es la seule avec qui j'apprécie le corps à corps, répondit-il en se dégageant. Je repars lundi et ne reviendrai pas avant le sommet.

Elle se sentit plus désemparée par cette annonce qu'elle ne l'aurait pensé. De toute évidence, il allait rentrer à San Francisco un jour. Medevco restait sa priorité.

Il n'avait d'ailleurs pas répondu à ses inquiétudes quant à Saint Isadore. Et elle l'entendait encore admettre vouloir toujours plus d'argent. Marguerite n'avait pas assez économisé pour espérer racheter le domaine qui lui revenait de droit. Lui demander de le lui vendre à bas prix, voire de le lui donner, semblait trop… malhonnête.

— Tu vas me manquer, finit-elle par répondre, les mots lui échappant.

— Alors viens avec moi, lui proposa-t-il en la dévisageant.

— À San Francisco ? À quelques semaines de la réception ?

— Vous avez tout prévu, Aracely et toi. Je ne m'en fais pas. Et puis…

Il lui adressa cet air de canaille qui embrasait toujours le cœur de Marguerite plus que de raison.

— … les murs n'ont pas d'oreilles, là-bas, Marguerite.

Elle dut avaler une grande gorgée de vin, sans même en remarquer les touches épicées pour une fois.

— Tu sais, Nico passe tellement de temps avec Gabi que ça ne pose pas vraiment problème.

— Mais ce serait agréable de ne pas s'inquiéter en permanence, insista-t-il d'un geste impatient. Vendredi prochain, je dois aller à un gala de charité et je n'ai pas de cavalière.

Il se pencha pour lui murmurer à l'oreille, son timbre grave éveillant un frisson en elle.

— Je pars lundi, je prendrai de l'avance sur mon travail. Tu me rejoins mardi et tu découvriras chaque pièce de la maison. Si nous finissons par en avoir assez de rester enfermés, nous pourrons nous balader et, vendredi soir, nous irons au gala.

Cette idée plaisait bien à Marguerite.

— Dis-m'en plus à ce sujet. Qui viendra ?

— Des gens de la Silicon Valley, des personnalités de la baie de San Francisco. Du genre qui aime se faire beau et se montrer partout. Comme le but consiste à lever des fonds, ça attire toute sorte de gens.

— Des spécialistes du vin aussi ?

— Ah, nous dirons que tu représentes Saint Isadore, que tu vérifies ce qu'on sert durant la soirée afin de surveiller la concurrence.

À Saint Isadore, ils pouvaient ignorer le reste du monde, faire semblant de suivre leurs nouvelles règles. Prétendre qu'elle ne tombait pas amoureuse. Qu'elle ne se liquéfiait pas de terreur à l'idée qu'Evan puisse abandonner le domaine après le départ de Nico.

— Viens avec moi, lui demanda-t-il, ses lèvres contre les siennes. Je ne veux pas passer deux semaines sans te voir. Tu peux t'accorder un congé, je m'arrangerai avec le patron.

Elle se prit à rire, incapable de résister. Ce n'était peut-être pas une si mauvaise idée de visiter San Francisco, de découvrir son quotidien, rien que quelques jours. Et pourquoi ne pas en profiter pour le persuader de garder Saint Isadore ?

— Je rentrerai samedi. Aracely et moi avons des rendez-vous de dernière minute avec les prestataires.

Il vida son verre puis se tourna vers elle. Quand elle l'imita, sa robe légère révéla le haut de sa cuisse. Evan se mit alors à tracer des motifs abstraits sur sa peau nue.

— Tu t'amuseras au-delà de toute espérance.

Il s'aventura plus loin sur sa jambe, et elle ferma les paupières afin de mieux apprécier les trépidations sauvages éveillées par ses caresses expertes.

— Comment peux-tu me promettre ça, toi qui m'as déjà donné tant de plaisir ?

— Voyons si on ne peut pas atteindre de nouveaux sommets, proposa-t-il avant de l'embrasser.

Il semblait exiger qu'elle ne se concentre que sur la volupté. Elle s'abandonna, et sa peur céda au désir. Evan n'avait rien à voir avec Casper ni avec Linus. Il ne lui couperait pas l'herbe sous le pied. S'inquiéter en vain ne la mènerait nulle part.

Cependant, un vent de panique se soulevait lentement au fond de son être et ne semblait pas vouloir s'apaiser.

Le trajet vers San Francisco parut à Marguerite à la fois interminable et trop court pour ses nerfs en pelote. D'un côté, elle allait découvrir la vie d'Evan, ses amis, son intimité. De l'autre, cela allait représenter leurs premiers instants loin du cocon douillet de Saint Isadore.

Evan habitait à Cole Valley, au sommet d'une colline près du parc du Golden Gate. Les bâtiments oscillaient entre l'architecture victorienne et celle propre aux années 1950, avec parfois des touches contemporaines comme la demeure d'Evan. La maison à quatre étages, mélange de verre, de métal et de ciment, se démarquait par sa façade austère, ses angles secs et les surfaces brutes. Marguerite resta ébahie en remontant l'allée immaculée pour garer sa voiture poussiéreuse devant l'entrée.

Grâce à l'application téléchargée sur son téléphone par Evan, elle déverrouilla la vertigineuse porte en verre dépoli. L'intérieur de la maison s'avéra encore plus moderne et plus impressionnant. Les meubles onéreux malgré leur aspect épuré rappelèrent à Marguerite ces émissions de décoration dans les villas de célébrités. Voilà donc pourquoi il tarissait d'éloges à propos du cadre vieillot et de la grandeur perdue de Saint Isadore.

Elle posa son sac dans la pièce de vie, étendue sur tout le premier étage et qui offrait une vue sur la ville et le Golden Gate au loin. La cuisine, équipée à l'européenne, se prolongeait par la salle à manger, séparée du salon par un poêle qu'on aurait cru suspendu dans les airs. Marguerite aurait largement pu glisser là tout son appartement et encore avoir de la place.

Elle sursauta quand la porte d'entrée s'ouvrit. Elle pivota, déjà prête à saluer Evan, mais une femme s'approchait, ses pommettes et son regard perçant soulignés par sa coupe nette. Son tailleur sur mesure coûtait sans doute plus que toute la penderie de Marguerite.

— Ah, vous êtes là, commenta l'inconnue, l'air réjoui. Bien.

Le cœur de Marguerite tambourina dans sa poitrine. Qui était cette femme ? Où se trouvait Evan ?

— Et vous êtes ?

— Evan ne vous a-t-il pas prévenue ? Non, forcément. Ah ! les hommes. Enfin, c'est vrai que Luke et lui croulent sous le travail, donc je lui pardonne. Je m'appelle Finley Smythe, une amie d'Evan… En vérité, c'est plutôt mon frère, Grayson, son ami, mais Evan savait que j'étais de passage et m'a demandé de m'occuper de vous.

Elle tendit alors la main à Marguerite qui vint la saluer.

— Marguerite Delacroix. Je ne pensais pas avoir besoin d'une nounou.

Finley lui adressa un sourire aux dents parfaites.

— Nous nous entendrons bien toutes les deux. Bien sûr, vous n'avez pas besoin d'une gardienne. Evan s'est simplement dit que vous aimeriez quelqu'un pour vous accompagner dans les boutiques en vue du gala.

— Je ne comprends pas, j'ai emprunté des robes à une amie, Evan le sait, grommela-t-elle en prenant son téléphone pour l'appeler.

— Il sera en réunion toute la journée, intervint l'autre femme. Mon frère aussi, d'ailleurs. Je partage votre frustration, je devais lui parler de choses importantes. Bien, puisque je suis bloquée jusqu'à la libération de

Grayson et que vous n'avez pas besoin de faire les boutiques, pourquoi ne pas me montrer votre costume pour le bal masqué ?

— Comment ? Un bal masqué ?

Marguerite pensait avoir mal entendu. Après ce long trajet, elle avait soif, faim et rêvait d'une bonne nuit de sommeil. Finley plissa les paupières.

— Le gala, il s'agit d'un bal masqué.

Comme Marguerite ne réagissait toujours pas, Finley lui donna une tape amicale sur l'épaule.

— Ah ! les hommes.

Quelques heures plus tard, elles étaient parvenues à élaborer un costume après avoir écumé les boutiques. La robe d'Aracely ressemblait à un simple foulard de soie dorée sur son cintre mais, sur les courbes de Marguerite, elle se changeait en une vraie merveille. Inspirée par sa tenue et par son travail, elle avait décidé de se déguiser en champagne. Finley lui avait déniché une étole de mousseline de soie couleur crème, puis elles y avaient fait attacher des perles et des billes transparentes dans une boutique de couture. On aurait cru que des bulles remontaient le long du corps de Marguerite comme dans une flûte. Des sphères plus petites, plus claires, pétillaient sur le masque épuré. Les deux femmes avaient même réussi à se procurer un bandeau orné d'un bouchon de champagne dans un magasin d'articles de fête. Enfin, elles avaient acheté des maquillages de tons or variés et des paillettes pour le visage et le corps.

Une fois de retour chez Evan, Marguerite s'adonna à des expériences avec son butin. Ensuite, elle enfila la robe afin de montrer le résultat à Finley, qu'elle appréciait de plus en plus.

— Prête ? demanda la jeune femme derrière la porte.

— Prête.

Marguerite défila alors sous les applaudissements de Finley, mais elle n'entendit pas les compliments de cette dernière, trop concentrée sur celui qui venait d'arriver.

Evan se figea dans le vestibule, hypnotisé par Marguerite. Il la trouvait belle à toute heure du jour ou de la nuit, assise à son bureau dans un ensemble professionnel ou dans un jean et un T-shirt terreux après avoir inspecté les vignobles. Sans compter les instants sous les draps, vêtue de son simple sourire malicieux et de sa passion.

Là, elle étincelait sous la lumière ambrée du crépuscule. Sa robe soulignait ses formes, le tissu si léger presque fondu à sa peau. À peine un quart d'heure plus tôt, Evan était ressorti fatigué et irritable d'une longue journée dans une salle de réunion sans fenêtres où rien n'avait avancé. Mais, ce soir, Marguerite aurait de la chance si sa robe ne volait pas dans un coin de la pièce au bout de quelques minutes.

Et, à en croire sa bouche en cœur et son regard chaleureux, elle le comprit aussitôt.

— Je vais vous laisser, s'excusa Finley.

Du moins, il devait s'agir de Finley, car il n'avait prêté attention à rien d'autre.

— Je ne participe pas au gala. Je te dis au revoir, Marguerite, c'était chouette de jouer les bonnes fées. On remet ça quand tu veux. À la prochaine, Evan.

— Salut, Finley. Merci pour tout.

— Ne le laisse pas déchirer la robe après tout le mal que je me suis donné, ajouta-t-elle avant de refermer derrière elle.

Evan réduisit l'écart entre Marguerite et lui en une

seconde, néanmoins elle l'empêcha de la prendre dans ses bras.

— Tu aurais pu préciser que c'était un bal masqué.

— Vraiment ? Ah…

Il avait cru qu'il s'agissait d'une énième soirée guindée. Alors, il remarqua le chapeau ridicule de Marguerite.

— Serait-ce un bouchon ?

— Je suis déguisée en champagne, lui indiqua-t-elle en tourbillonnant, lui dévoilant ses mollets pailletés.

— C'est vrai que tu es enivrante, reconnut-il en réessayant de la serrer dans ses bras.

Mais elle s'esquiva.

— Finley me tuerait si je te laissais détruire mon déguisement, lui indiqua-t-elle avant de retirer son bandeau et son étole. Voilà… Mais fais attention à la robe, Aracely me l'a prêtée.

Il ne lui en fallut pas plus. Il s'était langui d'elle toute la journée, à tel point que Luke lui avait confié les présentations afin de le forcer à suivre. Les rêves d'Evan se réalisèrent quand ses mains, jalouses de la soie sur les courbes de Marguerite, remontèrent le long de son dos, lui empoignèrent les hanches puis les reins et la collèrent contre son érection impatiente.

Elle se recula pour lui sourire de ses lèvres rouges et humides.

— Quelqu'un a l'air content de me voir, fit-elle en se tortillant contre lui.

— Et je ne vais pas me gêner pour te le prouver, fit-il d'une voix grave, déjà prêt à l'embrasser quand elle se mit à glousser. Qu'y a-t-il ?

— Tu as des paillettes plein le visage, expliqua-t-elle. Et dans les cheveux et sur ta chemise. J'en avais sur les mains.

Voilà pourquoi elle rayonnait tant. D'aussi près, il distinguait désormais les minuscules points métalliques sur ses tresses noires jusqu'à son décolleté plongeant.

— Désolée, c'est vraiment pénible à enlever.

Elle tenta bien de lui essuyer le torse, mais ne parvint qu'à empirer les choses. Il lui prit alors la main.

— J'ai une idée.

Il la guida dans l'escalier qui menait aux chambres et la laissa monter la première, fasciné par le bas de son dos. Il n'avait pas prévu cet interlude. En vérité, il avait envisagé tout un scénario pour subjuguer Marguerite. Un verre dans un petit bar clandestin, sombre et intimiste. Un dîner dans un restaurant étoilé au Michelin où le sommelier leur aurait servi une bouteille de Saint Isadore en guise de surprise. Une promenade dans les rues à déguster une crème glacée artisanale. Puis, de retour chez lui…

Chez lui. Il n'avait jamais envisagé les choses de cette manière. Il possédait des résidences, oui, mais il les considérait comme de simples endroits où ranger ses vêtements, où se reposer après le travail. Il avait acheté ce bâtiment pour sa plus-value, pour son esthétique moderne épurée. Il l'avait acquis entièrement meublé sans jamais envisager de le redécorer.

Avoir un foyer changerait-il tant de choses dans sa vie ? Notamment si Marguerite se couchait près de lui quand il éteindrait chaque nuit. Si elle dînait avec lui, le soir, s'ils préparaient leurs repas ensemble dans un silence agréable. S'il serrait la main d'une petite fille aux boucles noires.

Un bel avenir heureux. Cependant, cela ne convenait pas à un homme comme lui. Il devait pouvoir se retourner rapidement, profiter des occasions qui se présenteraient sur son chemin, développer ses sociétés.

Il ne serait jamais du type à tondre sa pelouse tous les samedis. Impossible. Il devait encore offrir à Nico et à ses grands-parents ce qu'il souhaitait tant leur donner. Ce qu'il devait leur donner.

Son amante se retourna alors en haut des marches, pleine de malice et de désir. Elle leva les mains en douceur, ses doigts s'attardant sur sa peau, puis fit glisser les bretelles de sa robe le long de ses bras. La soie cascada, mais s'arrêta sur ses hanches pour ne révéler que la rondeur parfaite des seins aux pointes roses de Marguerite.

— Où est ton lit ?

Il oublia tout le reste.

— Attends, murmura-t-il en lui prenant la main pour lui faire traverser une chambre jusqu'à une salle de bains.

— C'est plus grand que mon appartement, s'exclama-t-elle, sidérée.

Il sortit son téléphone de son pantalon trop serré en faisant la grimace et pianota sur l'écran. Les volets roulants remontèrent pour révéler une paroi unique en verre dominant les lumières de la ville dans la vallée en contrebas.

Marguerite releva sa robe sur sa poitrine.

— Waouh. Mais par la cape de Batman, tu parles d'une chambre d'exhibitionniste !

Evan se colla contre son dos pour lui faire gentiment comprendre de se déshabiller.

— C'est une vitre teintée, chuchota-t-il en lui mordillant l'oreille, arrachant un frisson à Marguerite. Nous voyons tout, mais personne ne nous voit.

— Dans ce cas, tu devrais te changer.

Elle se retourna et se dénuda avant de l'aider à en faire autant. Mais, lorsqu'elle lui saisit le sexe, il parvint à se maîtriser pour se reculer.

— Les paillettes, lui rappela-t-il en l'entraînant sous la douche.

Il n'avait jamais vraiment fantasmé sur les salles de bains. Il considérait leur aspect pratique, rien de plus. Tant qu'il y avait de l'eau, il ne s'en préoccupait pas davantage.

Tout cela changea quand il la rejoignit sous la pluie chaude.

— C'est à la bonne température, Marguerite ?

Elle se faufila sous les jets sans un mot, la tête en arrière, les yeux fermés pour laisser l'eau lui ruisseler sur les cheveux, sur le bout des seins, perler sur son ventre, ses hanches, ses cuisses. Evan n'avait jamais rien vu d'aussi beau. Marguerite ouvrit un œil.

— Tu es sale. De partout.

Inutile de lui répéter. Il attrapa un gant de toilette propre et le trempa de gel douche à l'aide d'un distributeur directement encastré au carrelage.

— Retourne-toi.

Il lui savonna le dos en douceur et la rinça. Elle frissonna quand il la chatouilla sans le vouloir. Ensuite, il lui lava les cheveux, traça des cercles sur son crâne du bout des doigts, laissant ses longues mèches trempées cascader sur ses épaules. Le souffle de Marguerite accéléra de plus en plus. Elle s'appuya sur la paroi de verre, simple silhouette contre les lumières de la ville.

Et elle lui appartenait. Juste à cet instant. Il faillit en tomber à genoux.

— C'est fichu, ironisa-t-elle en lui faisant face, sa poitrine soulevée au rythme de son souffle saccadé. Je ne pourrai plus jamais me laver les cheveux toute seule. Voyons si j'arrive à te gâcher quelque chose en retour.

Elle prit son sexe entre ses mains glissantes de savon. Elle le connaissait désormais, et il loua son expertise, sans compter les sensations décuplées par la vapeur et les jets d'eau, qui faillirent le faire venir bien trop tôt. Il voulait prolonger le plaisir, mais comment tenir longtemps quand Marguerite savait exactement où le caresser, comment le titiller et où s'attarder ? Les palpitations de son pénis en devenaient presque souffrance tant la pression montait. Elle allait tout « gâcher » bien plus vite qu'elle ne l'imaginait…

Il tâtonna donc à la recherche du robinet pour couper l'eau. Marguerite arrêta ses bons soins juste à temps.

— Un problème ?

— J'aimerais tenir jusqu'à mon lit, affirma-t-il. Mais, tout d'abord, j'ai une idée.

Il la fit s'asseoir sur la banquette de la cabine puis s'empara de la douchette avant d'appuyer sur un autre bouton.

Sous la pression légère, la chaleur agréable, Evan s'installa à côté de Marguerite pour la prendre contre son torse, dos à lui. Là, il pointa le jet d'eau sur elle.

Plus précisément sur le triangle de belles boucles noires entre ses jambes et la chair délicate exhibée en dessous. Il lui fit écarter les cuisses afin de mieux trouver l'endroit où elle apprécierait le plus cette caresse. Il ne se lasserait jamais de l'entendre crier son nom.

Plus tard dans la soirée, après quelques appels pour se faire livrer par le restaurant et par le glacier, après avoir démoli le lit dans un chaos de couvertures et d'oreillers, Marguerite s'écroula contre lui. Il lui caressait le dos, ravi de sentir son poids, sa chaleur, les légers tremblements de son corps encore engourdi. Elle finit par s'apaiser, son souffle par se calmer, et quand il fut sûr qu'elle allait s'endormir, il l'installa à ses côtés avec tendresse. Elle se lova contre lui d'un soupir, sa main sur son torse. Sur son cœur.

Il lui embrassa le bout de l'oreille, déjà prêt à la rejoindre au pays des songes, quand elle prononça quelques mots. Tout bas. Si bas qu'il aurait pu faire comme s'il n'avait pas bien entendu, comme si elle balbutiait, comme si elle ne lui avait rien avoué… « Je t'aime. » Il se figea.

— Marguerite ? murmura-t-il après avoir retrouvé ses esprits. Tu as dit quelque chose ?

— Quoi ? demanda-t-elle en battant des paupières. J'aime ton lit. Tes draps sont tellement doux.

Alors, sa respiration se changea en un ronflement inaudible. Ou plutôt de petits reniflements adorables.

Elle l'aimait. Ou peut-être avait-il réellement mal entendu. Seulement, cette idée lui trotterait en tête, dorénavant… Il y penserait tout le temps. Et si c'était vrai ? Qu'est-ce que cela impliquait ?

Après tout, on affirmait aimer tout et n'importe quoi en permanence. Le base-ball, les chatons. Des draps. Il s'agissait d'une forte marque d'appréciation, voilà tout. Evan ne voyait absolument aucune raison de ne pas continuer ainsi : travailler ensemble le jour, s'amuser la nuit.

Puis Marguerite bougea, sa jambe s'entortilla à la sienne, et ses cheveux le chatouillèrent. Evan sentit son cœur se pincer à la fois de bonheur et de douleur face à la vulnérabilité de cette femme endormie. Inutile de le nier plus longtemps, elle n'appréciait peut-être que ses draps, mais lui tombait bel et bien amoureux d'elle. Quel désastre !

Lorsque son téléphone lui indiqua 5 heures du matin, il s'arracha prudemment à l'étreinte de Marguerite puis se leva.

- 8 -

Marguerite se réveilla en sursaut. Elle avait brièvement oublié où elle se trouvait, mais se rasséréna vite et s'enfouit dans les oreillers. San Francisco. Chez Evan. Sans doute en pleine nuit, au vu de la pénombre. Elle referma les yeux, prête à se rendormir près de lui, mais… Personne.

Elle sortit de sa torpeur en un éclair. Elle se retourna pour vérifier l'heure. 8 heures ? Elle sourcilla. Elle ne traînait jamais aussi longtemps au lit. La dernière chose dont elle se souvenait, c'était de s'être effondrée dans ses bras. Après tout, il lui avait promis de la laisser sans voix. Il n'avait pas menti. Elle ne savait même plus où elle était. Les volets de la baie vitrée n'arrangeaient rien à sa confusion.

Elle trouva alors un mot de la part d'Evan. Il l'invitait à la rejoindre en bas. Alors, elle se lava, enfila une robe légère et descendit.

Il pianotait sur son ordinateur portable dans la cuisine. Rasé, douché et vêtu d'une chemise et d'un pantalon noirs, il semblait s'être levé des heures plus tôt. Marguerite hésita à l'interrompre, trop consciente de ne pas être encore bien réveillée. Quel sentiment étrange… À Napa, elle n'avait aucun problème à affirmer sa présence à toute heure du jour.

Il leva enfin la tête, et leurs regards se croisèrent. Il se fendit aussitôt d'un sourire, un brin formel cela dit.

— Bonjour, la belle au bois dormant. Il y a du café frais. Et la femme de ménage nous a acheté les meilleures pâtisseries de la ville. Sers-toi.

Elle acquiesça, de moins en moins enjouée. Coucher avec Evan la subjuguait chaque fois, et la nuit dernière n'avait en rien marqué l'exception à la règle. En vérité, il lui avait même semblé partager un lien intense, au-delà d'une simple union physique. Elle ne savait pas trop à quoi s'attendre, ce matin-là, mais il agissait comme s'il se souvenait à peine de l'avoir invitée chez lui.

Son entreprise traversait une période difficile cependant, aussi n'avait-il peut-être pas le choix. Marguerite se glissa dans la cuisine sans savoir vraiment où se trouvait la machine à café, et encore moins les pâtisseries. Les plans de travail se résumaient à de grands à-plats de marbre gris et blanc entre des placards qui s'élevaient du sol au plafond sans aucune poignée apparente.

— Euh, Evan ? Où est le café ?

— Attends.

Il se leva puis toucha ce que Marguerite prenait pour le mur avant de retourner à son travail. Une trappe cachée dévoila une cafetière chromée en métal brossé aussi lisse que le reste de la pièce. Marguerite aurait cherché encore longtemps.

Après avoir rempli une lourde tasse en grès, elle s'appuya sur un meuble. Cela la rassura de s'accrocher à quelque chose de solide. Elle trouvait la maison d'Evan très jolie, mais elle lui évoquait trop un décor de cinéma, trop parfaite pour sa réalité.

Avec son ambiance chaleureuse et intemporelle, Saint Isadore gardait les traces des gens qui y avaient vécu. Ici, il semblait simplement que le photographe d'un magazine d'architecture allait arriver dans cinq minutes.

L'inquiétude soulevée depuis l'annonce du départ de Nico assaillit Marguerite de plus belle. Elle, elle adorait Saint Isadore malgré ou peut-être à cause de ses défauts. Evan partagerait-il ce sentiment ? Ou finirait-il par vendre pour se débarrasser d'un bien imparfait devenu inutile ?

— Evan, appela-t-elle pour briser le silence. Tu fixes ton écran comme si la fin du monde approchait. Des ennuis au bureau ?

Si elle avait prononcé ces mots de façon légère, plus elle voyait sa mâchoire crispée et son teint pâle, plus elle se demandait si elle ne venait pas de découvrir la raison de sa froideur.

— Oui, une belle épine dans le pied.

— Désolée. Puis-je t'aider ?

— Si tu t'y connais en modèles d'expertise.

— Est-ce que ça implique une jolie fille sur un podium ?

Il éclata de rire.

— J'adorerais voir la tête de Luke si je débarquais en salle de réunion avec des top-modèles.

— Alors, je crains de ne pas pouvoir me montrer utile.

Elle sentit son portable vibrer. Un des gérants du domaine l'appelait.

— Oui, bonjour. Que se passe-t-il ?

Evan observait Marguerite, subjugué par l'étincelle dans ses iris sous la lumière filtrée par les hautes fenêtres. Cependant, ce qui illuminait vraiment son visage, c'était son grand sourire. En fait, elle éclairait toute la pièce, bien plus que le soleil si pâle en contraste. Pour la première fois depuis des lustres, Evan profita du moment et oublia ce qu'il devait faire, où il devait se rendre plus tard.

Quelques heures après la révélation de la nuit passée,

ses pensées avaient enfin cessé de se jeter les unes contre les autres de façon erratique. Il n'avait jamais voulu tomber amoureux d'elle. Il n'avait jamais voulu tomber amoureux du tout. Il avait bâti sa vie de manière à bien éviter toute éventuelle distraction. Il s'était résolu à ne jamais ouvrir cette porte dans son esprit, celle barrée de signaux rouge vif et de cônes orange. Les mêmes qui avaient encerclé la voiture de ses parents…

Non, n'ouvre pas cette porte.

Marguerite raccrocha alors, pleine d'enthousiasme.

— La véraison a commencé.

— La vraie raison ?

— La véraison, le corrigea-t-elle d'un ton un peu snob. C'est le moment de l'année où le raisin se colore. Je dois prendre quelques notes avant d'oublier.

— Génial, mais c'est plutôt normal que les fruits mûrissent, non ? On croirait que tu as vu le Père Noël.

— Oui, monsieur le gros malin, c'est normal et c'est justement pour ça qu'en tant que bons vignerons les Delacroix y accordent tant d'importance depuis toujours. On peut ainsi évaluer nos récoltes et la quantité de vin à mettre en bouteille.

— D'accord. Au fait, je ne t'ai jamais demandé, tes ancêtres étaient-ils français ?

— Oui…, répondit-elle en s'arrêtant d'écrire. D'ailleurs, Marguerite n'est que mon deuxième prénom. En fait, je m'appelle Daisy.

— Tu t'appelles Daisy Delacroix ?

— Je sais, on dirait un personnage de dessin animé.

— Comme Daisy Duck.

— Voilà… Mais bon, mes parents me racontaient l'histoire de mes ancêtres, des vignerons français, et j'aimais tellement cette idée que j'ai insisté pour qu'on m'appelle Marguerite. Ce qui veut dire *daisy*, de toute manière.

— Ils t'ont baptisée Marguerite Marguerite…

— Ou Daisy Daisy. Ils sont comme ça. Je les adore, mais ils ne réfléchissent pas toujours.

Elle parut quelque peu amère à cet instant, néanmoins elle ne lui laissa pas le temps de lui demander pourquoi.

— Quand j'étais à l'université, ils ont déménagé en Arizona, où tout ce qu'on peut cultiver, ce sont les virevoltants et les cailloux. Tu t'entendrais bien avec eux.

Il connaissait la réponse appropriée, attendue même. « Je serais ravi de les rencontrer. » Ou encore : « La prochaine fois qu'ils viendront te rendre visite, dis-le-moi. » Elle se contenterait certainement d'un simple sourire ou d'un clin d'œil. Quelque chose. N'importe quoi.

Or les sirènes près de cette porte scellée se mirent à hurler leur terrible cacophonie. Il put à peine hocher la tête.

— D'accord…

— Désolée, fit-elle en fronçant légèrement les sourcils. Je ne devrais peut-être pas te parler d'eux.

Il se gratta la nuque. D'habitude, c'était lui qui analysait les autres. Marguerite, elle, le cernait presque trop facilement. Cela jouait sans doute dans ses sentiments contraires pour elle.

Il connaissait ses propres forces et faiblesses. Il excellait dans la création et la revente d'entreprises à succès. Medevco entrerait bientôt sur le marché mondial, contrairement à toutes ses compagnies jusque-là. Il pourrait aider encore plus de personnes, fournir à d'autres pays des avancées technologiques inédites à un meilleur rapport qualité-prix. Evan s'assurerait de renforcer les collectes de fonds afin de garantir aux hôpitaux et cliniques de zones défavorisées des équipements aussi efficaces que partout ailleurs. Pourtant, encore une fois, s'il se détournait de ses objectifs, il risquait de ne jamais les atteindre.

De plus, ce mode de vie lui permettait de subvenir aux besoins de ceux qu'il aimait. Il voulait que ses grands-parents et Nico ne manquent de rien. Voilà comment il les protégeait.

Les sirènes sonnèrent de plus belle. Il tapa quelques mots sur son clavier, sans même savoir lesquels.

— Tes parents… Oui, j'aimerais bien les rencontrer. Un jour.

Elle hocha la tête, plus enjouée que jamais malgré l'étincelle moins vive dans son regard. Une pointe acérée de regret frappa Evan en pleine poitrine.

La crise de Medevco n'était pas réglée, mais la compagnie ne lui échapperait pas. Marguerite, elle, se trouvait là, maintenant ; il devrait se créer le plus de souvenirs possible avec elle avant le jour inévitable où elle sortirait de sa vie. Il éteignit son ordinateur pour le ranger dans la sacoche à ses pieds.

— Désolé, je n'aurais jamais dû quitter le lit, pas quand tu t'y trouvais.

— Ta chambre n'a pas bougé, lança-t-elle, plus radieuse d'un coup.

Il fit mine de réfléchir.

— C'est vrai. Cependant, il me semble t'avoir promis de te faire visiter chaque pièce de la maison.

Il se leva pour la rejoindre et lui prit le visage en coupe, émerveillé par la douceur satinée de sa peau. Alors, il la souleva, savourant son cri de surprise, et l'assit sur la table. Ensuite, Evan s'agenouilla, lui releva sa robe afin de dévoiler ses jambes et la délicate dentelle en haut de ses cuisses, puis il écarta le tissu et sourit à Marguerite.

En fin de compte, ce fut Marguerite qui arriva en retard au gala, bien après le début de la soirée. Le chef à la renommée mondiale censé s'occuper du sommet international avait dû se désister à cause d'un problème avec son émission de télévision. Marguerite et Aracely avaient donc enchaîné les appels dans l'espoir de trouver un remplaçant à temps et à bon prix. Evan n'avait pas voulu partir sans elle, mais elle savait à quel point il tenait à assister au discours de son ami Grayson Monk, récompensé par les organisateurs du gala. Alors elle l'avait mis à la porte, insupportablement beau avec son smoking et son masque noir tout simple, avant de continuer à régler les détails avec le traiteur. Elle ne pouvait que louer les prouesses d'Aracely, un modèle d'efficacité en matière d'organisation. Elle avait accepté le menu du nouveau chef sans dépasser le budget initial. Toutes deux avaient fini à temps pour que Marguerite puisse enfiler son déguisement, sans les paillettes, et rejoindre la salle pour la dernière heure du gala.

La fête battait son plein quand elle arriva en plein cœur de cette cacophonie de musique, de rires et de conversations. Elle chercha Evan au milieu des lumières aveuglantes, des décorations colorées, des costumes étincelants. Elle le repéra enfin, attablé dans un coin, loin de la piste de danse et de la file du bar. Il semblait en pleine discussion avec un autre homme.

Marguerite sentit ses genoux lâcher en le voyant. Elle avait toujours ri de certains clichés mais, elle devait bien l'admettre, avec Evan la réalité dépassait la fiction. Face à lui, elle se liquéfiait. Une chaise à proximité lui apporta le soutien nécessaire quelques instants.

— Marguerite, quelle surprise ! retentit alors une voix masculine qu'elle reconnut tout de suite.

Elle afficha immédiatement un visage impassible afin de ne pas révéler sa stupeur ni sa peine, puis se retourna. Après tout, elle avait bu ses paroles près de sept ans. Jusqu'à ce jour où elle avait appris qu'il lui avait volé ses idées pour s'en approprier tout le mérite.

Casper Vos savait s'imposer dans une pièce. Plus d'un mètre quatre-vingts, une tignasse argentée sur le crâne, on le repérait facilement dans une foule, tout comme on pouvait l'éviter sans problème lors des soirées entre producteurs de vin. Elle se demanda comment elle avait fait pour ne pas le reconnaître, d'autant plus qu'il était un des rares à ne pas porter de masque.

— Casper. Comment vont les affaires chez Dellavina ?

— Nous avons fourni le vin du gala. Un sacré coup pour nous. Que fais-tu ici, c'est une soirée privée ?

Cette franchise aux limites de la grossièreté constituait une autre marque de fabrique de Casper.

— Je profite de la fête, répondit-elle, fière de garder son sang-froid. D'ailleurs, tu m'excuseras, mais je viens de repérer mon cavalier.

Il suivit alors son regard, et Marguerite comprit son erreur trop tard. Casper allait forcément reconnaître le nouveau propriétaire de Saint Isadore.

— Ton cavalier ? répéta-t-il d'un air déplaisant. Je vois…

— Crois ce que tu voudras. Nous établissons quelques contacts pour le domaine. Nous sommes bien partis pour dépasser la production de ces dix dernières années. En quantité et en qualité.

— En quantité, peut-être, se moqua Casper. En qualité, j'en doute. Saint Isadore manque d'efficacité.

Elle le savait, il n'aurait pas pu résister plus longtemps avant de l'attaquer. On pouvait lui reprocher des milliers de choses, mais au moins il n'hésitait pas à lui dire en face ce qu'il racontait dans son dos.

La colère se joignit à la douleur, très mauvais mélange pour tenir sa langue.

— Et donc nous ne nous attachons pas à des méthodes dépassées et ne pouvons que progresser. Je te félicite tout de même pour ta carrière chez Dellavina. Dis-moi, à qui voles-tu tes idées, à présent ?

Son petit rictus s'envola l'espace d'un instant avant de refaire surface, plus vicieux encore.

— Tu t'es laissé pousser les griffes, rétorqua-t-il en prenant un verre de vin à un serveur de passage pour le tendre à Marguerite. Bravo. Toutefois, tu n'as pas changé. Tu continues de t'attacher aux propriétaires de Saint Isadore dans l'espoir de grappiller quelques miettes, condamnée à une éternelle déception. Savoure ce cru primé tant que tu le peux encore. Je ne doute pas de voir passer ton CV dans tout Napa tôt ou tard.

Il la laissa sans un mot de plus. Marguerite posa le verre immédiatement. Ses mains tremblaient, elle ne voulait surtout pas tacher une robe empruntée. Après tant de précautions pour ne pas révéler sa relation avec Evan, il avait fallu qu'elle se trahisse auprès de Casper Vos. Tu parles d'une catastrophe. Elle devait prévenir Evan. Ensuite, elle devrait regagner Saint Isadore, limiter la casse.

Elle fila en ligne droite vers la table de son amant. Cependant, elle comprit vite qu'il ne discutait pas, il se disputait avec son interlocuteur.

— Si nous voulons sauter sur ce contrat pour attirer Angus Horne, il faut agir rapidement, assura Evan.

— J'ai fait mes propres analyses, répondit son camarade.

Il s'agissait d'un homme aux cheveux sombres, extrêmement beau sous son loup. Luke Dallas, le partenaire d'Evan, se dit Marguerite.

— Je ne suis pas convaincu que nous ayons besoin de lui.

— Si, insista Evan, furieux. Horne représente notre plus grande chance de nous développer et de générer un maximum de revenus.

— Seulement si nous décidons que c'est la meilleure stratégie à long terme pour la compagnie. D'après mes chiffres, il vaudrait mieux se concentrer sur nos clients actuels. Bien sûr, la croissance restera moindre, mais au moins elle sera durable.

— C'est moi le patron, nous nous lançons sur le marché international. Point final.

— Oh ! oh ! Evan a réveillé la bête, s'exclama une jolie blonde en s'approchant de Marguerite. Bonsoir. Danica, la femme de l'homme déguisé en volcan sur le point d'entrer en éruption.

— Marguerite. Ravie de vous rencontrer.

Danica se tourna de nouveau vers la table. Les deux hommes ne semblaient pas les avoir remarquées.

— Devrions-nous tenter de calmer la situation ou les laisser s'exprimer ?

— Se disputent-ils souvent ?

— Non, jamais. Jusqu'à présent, ils trouvaient toujours un terrain d'entente. Mais depuis qu'Evan a acquis le vignoble… Non pas que ce soit ça le problème. Je sais que vous travaillez là-bas. Cependant, ça correspond avec la période où Evan a commencé à se dire que Medevco devait se développer plus vite. Je me demande s'il ne s'est pas un peu emballé. Ou alors, Saint Isadore a découlé de cette idée. Evan a peut-être voulu impressionner Angus Horne.

— Il a acheté Saint Isadore pour que son frère apprenne un métier, précisa Marguerite en secouant la tête.

— N'allez pas le répéter à Nico, conseilla Danica. Il pourrait se faire de fausses idées.

— Pas d'inquiétude. Nico s'est trouvé une autre voie, de toute manière.

D'ailleurs, Evan et Marguerite devaient discuter de l'avenir de Saint Isadore. Le venin de Casper résonnait encore dans son esprit. « Tu continues de t'attacher aux propriétaires de Saint Isadore dans l'espoir de grappiller quelques miettes, condamnée à une éternelle déception. »

Un grand coup sur la table attira l'attention des deux femmes. Evan et Luke s'étaient levés, mains à plat sur la nappe, têtes baissées à l'image de deux taureaux sur le point de charger.

— Ça ne sent pas bon, fit Danica, inquiète, en se dirigeant vers son mari.

La tension retomba aussitôt, les deux hommes se calmèrent. Il s'agissait cependant d'un simple cessez-le-feu, pas d'une paix durable. Luke prit Danica par l'épaule pour lui déposer un baiser sur la joue. Evan regarda alentour et, pour la première fois depuis son arrivée, prêta attention à Marguerite. Un vaste sourire se dessina sur son visage.

— Te voilà.

— Eh, oui.

Elle resta là, les bras ballants, mal à l'aise. Devait-elle l'embrasser ? Le serrer dans ses bras ?

— Tant mieux, dit Evan. Tu m'as manqué.

Il lui prit alors la main pour nouer ses doigts aux siens comme deux pièces d'un puzzle. Le cœur de Marguerite sembla soudain lui perforer la cage thoracique.

Inutile de le nier plus longtemps, elle voyait la vie en

rose grâce à son patron. L'homme également responsable de son héritage familial. Celui qui ne lui avait pas laissé espérer mieux qu'une simple aventure entre deux adultes consentants.

Ce soir, dans ce cocon de musique, de lumières colorées et de costumes fantasques, elle se complairait dans un mensonge une dernière fois. Elle agirait comme si les paroles de Casper n'avaient pas touché au but. Comme si un avenir restait envisageable avec Evan. Comme s'ils pouvaient se bâtir une vie autour de Saint Isadore.

Elle s'accorderait une dernière nuit avant d'accepter la réalité.

- 9 -

Une semaine plus tard, la dégustation de vin du sommet international se dessinait de plus en plus comme l'événement phare de l'été. Marguerite lissa sa robe du plat de la main, un fuseau simple cramoisi à longues manches moulantes jusqu'aux coudes puis plus amples aux poignets, avant d'inspecter la salle une dernière fois.

Des guirlandes lumineuses s'entremêlaient au-dessus de la vaste terrasse de Saint Isadore. Des canapés ainsi que des tables de cocktail, hautes et basses, inciteraient les convives à se mélanger et à discuter de bon cœur. On avait installé un grand grill pour régaler les hôtes de spécialités californiennes. Et tout cela dans un cadre ahurissant de collines verdoyantes et de vignobles en effervescence.

Le personnel engagé pour la soirée était réuni autour de Nico qui expliquait le programme, épaulé par Gabi, sa fidèle alliée bénévole.

Ted Sato, directeur des opérations, installait les vins pour la dégustation. Aracely, vêtue d'un ancien caftan rose et violet à motifs cachemire de sa grand-mère, semblait flotter au-dessus du sol en pierre tandis qu'elle réglait les détails les plus infimes : les fleurs, la position des verres sur les plateaux des serveurs, l'ordre d'arrivée des apéritifs…

Et le vin. Saint Isadore avait peut-être connu des années

difficiles quand Linus avait refusé de procéder à certains changements ou de céder du terrain, mais leurs produits n'avaient pas perdu en qualité. Sans égaler les plus grands crus, du moins selon Marguerite, il demeurait agréable en bouche et abordable pour les amateurs. La plupart des convives de la soirée allaient certainement se régaler. Quant aux plus audacieux, elle leur avait prévu quelques bouteilles des dernières cuvées, comme le sauvignon blanc ou encore les vins rouges plus expérimentaux.

Rien n'avait été laissé au hasard. Chaque problème trouvait déjà une solution. Marguerite ne comprenait donc pas pourquoi son cœur s'emballait d'un coup avant de sentir sa gorge se nouer la seconde d'après. Enfin… elle voyait bien une raison. Son contrat avec Evan se terminerait cette nuit. Or, elle ne comptait pas le renouveler.

Elle avait passé tout le trajet entre San Francisco et Napa à se demander quoi faire. Elle aimait Evan, mais ne pouvait plus faire semblant. Cela l'anéantissait de se trouver près de lui, de le toucher, de trembler entre ses bras sans pouvoir le conquérir. Elle ne pouvait le forcer à l'aimer. Seulement, à l'instant où elle avait affronté la réalité, tout était devenu clair. Plutôt mourir que de donner raison à Casper Vos. Cela étant, elle devait cesser de bâtir sa vie autour de Saint Isadore et poursuivre ses rêves.

La semaine passée, entre les préparatifs de dernière minute et son travail quotidien, elle avait mis en place une proposition afin de racheter le tout premier vignoble des Delacroix. Elle la présenterait à Evan le lendemain. Elle lui avouerait également son amour.

Il se moquerait d'elle, ou s'énerverait, voire éviterait le sujet. Ou il lui déclarerait sa flamme, et elle se maudirait de s'être montrée si lâche. Peu importe le résultat, au moins, elle aurait repris en main son avenir et celui de sa famille.

Elle repéra immédiatement Evan, ses cheveux en bataille un peu mieux peignés qu'à l'accoutumée. Il était arrivé dans la matinée après avoir passé la semaine à San Francisco pour tenter de « remettre du plomb dans le crâne » de Luke, présent lui aussi ce soir. Marguerite se délecta de l'allure de son amant. Il portait une variante de son uniforme d'informaticien. Un pantalon taillé de manière à mettre en valeur ses cuisses musclées, une chemise en coton cintrée et un veston décontracté qui flattait ses larges épaules. Il la salua d'un geste puis lui indiqua de ne pas bouger. Il se rapprocha, tout sourire.

— Te voilà. Je t'ai cherchée partout.

Son sang s'agita, comme toujours en sa présence, mais elle garda les mains bien dans le dos.

— Que penses-tu de la salle ?

— Incroyable.

— C'est vrai. Aracely et son équipe ont fait un travail exceptionnel.

Le soleil plongeait doucement derrière l'horizon pour profiler une lumière cuivrée sur les pierres du bâtiment et les vignes au loin. Une brise légère joua avec la chevelure de Marguerite et son chignon en bataille. La pièce, si froide sans les invités, semblait désormais chaleureuse et douillette dans le brouhaha. Marguerite se retourna pour saisir le regard d'Evan, peu soucieux du paysage. Il ne voyait qu'elle.

— Merveilleuse.

En temps normal, elle adorait quand il la draguait, mais savoir que cela ne mènerait jamais à rien d'autre gâchait quelque peu le plaisir.

— Ravie que tu aimes… La fête, j'entends.

Elle désigna alors Aracely, affairée à accueillir leurs hôtes tout en faisant disparaître les verres vides pour en distribuer des pleins.

— D'ailleurs, je devrais aller l'aider.

Evan lui prit la main. Marguerite dut se changer en bloc de marbre.

— Rejoins-nous à table quand tu auras terminé. Luke sera ravi de te voir, et je te présenterai Grayson.

— Evan, répondit-elle en puisant au plus profond de son courage, je travaille pour Saint Isadore. Tu es mon patron. Ce soir, je suis ton employée.

Elle scruta la terrasse désormais bondée de personnalités très médiatisées. Evan s'assombrit l'espace d'un instant, mais elle crut avoir rêvé.

— Pardon. J'ai oublié. Professionnel. Tu sais quoi ? Jusqu'à la fin de la fête, je ferai comme si je te connaissais à peine.

— Bonne chance, fit-elle, avec un sourire amusé.

— Mais demain, reprit-il de ce murmure grave qui provoquait toujours des frissons en elle, demain, nous devrons discuter de ton nouveau contrat. J'ai hâte de savoir ce qui va se passer avant de signer.

— D'ailleurs…, tenta-t-elle avant de se faire interrompre par un inconnu.

— Fletcher ! J'adore votre vin, il faut qu'on parle.

Il s'agissait d'un homme de l'âge d'Evan. Il attrapa une coupe sur un plateau de passage avant de se diriger vers eux. Même sans cet éclat de voix, elle l'aurait remarqué tant il semblait populaire. Il ne pouvait pas faire deux pas sans devoir esquiver quelqu'un. Evan se retourna pour le saluer à son tour.

— Angus.

— C'est lui, Angus Horne ? chuchota-t-elle. Je m'attendais à quelqu'un de plus… vieux. Plus strict.

— Les vieux bonshommes stricts ont tous refusé mon offre. Angus, lui, aime les risques, et Medevco entre dans sa stratégie internationale. Je ne peux pas rater une telle occasion.

Evan lui lâcha la main, non sans la serrer en guise d'au revoir, puis s'avança vers la petite foule autour d'Angus.

Marguerite se résolut alors à affronter les réjouissances. Elle tenta de repérer Aracely, quand quelqu'un l'appela.

— Marguerite. Quelle agréable surprise !

C'était Orson Whitaker. Son fauteuil roulant bourdonnait légèrement tandis qu'il s'approchait. Propriétaire des caves Dellavina et du groupe Adrasteia, un des plus grands producteurs d'alcool au monde, cet homme de la génération de Linus avait fréquenté les mêmes cercles que ce dernier.

— Monsieur Whitaker, quelle joie, s'exclama-t-elle d'un air aimable en s'asseyant à ses côtés.

— Appelez-moi Orson. C'est fantastique, ce que vous avez fait de cette vieille bicoque. Je suis navré d'avoir raté les funérailles de Linus, j'étais en Europe pour affaires et suis à peine rentré. Toutes mes condoléances.

— Merci. Il aurait adoré vos compliments, mais il s'en serait approprié tout le mérite.

— Allons, nous savons très bien qu'il n'aurait jamais donné son accord pour le barbecue. Ne parlons même pas des guirlandes de lumière, très jolies d'ailleurs.

— Exact. Il ne les aurait pas trouvées dignes de Saint Isadore.

— On raconte aussi que vous faites un travail intéressant avec le vin, gloussa alors Orson. Dellavina a engagé la mauvaise personne… Ne faites pas cette tête.

Gabrielle, ma petite-fille, ne tarit pas d'éloges à votre sujet. Vos l'inspire moins, en quelque sorte.

— Gabrielle…, s'étonna Marguerite. Gabi est votre petite-fille ? Elle n'a rien dit.

— Elle a mérité sa place. Elle est très douée avec le vin.

— C'est vrai.

— Et vous savez de quoi vous parlez. J'imagine que vous comprendrez pourquoi Gabrielle ne le crie pas sur tous les toits.

— Oui, je connais la nécessité de ne pas révéler sa vie privée par peur des ragots, admit-elle en cherchant Evan du regard.

Orson hocha la tête puis se tourna pour observer les vignobles au-delà de la terrasse.

— Quel dommage que je n'aie pas acheté cet endroit quand j'en avais l'occasion ! Je vous l'assure, Adrasteia aurait mieux correspondu à Saint Isadore qu'Evan Fletcher. Je vous en aurais donné un prix honnête.

— À moi ? Aux héritiers de Linus, vous voulez dire, non ?

Orson inclina la tête, surpris.

— Non, très chère, à vous. Linus avait bien précisé que vous méritiez de diriger le domaine.

Marguerite se mit à frissonner malgré la chaleur.

— Il doit y avoir erreur.

— Jeune fille, je me trompe rarement. C'est pourquoi je fais partie des quelques élus présents ce soir. Mais je vois que vous n'en saviez rien. Ah ! peut-être avait-il changé d'avis. Pardonnez-moi si je me suis trop avancé.

— Attendez, demanda Marguerite quand Orson fit mine de prendre congé. Quand vous a-t-il dit tout ça ?

— La dernière fois que je l'ai vu, répondit-il après un

temps de réflexion. Peu avant sa crise cardiaque, je crois. Les gens changent parfois d'avis, après tout.

Il lui prit la main pour la rassurer.

— En revanche, sachez qu'il n'a jamais remis en cause votre valeur. J'ai peut-être engagé Vos, mais Linus soutenait mordicus que c'était vous la plus talentueuse Bien entendu, il ne vous aurait pas laissée partir. C'était un chic type, Linus, mais il se montrait parfois égoïste. Enfin, si vous voulez bien m'excuser, je dois aller saluer de vieilles connaissances.

Sur ce, il s'éloigna. Avec une certaine désinvolture, songea Marguerite, pour quelqu'un qui venait tout juste de lui jeter une grenade en plein visage.

Elle se leva, rangea sa chaise puis resta appuyée sur le dossier lorsque des larmes se mirent à lui couler sur les joues. Linus l'avait portée dans son cœur. Il avait bel et bien décidé de respecter sa part du marché. Marguerite eut la sensation de retrouver une partie d'elle, un fragment qu'elle pensait ne jamais avoir perdu.

Il aurait dû le lui dire en face, elle aurait dû insister pour signer un contrat dès le départ. Elle avait laissé ses sentiments écraser la logique. Et si cela s'avérait agréable… si agréable… d'apprendre la vérité, Linus n'avait tout de même pas pu tenir parole.

Pourtant, cette douloureuse colère qui lui perforait le cœur à la moindre évocation de son mentor finit par se recroqueviller dans un coin jusqu'à s'évaporer.

— Tout va bien ? s'enquit Aracely, apparue près d'elle comme par magie.

— Comment ? s'écria Marguerite en remettant de l'ordre à ses idées. Oui, bien sûr. Pourquoi ?

— Tu es plus immobile qu'une statue depuis dix minutes.

Marguerite releva la tête pour rentrer le cou dans les épaules presque aussitôt.

— Ça va, je réfléchissais.

Elle aperçut de nouveau Evan, coincé entre Luke et Horne. Ils semblaient au cœur d'un échange intense, et les gens les évitaient comme la rivière contourne le rocher.

Cette soirée s'annonçait interminable, et la nuit commençait à peine.

Evan s'installa dans le fauteuil en cuir grinçant et posa la tête entre ses mains. Comment avait-il pu se tromper à ce point ? Il n'aurait pas dû s'attendre à des négociations de but en blanc, Angus Horne n'était pas n'importe qui. Il fallait bien lui accorder cela toutefois, il adorait provoquer le chaos, mais même lui devait ignorer à quel point il torturait Evan.

Il se faisait tard. La dégustation était terminée depuis longtemps, les équipes de nettoyage étaient rentrées. Seul le barbecue encore en place jusqu'au matin attestait de la soirée. Les convives avaient pour la plupart dû regagner les hôtels de la région et dormaient déjà afin de préserver leurs forces pour ce week-end sous le signe des discours, tables rondes privées et rencontres opportunes où se jouait le destin de multinationales. Quant aux autres… Eh, bien, ils devaient s'adonner à bien plus de plaisirs que de rester assis dans la pénombre d'une bibliothèque aux faux accents gothiques, à hésiter entre la peste et le choléra.

Si Evan était venu ici pour son introspection nocturne, c'était parce qu'il n'y avait encore rien déplacé. En réalité, les meubles massifs auraient exigé des équipes entières pour tout déménager, voire tout redécorer. Les imposantes bibliothèques s'élevaient jusqu'au haut plafond. Les coins lecture, trois au total, s'enorgueillissaient de fauteuils assez larges pour deux adultes et un chien. Le bureau en lui-même se composait d'un plateau de bois massif et de grands tiroirs en guise de pieds. S'il l'avait installé dans ses locaux de San Francisco, Evan n'aurait même pas eu la place de mettre une plante. Et ces vignes qui hantaient la pièce. Sculptées dans les moulures. Peintes le long des meubles. Tissées dans les tapis.

Les lieux n'avaient rien en commun avec la Silicon Valley, pas même un ordinateur pour lui rappeler les rouages de l'informatique. Tout criait Saint Isadore.

Toute la semaine, il n'avait pu se défaire de visions. Marguerite endormie contre son épaule après une longue journée. Des rires autour d'une table. Sa main dans celle d'une fillette aux boucles noires. Evan s'était même surpris à se demander si tout cela allait se réaliser un jour.

Il aurait dû le savoir, sa vie ne le lui permettrait jamais. Il devait s'occuper les doigts pour s'éclaircir les idées. Il attrapa un presse-papiers, une boule à neige avec une maquette de la cave. Cependant, elle s'avéra plus légère et plus glissante que prévu. Elle tomba sous le bureau.

— Bon sang !

Evan ignorait si elle possédait une quelconque valeur monétaire ou sentimentale. Il alluma pour y voir plus clair ; le presse-papiers avait roulé contre la paroi du fond du meuble. Il allait devoir se mettre à quatre pattes pour le récupérer.

Son téléphone en main, il saisit la sphère de l'autre, mais elle lui échappa une fois de plus avant de rouler dans un coin. Il soupira puis agita son portable pour la retrouver. Soudain, il se figea.

Quelque chose de blanc dépassait d'une des colonnes

de tiroirs à gauche. Ce quelque chose se divisait en plusieurs parties. On avait vidé le bureau avant le rachat, mais on avait dû omettre de fouiller en profondeur. Il tira sur l'objet.

La torche de son téléphone révéla un bazar oublié après avoir croupi au fond des tiroirs pendant des années. Une facture de caisses de chardonnay adressée aux Kennedy. Des commandes de fûts en chêne. Des tickets jaunis, illisibles. Un petit cahier de comptes relié en cuir au nom de M. Delacroix. Un billet pour l'opéra de San Francisco, datant de 1987. D'autres reçus…

Attends. Evan se concentra sur le livre. M. Delacroix ? Marguerite ? Il l'ouvrit, et un document, un acte notarial semblait-il, en tomba.

Il le déplia pour le lire.

Marguerite ne trouvait pas le sommeil. L'agitation de la fête… Saint Isadore avait joué de ses charmes, les invités ne tarissaient plus d'éloges sur le domaine, les plats de Hunter Chase ou encore l'ambiance… Mais également parce qu'elle savait qu'Evan était dans la résidence principale, à moins de quinze minutes à pied.

Elle n'avait plus eu l'occasion de lui parler depuis le début de la soirée. Même après avoir reçu deux bouteilles de vin en cadeau, certains des convives avaient voulu en acheter davantage. Marguerite avait donc dû prêter main-forte à la boutique entre deux visites improvisées de la cave. Evan avait paru tout aussi occupé. Après sa conversation avec Horne, il était passé d'un groupe à un autre, fendu de son plus beau sourire, et il avait effectivement ignoré Marguerite. Lorsqu'elle avait enfin terminé d'aider à nettoyer la salle, elle ne l'avait pas retrouvé, aussi avait-elle présumé qu'il prolongeait les réjouissances avec les titans de l'industrie ou qu'il était allé se coucher tôt.

Seulement, le plus important avec les révélations comme celle qu'avait eue Marguerite dans la semaine restait encore de les partager. Son cœur, les insultes de Casper et les compliments d'Orson l'empêchaient de dormir.

Ainsi, quand elle regarda par la fenêtre et aperçut de la lumière dans la bibliothèque, elle n'hésita pas. Nico avait plus ou moins emménagé avec Gabi, il s'agissait donc d'Evan à coup sûr. Elle enfila des baskets, un long cardigan sur son pyjama puis, armée d'une lampe de poche, elle sortit.

Le chemin le plus court vers la bibliothèque consistait à emprunter le passage secret entre les anciennes étables et le manoir. Les équipes de maintenance gardaient les galeries en état, aussi Marguerite ne craignait-elle pas de rencontrer quelque créature à quatre, six ou huit pattes. Elle s'arrêta afin de s'attacher les cheveux en un semblant de chignon et de reprendre sa respiration. Néanmoins, si les choses se déroulaient comme elle l'espérait, elle se retrouverait vite à bout de souffle.

Elle frappa à la porte.

— Evan ? C'est moi.

Un bruit sourd retentit, suivi d'un grognement. Elle ouvrit, révélant le portrait grandeur nature de Linus de l'autre côté.

— Evan ? Ça va ?

Elle cligna des yeux le temps de s'accoutumer à la lumière, même diffuse. Ou était-il ? Ah ! sous le bureau. Elle sourcilla de nouveau : que faisait-il à quatre pattes à se frotter la tête ? Elle le rejoignit sans se soucier de refermer derrière elle.

— Que se passe-t-il ? Tu es blessé ? Laisse-moi voir.

Cependant, quand elle s'avança, il s'esquiva avant de se réfugier dans l'ombre, froid et impassible.

— Ce n'est pas mon imagination, tu es vraiment là.

Il avait parlé d'une voix monocorde. Non, pire encore. Il se maîtrisait. Ce qui effraya Marguerite. Evan ne se maîtrisait pas. Il provoquait, se vantait à l'occasion. Ce manque d'émotion la pétrifia. Il se détourna d'elle puis se mit à rire avec froideur.

— J'aurais dû m'en douter. Tu reviens me cambrioler. Combien de fois es-tu venue à la faveur de la nuit ?

— Une seule… J'ai aperçu de la lumière, et le passage secret était le chemin le plus court.

— Bien sûr. Le passage secret. Un autre des mystères de Saint Isadore.

— Evan, tu me fais peur. Que se passe-t-il ? Angus ne veut-il pas investir ?

Malgré cette éventualité, Marguerite voyait mal Evan réagir de cette façon pour un simple contrat raté.

— Ah, si, au contraire, rétorqua-t-il d'un ton effrayant.

Marguerite serra les bras contre sa poitrine, à la fois pour se réchauffer et pour trouver un semblant de protection.

— Félicitations. Je sais à quel point tu as dû batailler.

— Ne te réjouis pas trop vite, fit-il en se laissant tomber dans le fauteuil pour se masser les tempes. Il voulait seulement soutenir Medevco si j'ajoutais Saint Isadore en offrande. Il exige que je lui vende tout le domaine.

Vendre Saint Isadore ? Arrivait-elle trop tard ? Marguerite prit le siège en face d'Evan pour aller s'asseoir à côté de lui. Le froid lui avait engourdi les mains. Les sentirait-elle de nouveau un jour ?

— Lui as-tu déjà donné une réponse ?

— Je pensais d'abord négocier, continua-t-il comme si

elle n'avait pas parlé. Peut-être lui proposer des actions. Ou les droits sur la distribution du vin, voire lui vendre le manoir puisqu'il n'arrêtait pas d'en vanter le côté « relax » et son « potentiel pour les soirées », et, moi, j'aurais conservé le reste. N'importe quoi pour satisfaire Horne tout en gardant le contrôle de Saint Isadore.

Le poids sur la poitrine de Marguerite se souleva quelque peu. Evan n'avait donc pas profité de la première occasion pour revendre. Peut-être le vignoble lui tenait-il un peu à cœur. Elle esquissa un sourire.

— Désolée que tu n'aies pas obtenu ce que tu voulais tout de suite, mais ce n'est que le début des négociations.

— Non, c'est terminé, répondit-il, catégorique.

Elle n'avait rien entendu de plus effrayant ce soir. Elle se leva pour faire les cent pas.

— Alors que se passera-t-il ensuite ? Vas-tu lui céder Saint Isadore ?

Elle ignorait comment elle avait pu maîtriser sa voix frémissante. L'idée de perdre le domaine encore une fois lui donna l'impression de se faire piquer par des milliers d'épingles. Et cela lui fit un mal de chien.

Cependant, ce n'était rien comparé à la froideur d'Evan. Il ne l'avait jamais regardée ainsi, pas même quand il l'avait surprise chez lui, le premier soir.

— Que fais-tu là, Marguerite ?

Que répondre quand il passait du coq à l'âne ?

— Je voulais te parler, et je ne pouvais pas attendre demain.

— Non, que fais-tu à Saint Isadore ? Pourquoi être entrée par effraction, il y a quelques mois ?

Elle se renfrogna. Où voulait-il en venir ?

— Je te l'ai déjà dit, assura-t-elle en se frottant les doigts dans l'espoir de retrouver des sensations. Je craignais que le nouveau propriétaire ne détruise le bâtiment. Je devais sauver mon vin.

— Au moins, tu restes cohérente, ricana-t-il en se levant à son tour.

— Est-ce que ça te dérangerait de m'expliquer ? lança-t-elle, offusquée mais ravie de retrouver un peu de chaleur pour contrer l'aura glaciale d'Evan. Nous nous connaissons depuis six mois. Bien sûr que je suis cohérente. Je le suis depuis le jour où je t'ai rencontré. Tu le sais. Nous parlons tous les jours.

— Mais pas de tout. Tu m'as caché certaines choses.

Le sang monta aux joues de Marguerite.

— Lesquelles ?

Il secoua la tête, les paupières closes comme s'il ne supportait plus de la voir. Et ce fut bien la déception sur son visage qui la blessa le plus après tous les coups bas de cette nuit.

Elle déglutit. Qu'est-ce qui avait bien pu changer ? Que s'était-il passé ? Peut-être… Peut-être avait-il connu une épiphanie. Et s'il avait lui aussi décidé de ne plus se mentir ? Certes, il n'avait pas eu l'air furieux plus tôt dans la soirée, mais plusieurs heures s'étaient écoulées entre-temps, et ils étaient entourés de personnalités importantes. Désormais débarrassé de l'anxiété de la réception, il avait pu changer d'avis.

Elle se décevait elle-même, en vérité. Elle avait préféré se cacher au lieu de lui avouer ses sentiments, trop inquiète à l'idée de se faire éconduire. Trop apeurée pour lui faire confiance et ne pas le considérer comme un traître de plus.

Elle prit une longue inspiration. C'était maintenant ou jamais.

— Tu veux savoir ce que je fais ici ? Je suis venue

t'avouer que je ne peux plus agir comme s'il n'y avait qu'une simple attirance physique entre nous, comme si tout ça allait s'envoler du jour au lendemain. J'aimerais une vraie relation, une où nous n'aurions pas à nous cacher.

Elle s'approcha de lui, tout près, assez pour lui caresser la joue.

— Je t'aime, Evan Fletcher, admit-elle avec un sourire. C'est bête, mais je suis tombée amoureuse au moment même où j'ai trébuché sur tes jambes dans la cuisine.

Ils se tenaient dans le cercle de lumière de la lampe. Evan avait dû scruter chaque recoin de la bibliothèque afin d'éviter Marguerite, mais il posa enfin les yeux sur elle. Elle y distingua tout ce dont elle avait toujours rêvé, et plus encore.

Il l'aimait. D'une tendresse plus profonde que l'océan, plus vaste que le firmament. Un sentiment véritable, pur, ancré en son âme. Elle lui prit la main, désireuse de le caresser, de l'embrasser.

Mais Evan se libéra. Les barricades de glace assez ébréchées pour dévoiler ses émotions resurgirent de plus belle, plus impénétrables encore.

Elle resta là, les bras ballants. Elle se demandait comment elle pouvait encore respirer alors qu'elle sentait tous ses espoirs passer à la moulinette en une seconde.

— J'aimerais te croire, fit-il, ses mots transperçant à peine le bourdonnement métallique dans les oreilles de Marguerite. Parce que, moi aussi, je t'aime. Plus que tout. Je me suis même pris à rêver de… Non, laisse tomber.

Il revint près du bureau et s'accroupit pour ramasser une lettre froissée et un livre avant de les lui tendre.

— J'imagine que c'est ça que tu voulais, en vérité.

Dans un état second, elle parvint à les saisir, et réussit miraculeusement à se concentrer sur ce qu'elle avait tant cherché : le livre de comptes avec son nom en lettres d'or sur la couverture.

— Où as-tu trouvé ça ? demanda-t-elle d'une voix rocailleuse à force de réprimer ses larmes. Je le croyais perdu. Mais quelle est cette lettre ?

Difficile de ne pas reconnaître la signature franche de Linus. La date remontait à quelques jours avant sa mort. Elle déplia le courrier pour le lire.

— Si je t'ai dit de ne pas te réjouir trop vite, c'est parce que, comme tu peux le constater, c'est toi qu'il faut féliciter, affirma-t-il en feignant de lui lever son verre. Bien joué. Tu es l'heureuse propriétaire de Saint Isadore.

- 10 -

Autrefois, quand Evan croyait encore à la petite souris et aux familles unies pour l'éternité, il avait surpris ses parents en pleine dispute. S'il était alors trop jeune pour bien saisir de quoi il retournait, ce souvenir s'était pourtant ancré dans sa mémoire. Plus tard, il avait compris qu'ils parlaient d'argent. Ou plutôt de leur manque d'argent. Sur le moment, un seul détail l'avait marqué : son père, grand et fort, son super héros de papa, pleurait.

Cela avait ébranlé le petit monde d'Evan. Les adultes ne versaient pas de larmes. Par ailleurs, quand sa mère l'avait vu, paralysé de peur sur le seuil de la pièce, elle n'avait rien trouvé de mieux à faire que lui claquer la porte au nez. Elle avait rouvert presque dans la seconde, mais le petit garçon avait compris le message.

Ne jamais laisser paraître ses émotions. Garder la tête froide. Quand les sentiments s'en mêlent, la calamité survient.

Il s'était cramponné à cette philosophie face à la voiture accidentée de ses parents. Il était resté stoïque à leur enterrement. Il s'était maîtrisé même quand Nico avait dû se faire hospitaliser au lycée pour une mystérieuse fièvre, ou quand ses petites amies l'avaient quitté.

Ce soir, son record absolu risquait bien de prendre fin. Ce n'était pas l'éventualité de perdre Saint Isadore qui le laissait sous le choc. La découverte de ce testament l'énervait uniquement parce qu'on avait dépossédé Marguerite de son héritage. Héritage des plus considérables et à même d'assurer sa stabilité financière.

Cependant, Evan sentait la rage monter en lui, véritable feu de forêt en son for intérieur, car elle ne lui avait jamais parlé de cet accord avec l'ancien propriétaire. Elle ne lui avait jamais expliqué ses liens de parenté avec les fondateurs du domaine. Il lui aurait donné sa part, aurait tout arrangé.

Découvrir ce testament manuscrit au moment même où il remettait en question non seulement l'avenir de Saint Isadore, mais aussi le sien auprès de Marguerite, avait tenu du hasard, rien de plus. Or, en y réfléchissant bien, l'univers semblait lui adresser un signe : il avait raison. Les relations, la famille… très peu pour lui, non merci. Ses sentiments le poussaient à dévier de sa route, le détournaient de ses objectifs. S'il ne s'était pas inquiété pour l'avenir de Marguerite, il ne se serait pas retrouvé à cogiter dans la bibliothèque en pleine nuit. Le presse-papiers trônerait encore sur le bureau, et non en dessous. Il n'aurait pas fait cette découverte. Le contrat avec Angus Horne progresserait lentement. Nico, ses grands-parents, Marguerite… Il disposerait alors d'assez de fonds pour leur assurer à tous un avenir radieux. Un trou béant ne lui déchirerait pas la poitrine, la douleur ne l'empêcherait pas de respirer. Pourquoi Marguerite avait-elle gardé le secret ? Que lui cachait-elle d'autre ?

Elle releva la tête à ce moment, les yeux écarquillés, fous. Ses mains tremblaient.

— Je… Je ne comprends pas… Qu'est-ce que c'est ?

— À toi de me dire, répondit-il calmement. Si tu veux mon avis, c'est le testament olographe de l'ancien propriétaire de Saint Isadore. Il t'a légué toutes ses terres. Si c'est bien sa signature, ce document est valide en Californie.

— Euh…, commença-t-elle, hypnotisée par le bout de papier. Ça ressemble à l'écriture de Linus. Cependant, je… Où as-tu trouvé ça ?

— On s'en moque, non ? assura-t-il d'un ton étrangement serein. La vraie question consiste à savoir si, toi, tu en connaissais l'existence.

— Non ! Je ne…

Elle se tut, déglutit, posa le testament sur le bureau pour l'aplatir puis se tourna vers Evan.

— Tu sais que je travaillais pour Linus.

— Linus Delacroix Chappell, précisa-t-il, insistant sur le deuxième nom.

— Oui, nous avions des liens de parenté. Nos ancêtres ont fondé Saint Isadore.

— Je l'ignorais.

— Et pourquoi aurais-je dû te le dire ?

Elle posa les mains sur ses hanches, sur ces douces courbes qu'il aimait tant… *Non. Plus de sentiments.*

— Ça n'avait rien d'un secret, reprit-elle en s'avançant vers la porte dérobée pour lui indiquer une plaque sous le portrait. Le nom complet de Linus se trouve juste là, et il n'a pas bougé depuis ton arrivée.

Il ne l'avait donc pas vu. Tout comme un tas d'autres choses. Tu parles d'une incroyable perspicacité…

— Très bien. Je t'écoute. Ainsi, tu travaillais pour Linus.

— Nous avions un accord. Je l'aidais et, pendant mon temps libre, je me démenais pour tout apprendre sur la viniculture. Au lieu d'un salaire complet, je ne touchais qu'un petit pourcentage, et le reste devait me servir à récupérer les vignobles Delacroix. Ce livre de comptes, c'est celui de Linus. Tu y verras que j'ai payé la somme due peu avant sa mort. Voilà pourquoi j'étais si mal rémunérée.

— J'ai racheté Saint Isadore à deux frères, affirma-t-il, les sourcils froncés. Ton nom ne figurait nulle part.

— Je sais, soupira-t-elle, le dos voûté tout à coup. Linus allait officialiser notre accord, mais il est mort sans testament, et tous ses biens sont donc revenus aux membres les plus directs de sa famille. Et, sans ce livre de comptes, ses petits-neveux ont refusé de m'écouter. Ils m'ont mise à la porte de chez moi. Puis, quand j'ai tenté de leur expliquer, ils ont appelé la police. Au moins, ils n'ont pas porté plainte…

— Le soir où je t'ai rencontrée, que faisais-tu là ?

— Je te l'ai déjà dit ! Je voulais récupérer ce qui m'appartenait.

Exact. Ce qui lui revenait de droit. Et, donc, elle s'était montrée prête à tout pour y parvenir. S'introduire dans la maison par effraction, ou même… prétendre qu'elle l'aimait.

Le cœur d'Evan se comprima, une pression telle qu'il éprouva du mal à respirer. Il attrapa le testament.

— Y compris ce bout de papier ? Marguerite.

— Je ne savais pas, assura-t-elle, horrifiée.

Il se contenta de la fixer pour seule réponse.

— Je le jure ! Enfin, si, je connaissais l'existence du livre de comptes, mais j'ignorais que Linus m'avait légué Saint Isadore.

Elle avait prononcé ces mots dans un murmure presque inaudible. Son air mélancolique à cet instant éveilla en Evan un sentiment poignant. Il préféra ne pas écouter son cœur et accorder à Marguerite une dernière chance de tout avouer.

— Alors, tu n'as pas exigé ce poste pour retrouver ce testament ?

— Bien sûr que non… Enfin, si, mais je ne cherchais que le livre de comptes. Et, oui, ça m'a traversé l'esprit quand je t'ai demandé de m'engager, mais je ne savais pas pour les dernières volontés de Linus.

Cela lui fit l'effet d'une météorite créant un énorme cratère à l'impact. Il ne pouvait plus la regarder en face.

— Je le voulais parce que, bon sang, j'ai travaillé pour ce vignoble, je l'ai mérité. Et ça me rongeait de l'intérieur de savoir que Linus n'avait aucunement l'intention de respecter sa part du marché. Mais après ce… Après ce matin dans la cour avec toi…

Sa voix tremblota.

— Après ça, je pensais pouvoir construire quelque chose d'autre, continua-t-elle en prenant le testament. Avec toi. Mais autant ne plus tourner en rond. Tu crois que c'est ce que je veux ? Le domaine a été évalué puis vendu légalement. Je parie que ce bout de papier ne sert à rien.

Voilà où elle se trompait, car Evan connaissait sa force. Il s'assurait de toujours subvenir aux besoins de son entourage. Elle ne l'aimait pas. Sinon, elle lui aurait expliqué comment on avait abusé de sa crédulité pour lui arracher le vignoble.

— Tu as tort. Tu ne m'as pas fait assez confiance pour croire que j'arrangerais tout.

Elle recula. Sa poitrine se soulevait à un rythme saccadé. Puis, elle contourna le bureau et prit un feutre noir dans un tiroir. Elle griffonna quelque chose sur le testament, le replia et le garda en main avant de se tourner vers Evan, furieuse.

— C'est vrai, je ne t'ai rien dit. Mais pas parce que

je ne te faisais pas confiance. Non, je ne croyais pas en moi. Linus et Casper m'ont poussée à douter de mes capacités, et j'avais peur que, si je t'expliquais comment le vieil homme avait changé d'avis, tu remettes toi aussi mes compétences en cause.

— Jamais.

— Je sais, assura-t-elle en secouant la tête, des mèches noires lui retombant sur les joues. Mais cette discussion n'a rien à voir avec moi ou avec Saint Isadore. Non, il s'agit de toi. De toi et de tes craintes.

— Mes quoi ? s'exclama-t-il, cédant de nouveau à la colère, sentiment à peine plus vivable que l'amertume.

Elle releva le menton d'un air de défi.

— Tu as peur de t'attacher aux autres. Tu repousses Nico et tu te cherches une excuse pour m'éloigner, moi aussi. Pour l'amour du ciel, Evan, il n'y a pas un seul souvenir de ta famille chez toi, à San Francisco.

— Chez moi ? Mais où est le rapport ?

Les battements effrénés de son cœur et les tambours dans son crâne l'empêchaient de garder les idées claires.

— Tu préfères qu'on ne voie pas qui tu es. Et tu crois que Nico et moi n'avons pas besoin de toi pour la bonne raison que tu nous as donné des entreprises à gérer, sans doute parce que c'est bien la seule chose que tu t'accordes.

Elle lui tendit alors le testament. D'instinct, il voulut l'attraper, mais elle ne le lâcha pas tout de suite.

— Si je ne croyais pas en toi, je ne travaillerais pas pour toi. Je t'aurais encore moins avoué que je t'aime. Parce que révéler son amour à quelqu'un, c'est lui confier son cœur. Et qu'y a-t-il de plus fragile qu'un cœur ? Voilà peut-être pourquoi tu refuses d'écouter le tien.

Sa main retomba, laissant le testament en la seule possession d'Evan. Marguerite ne le quittait pas des yeux.

— Si un jour tu penses mériter un peu d'amour, pas en raison de ce que tu as mais pour ce que tu es, tu sauras où me trouver. S'il n'est pas trop tard.

Cette remarque retomba sur Evan comme un missile à tête chercheuse prêt à faire éclater son monde en mille morceaux. Les fragments le figèrent sur place, le privèrent de toute pensée, l'empêchèrent de réagir. Il tenait à peine ce bout de papier, rappel de tout ce qu'il y avait de tangible dans leur échange. Ce testament, voilà quelque chose de plus simple à régler. Il le déplia pour le lire.

Elle avait griffonné en noir par-dessus l'écriture de Linus.

Moi, Marguerite Delacroix, renonce à mes droits sur Saint Isadore et déclare Evan Fletcher unique propriétaire. P.-S. En cas de vente, merci de garder les employés. P.P.-S. Ce document fait lieu de lettre de démission. J'arrête. Pour de bon.

Non, il n'avait jamais voulu cela. Le vignoble appartenait à Marguerite.

— Marguerite, ce n'est pas…

Or, quand il releva les yeux, elle avait disparu. Le portrait était de nouveau bien en place devant le passage secret, comme si elle n'était jamais venue.

Quelqu'un tambourinait à la porte et semblait bien déterminé à ne pas abandonner. Marguerite grogna et se cacha sous son oreiller, en vain. Peu importe, de toute manière. Elle n'avait pas dormi après sa dispute avec Evan et n'allait sans doute pas trouver le sommeil maintenant que le soleil brillait haut dans le ciel. Un regard à ses SMS, rien de la part d'Evan, suffit à lui indiquer qui venait la voir. Elle enfila les premiers vêtements à portée de main puis descendit ouvrir.

— Caféine et cupcakes. Parce que, les donuts, c'est bien, mais ça manque de glaçage. Je peux entrer ?

Aracely lui tendit en offrande une grosse bouteille aux couleurs d'un café local et une boîte rose pleine de pâtisseries. Marguerite l'invita à l'intérieur d'un geste puis la convia à s'installer dans la cuisine.

— Tu es sûre d'en avoir assez ?

— On m'a dit qu'il y avait l'équivalent de douze tasses de café, là-dedans, répondit Aracely en inspectant la bouteille. Il faudra donc que j'y retourne dans une heure.

Marguerite s'esclaffa puis regretta sur-le-champ.

— Aïe…

— Gueule de bois ?

— Seulement le manque de sommeil.

Et le fait d'avoir pleuré toutes les larmes de son corps. Elle sortit deux énormes tasses d'un placard.

— Allez, remplis-moi ça à ras bord. Tu pourras m'aider à faire mes cartons ensuite.

— Tes cartons ? s'exclama Aracely en lui tendant une tasse pleine. Mais qu'est-ce que tu racontes ? La réception était parfaite, sans vouloir me vanter.

— Tu as raison, admit Marguerite en avalant une gorgée salutaire. Ah, c'est génial. Merci.

Aracely lui arracha le mug des mains.

— Tu es privée de café tant que tu ne m'auras pas expliqué ce qui se passe.

— Rien, j'ai simplement compris que ma vie n'est qu'un sac de nœuds inextricables. Tu n'aurais pas besoin de compagnie pour ton voyage au Chili ? J'ai toujours voulu apprendre à faire du pisco. Ce serait l'occasion idéale.

Aracely lui rendit son café puis la rejoignit à table.

— Tiens. Je n'aurais pas dû t'en priver, je ne comprends rien à ce que tu racontes.

— Après la réception, j'ai avoué mes sentiments à Evan, soupira Marguerite.

— Ah.

Cette simple syllabe en disait bien plus qu'un long discours.

— Et c'est encore pire que ce que tu crois, Aracely.

— Est-ce que ça va ?

— Ça ira. Un jour.

— Mais pourquoi déménager ? Il ne t'a pas renvoyée, si ? Ce serait monstrueux, même si…

— J'ai démissionné. Pour de bon. Je ne peux plus vivre à Saint Isadore.

Marguerite observa son appartement. La dernière fois qu'elle avait dû partir, on lui avait laissé moins de douze heures pour tout vider. Evan n'appellerait pas la police comme les petits-neveux de Linus, mais elle ne souhaitait pas rester plus longtemps que nécessaire. Le moindre choc ferait voler son cœur en si petits morceaux qu'elle ne parviendrait peut-être plus à les recoller. Aracely la fixait.

— Et les vignobles Delacroix ? Et tes plans ?

Marguerite appuya les poings sur ses paupières.

— Les nuits blanches, c'est bien pour réfléchir.

Oui, le terroir importait, comme elle l'avait expliqué à Evan le soir de leur rencontre. Seulement, le vin puisait sa vraie alchimie dans les mélanges et dans la fermentation, dans la combinaison d'éléments disparates comme la levure, le jus et le temps.

— Quand j'y pense, Saint Isadore n'est qu'un coin de terre, fit-elle en rouvrant les yeux pour regarder son amie. Libre à moi d'emporter mon talent où je l'entends. J'irais bien au Chili avec toi.

— Tu peux aller n'importe où, quand tu veux. Et je ne suis plus certaine de partir. Bref, pour l'instant, il faut préparer tes cartons. Par quoi commence-t-on ?

— Par ce cupcake au *red velvet*, soupira Marguerite. Et puis… la chambre, j'imagine.

On frappa à la porte, et les deux femmes tournèrent la tête d'un coup.

— C'est sans doute lui.

— Veux-tu que j'aille ouvrir pour toi ? s'enquit Aracely.

Marguerite hésita, puis on toqua de nouveau, plus fort cette fois-ci.

— Inutile. Je quitte peut-être Saint Isadore définitivement, mais Napa restera mon chez-moi. Et si Evan garde le vignoble, je le croiserai forcément tôt ou tard. Autant en finir tout de suite.

Et peut-être, songea-t-elle, peut-être Evan avait-il entendu raison plus vite que prévu. Peut-être venait-il lui dire qu'il avait tort, qu'il voulait lui laisser une chance. Mais, quand elle ouvrit la porte, elle trouva quelqu'un d'autre.

— Nico. Salut.

— Bonjour, répondit-il, ses doigts serrés nerveusement sur la lanière de son sac à dos. Pourrais-tu m'accorder une minute ?

— Bien entendu. Tu as du bol, Aracely a apporté assez de café et de pâtisseries pour tout un régiment. Entre.

Il referma derrière lui, puis la suivit à l'étage.

— Tout d'abord, je tiens à signaler que je ne suis que le messager.

Marguerite le laissa s'asseoir à table et prendre un

cupcake au chocolat et au beurre de cacahuète avant de l'interroger.

— Tu viens sûrement de la part d'Evan. Si c'est pour me dire de déménager, je m'en occupe dès aujourd'hui.

— Quoi ? Non. Sauf si tu t'installes dans le manoir.

— Ton frère t'envoie me demander de m'installer avec lui ? s'étonna Marguerite, les sourcils froncés. J'en doute.

— Non, pardon. Evan m'a appelé au petit matin, il m'a réveillé. Apparemment, il partait en Asie. Une histoire de partenariat à pérenniser. Ou à trouver. Je dormais encore à moitié. Mais il voulait surtout que je t'apporte des documents.

Il ouvrit son sac pour en sortir un classeur et le poser sur la table devant Marguerite.

— Et, euh…, commença-t-il en haussant les épaules.

— Et tu as tout lu.

— J'y ai jeté un œil, corrigea-t-il en avalant une bouchée de son cupcake.

Marguerite tira alors le dossier vers elle, sans le consulter pour autant.

— Bon, tu vas regarder ce que ça dit ou me laisser mourir d'impatience ? plaisanta Aracely.

Marguerite prit une longue inspiration puis ouvrit le classeur. Elle y trouva tout d'abord un document notarié : un acte de renonciation lui transférant les droits de Saint Isadore, signé par Evan. Il s'était même arrangé pour faire officialiser le tout en plein milieu de la nuit.

— Alors ? insista Aracely.

— Je crois que…, commença Marguerite en lui montrant les documents. Je crois qu'il vient de me léguer Saint Isadore.

L'acte de renonciation s'accompagnait de la lettre de

Linus en plus d'une copie de son contrat de travail et d'un mot écrit par Evan de sa griffe assurée et charismatique.

Marguerite,

Il y a six mois, nous avons décidé de modifier ton contrat après le sommet international. Félicitations, tu es désormais la nouvelle propriétaire de Saint Isadore. Tu le mérites après tant d'efforts, et tu aurais dû diriger le domaine depuis le départ. Ne doute jamais de ton talent.

Evan

Elle éplucha le contrat page après page. Il avait écrit « nul et non avenu » sur chacune. D'autres feuilles se trouvaient dans le classeur, mais Marguerite ne parvint pas à les déchiffrer. Elle qui pensait avoir pleuré toutes les larmes de son corps la nuit dernière se trompait fortement.

Aracely lui prit gentiment le document.

— Il y a même un compte rendu financier et un numéro de téléphone qui te donne accès aux comptes et archives du domaine. Il t'a laissé de quoi couvrir trois ans de dépenses.

Marguerite fit non de la tête. Lentement, au départ, puis de plus en plus vite.

— Je ne peux pas accepter. Où a-t-il dit qu'il allait ?

— À Tokyo, répondit Nico. Ou Shanghai. Il parlait aussi de Sydney.

— Peu importe, assura Marguerite en réunissant les documents. Son bureau saura où le joindre. Ne dites rien à personne. Je m'occupe de tout. Même si je dois aller le traquer au sommet de l'Everest.

— Bon courage, ironisa Nico en terminant son cupcake.

C'est presque impossible de rendre ses cadeaux à Evan. Crois-moi, j'en sais quelque chose.

— Et qu'adviendra-t-il de Saint Isadore en attendant, intervint Aracely. Vous savez très bien à quel point cette saison est primordiale.

— Mais Evan…, protesta Marguerite en fermant les yeux. Sans le vignoble, Angus Horne ne s'associera pas avec Evan.

— Quoi ? s'exclama Aracely, visiblement sidérée.

Nico, alors en train de s'attaquer à une nouvelle pâtisserie, s'arrêta net.

— Tu n'as toujours pas compris, Marguerite, apparemment. C'est sa manière de te signifier qu'il tient à toi. Il offre des cadeaux aux autres. Il ne changera pas d'avis.

— Je ne veux pas de ses cadeaux. Même s'il s'agit de Saint Isadore. Je me suis montrée on ne peut plus claire hier soir.

— Je n'en doute pas, mais il ne sait rien donner d'autre. D'après nos grands-parents, il n'a pas tiré les bonnes leçons de la mort de nos parents. Quand il a quitté le MIT pour ouvrir sa première société, ils lui avaient demandé de vivre avec nous à Boston. Au lieu de quoi il a préféré s'installer dans la Silicon Valley parce que, je cite, « Nico ne grandira pas dans les mêmes conditions que moi ». Il envoyait beaucoup d'argent, mais ne passait jamais.

Marguerite se contenta de fixer Nico, et son cœur déjà en miettes menaçait de fondre carrément.

— C'est… affreux. Pauvre Evan.

— J'avais espéré qu'avec toi il…, tenta le jeune homme avant de croquer dans sa pâtisserie.

Puis, il reprit en souriant.

— Peu importe, Aracely a raison pour Saint Isadore. Patronne.

— Que tu possèdes le domaine ou non, c'est évident que c'est toi la responsable, pour l'heure, ajouta Aracely.

Marguerite considéra le classeur, le referma d'un coup, puis le poussa sur la table.

— J'irai voir un avocat lundi. Si Evan change d'avis, il sait où me trouver. Donc, pour l'instant, qu'on me donne un cupcake au caramel !

Elle s'arma de son plus beau sourire et parvint même à plaisanter tandis qu'ils achevaient allègrement les pâtisseries restantes. Mais, derrière cette insouciance calculée, elle se sentait faner de l'intérieur de seconde en seconde.

Toutes ces années, posséder même une infime partie de Saint Isadore avait hanté ses rêves les plus fous. Et voilà qu'aujourd'hui on lui servait tout cela sur un plateau de platine serti de diamants. Elle aurait dû être aux anges. Cependant, elle y aurait renoncé pour un seul mot d'amour de la part d'Evan.

Nico avait peut-être raison. Rien ne s'approcherait plus d'une déclaration d'Evan que cet acte de propriété. Cela suffirait sans doute à perpétuer l'héritage familial.

Comment aurait-elle pu prédire qu'atteindre ce but si lointain finirait par l'anéantir ?

- 11 -

Quiconque trouvait avril déprimant n'avait sans doute jamais considéré octobre sous un autre jour. Du moins, voilà ce que ressentit Evan en déposant ses valises dans cette maison froide aux relents de produits d'entretien. Cela dit, chaque mois depuis juillet lui avait paru morose.

Il n'était presque pas rentré dernièrement, à force de traquer des ouvertures en Asie ou en Europe pour Medevco après son départ définitif de Saint Isadore. La femme de ménage gardait les lieux propres en son absence, mais même elle ne pouvait rien faire pour donner un peu de chaleur aux grandes pièces vides. Dès l'instant où Marguerite lui avait ouvert les yeux sur son environnement, il n'avait plus vu les choses qu'à travers son point de vue à elle. Il s'était moqué de la touche faussement victorienne de Saint Isadore mais, il devait l'admettre, les meubles surchargés de dizaines de bibelots conféraient au manoir une certaine vie et des souvenirs. Tout cela manquait cruellement à sa maison de San Francisco. Sa maison, pas son foyer.

Le temps de vider ses valises et de ranger ses affaires, l'heure du dîner sonnait déjà. Ou plutôt l'heure du déjeuner ; il fonctionnait encore à l'heure japonaise. La femme de ménage lui avait laissé quelques plats dans le réfrigérateur. Cependant, il fallait les réchauffer, et il y en avait pour toute une famille. Lui vivait seul.

Il sortit son téléphone pour passer commande à son restaurant préféré quand quelqu'un sonna. Il vit une femme coiffée d'un bonnet dans le visiophone. Son cœur s'emballa tandis que son ventre s'entortillait. S'agissait-il de… Mais, alors, la fille sourit à la caméra dans l'entrée. Il retrouva son souffle.

— Salut, Danica. Je t'ouvre.

Il s'était toujours bien entendu avec l'épouse de Luke. Cette petite blonde vibrait d'un optimisme parfait pour compenser le pragmatisme réservé de son mari. Evan ignorait néanmoins pourquoi elle venait le voir un vendredi soir, d'autant qu'ils vivaient à quarante-cinq minutes d'ici, à Palo Alto.

— J'imagine que tu ne passais pas dans le quartier par hasard.

— Non, dit-elle en s'invitant à l'intérieur avant d'ôter son chapeau et d'ouvrir son manteau, révélant son ventre rond. Même si j'adore le restaurant de sushi en bas de la colline. Hélas, adieu le poisson cru pendant quelques mois.

— Je vois ça. Félicitations. Je ne savais pas.

— Merci. Luke voulait te l'annoncer lui-même, mais comme vous ne vous parlez plus que par mémos interposés…

Voilà donc pourquoi elle venait.

— C'est gentil d'avoir fait tout ce chemin, mais c'est un problème professionnel, nous finirons bien par trouver une solution. Je te sers quelque chose ? J'ai de l'eau ou…

Il alla jeter un œil dans le réfrigérateur. Danica le suivit dans la cuisine.

— … ou de l'eau.

— Je ne viens pas à cause de Medevco. C'est entre toi et Luke.

— Et les investisseurs, grommela Evan.

En vérité, il avait écourté ses voyages en raison d'une réunion urgente avec le conseil. Et il n'avait toujours pas trouvé de solution de remplacement après avoir perdu le contrat avec Angus Horne.

— Si tu veux, fit Danica en lui posant une main sur le bras. Je suis venue parce que je suis ton amie et que je m'inquiète pour toi.

Il avala une gorgée d'eau de travers.

— Comment ? Pourquoi ?

— Je sais à quel point Luke peut se montrer têtu. J'ai déjà passé plus d'un mois sans lui parler. Mais cette impasse entre vous, c'est…

Elle souffla et leva les mains.

— Luke m'a montré vos comptes. Medevco survivra avec ou sans cet investissement. La compagnie se porte bien. Mais, toi, tu te ruines la santé. C'est pour ton bien à toi que je m'inquiète.

— Ne t'en fais pas.

Il prit la corbeille de courrier laissée sur le plan de travail par sa femme de ménage puis passa les lettres en revue. Factures, appels à dons, un mot de Pia qu'il lirait plus tard, des notifications de renouvellement, une enveloppe violet foncé estampillée du logo de Saint Isadore, adressée à son nom à l'encre dorée… Danica dut le voir se figer.

— Qu'est-ce que c'est, Evan ?

Il haussa les épaules dans un effort de nonchalance. Cependant, son sang agité lui battait les tempes. Il n'avait pas parlé à Marguerite depuis ce soir dans la bibliothèque, même si elle s'invitait sans cesse dans ses songes et rêveries. Il avait ordonné à ses avocats de rendre le transfert de Saint Isadore le plus irréfutable possible. Ceux-là lui avaient appris que Marguerite avait maintes fois cherché à invalider la cession, mais il avait refusé. Il lui devait bien cela.

Danica lui arracha l'enveloppe des mains.

— Oh ! une invitation pour le dîner des vendanges, à Saint Isadore. Luke et moi avons reçu la même.

Il la lui reprit pour la jeter dans la pile du courrier indésirable.

— Merci. Au moins, je n'ai plus besoin de l'ouvrir.

— Evan…, gronda Danica, l'air rembruni.

— Tu feras une mère formidable. Tu maîtrises déjà ta mine de maman déçue.

— Je ne suis pas déçue mais inquiète. Nous savons que tu as donné le vignoble, et pourtant tu t'échines à chercher des partenariats pour Medevco. À ce stade, ce n'est plus raisonnable. Que se passe-t-il ? Ça ne te ressemble pas.

La sollicitude de Danica lui réchauffa le cœur, et le problème se trouvait là. Il ne voulait pas que son cœur s'en mêle. Evan souhaitait rester froid, détaché.

— J'assure à Medevco son succès international. Peut-être que devenir père a rendu Luke trop frileux.

— Très bien, fit-elle en le foudroyant du regard. Agis comme si ce comportement irrationnel n'avait rien d'anormal.

— La réussite, ça n'a rien d'irrationnel.

— Quand on blesse tout le monde autour de soi, si.

— Pas si ça me permet de garder ces personnes bien au chaud et à l'abri du besoin. Y compris Luke et toi.

Elle prit une longue inspiration avant d'expirer.

— Tu n'agis pas vraiment pour nous, ni pour les autres. Evan, c'est à la fois mignon et on ne peut plus condescendant.

— Quoi ?

Bon sang, il ne voulait plus perdre qui que ce soit. Cependant…

— Tu nous traites comme des poupées sans vie dans une vitrine, incapables de s'exprimer seules, pendant que tu te places en juge ultime de notre bien-être.

— Non, c'est faux, je…

— Si, c'est vrai, le coupa-t-elle en s'éloignant du plan de travail pour reboutonner son manteau et se diriger vers la sortie. Tu sais, Luke et moi avions bon espoir que Marguerite, que j'apprécie énormément d'ailleurs, te ferait voir autre chose que Medevco. Mais, en abandonnant le vignoble, tu l'as chassée de ta vie, et tu es en train de t'éloigner de Luke à force de ne plus lui parler.

— Ce n'est pas pour ça que j'ai…, balbutia-t-il.

Elle secoua la tête.

— Continue comme ça, et les intrigues de la Silicon Valley seront tout ce qu'il te restera. Et tu les affronteras seul.

— Luke ne démissionnera pas de Medevco, affirma-t-il, peu inquiet face à cette menace en l'air.

— Pas demain, non, assura-t-elle en enfonçant son bonnet sur ses boucles blondes. C'est sûr. D'ailleurs, il sait prendre ses propres décisions en affaires, il n'a pas besoin de moi pour parler à sa place. En revanche, il ne supportera pas très longtemps un partenaire qui refuse de communiquer. La vie est courte, Evan. Libre à toi de finir la tienne seul si c'est ce que tu désires… Mais j'ai du mal à y croire.

Elle sortit sans attendre de réponse, le cliquetis du loquet s'imposant comme point final à leur conversation. Evan reposa son verre d'eau presque plein pour se servir quelque chose de plus fort.

Danica se trompait. Il admirait sa loyauté envers son

mari, mais elle avait tort. Luke changerait d'avis à l'instant même où Evan signerait le contrat parfait. Il devait simplement trouver le bon investisseur. Par ailleurs, s'il avait rendu Saint Isadore, c'était parce que ces terres ne lui revenaient pas de droit.

Le bar était quasiment vide. Peut-être restait-il une bière au frais. Seulement, quand il ouvrit le réfrigérateur, il ne trouva qu'un chardonnay de Saint Isadore dans le compartiment à bouteilles, et il retomba nez à nez avec les petits plats préparés. De quoi nourrir une famille.

Des images de soirées pizza lui traversèrent l'esprit. Le rire de Gabi, l'air malicieux de Nico quand il chipait des tranches de pepperoni sur les parts d'Evan qui faisait comme s'il ne remarquait rien. Et Marguerite… Son sourire. Son regard plein d'amour.

Un amour pur, sincère, à portée de main. Pour lui. Voilà où se trouvait sa famille depuis le départ, sous son nez.

Il ferma les paupières et se raidit. Il se changea en bloc de pierre pour affronter la déferlante de regrets, d'angoisse et de colère née de son entêtement.

Il prit son téléphone pour appeler Danica et ouvrit l'enveloppe de Saint Isadore. Le dîner des vendanges se déroulerait dans une semaine. Il aurait peut-être le temps.

Danica répondit sans couper la musique de sa voiture et par-dessus le brouhaha des rues.

— Donc, tu me parles encore.

— Comme tu es au volant, je vais faire vite. Est-ce que Luke et toi pouvez me rejoindre au bar du Rosewood dans une heure ? J'ai une proposition à lui faire, mais j'aimerais ton avis.

Elle se tut un instant avant de répondre.

— D'accord, mais tu paies ta tournée de Shirley Temple. À tout à l'heure.

Evan raccrocha, prit son manteau et se dirigea vers le garage. Il ne savait pas s'il allait avoir le temps de réaliser ce miracle, encore moins s'il le méritait. Peu importe, il se devait d'essayer.

Marguerite se tenait sur les dalles lisses de la terrasse de Saint Isadore et observait encore une fois les invités qui arrivaient sous les guirlandes lumineuses. Elle adorait la saison des vendanges, et cette récolte s'était avérée encore plus riche que prévu. On avait trié et pressé le raisin qui fermentait dans des tonneaux. Les distributeurs attendaient le résultat avec impatience, et des restaurateurs venus d'Australie envisageaient déjà d'ajouter les crus Saint Isadore à leur menu. Ce soir, Marguerite voyait s'accomplir les rêves de toute une vie. Autant de raisons de faire la fête. Si seulement elle avait eu le cœur à s'amuser…

Elle s'était faite à l'idée de diriger le domaine. Elle avait tenté toutes les ruses possibles pour contacter Evan, le forcer à reprendre son cadeau, mais ses avocats ne voulaient rien entendre, et lui… Eh bien, il répondait à coups de brefs courriels cordiaux, presque insultants. Quand elle cherchait à l'appeler, il semblait toujours occupé ou en déplacement.

Message reçu : il l'évitait. Pourquoi ne comprenait-elle pas et se languissait-elle encore de lui ? Car, elle avait beau essayer, elle ne parvenait pas à se persuader qu'Evan ne l'aimait pas. Elle savait ce qu'elle avait vu dans son regard, l'autre soir dans la bibliothèque.

Elle remettait lentement l'héritage familial sur les rails, mais tout cela ne la protégeait pas du froid, la nuit. Cela ne la faisait pas rire. Ne la défiait pas. Ne la poussait pas à se surpasser.

Elle avait lu et relu son mot au point de déchirer le papier là où il l'avait plié. Elle aurait voulu lui dire qu'elle ne doutait plus d'elle-même. Elle brûlait de lui avouer qu'elle croyait en lui et en son amour. Si seulement il lui en donnait la chance…

Néanmoins, il devait comprendre tout cela par lui-même, pour son bien. En attendant, elle pouvait se délecter des plats raffinés du traiteur, déboucher de bonnes bouteilles et se concentrer sur ses affaires. C'était Evan qui lui avait appris cela. Elle se ressaisit pour affronter la horde d'invités… et se rembrunit. Aracely arrivait en courant. Or, Aracely ne courait jamais d'habitude. Elle flottait.

— Que se passe-t-il ?

Son amie dit quelque chose dans son casque micro avant de se tourner vers Marguerite.

— Ted doit partir. Il pense avoir mangé quelque chose qui ne passe pas.

— Oh ! non. Est-ce qu'il va bien ?

— Il survivra. Il a bien essayé de faire bonne figure, mais pour le moment, il…

Aracely plissa le nez.

— Mieux vaut ne pas en parler lors d'un dîner qui a coûté quelques centaines de dollars aux invités.

— Pauvre Ted, répondit Marguerite. Bon, je m'occupe de tout.

— Attends, la coupa Aracely. Avant de partir, il a demandé à un ami de le remplacer pour que nous ne nous retrouvions pas en sous-effectif.

— Nous n'avons pas le temps de le former.

— Ted lui a posé quelques questions et, apparemment, ce garçon connaît plutôt bien tes vins. Mais, si tu préfères t'entretenir avec lui, il t'attend dans la bibliothèque.

— Là-bas ? Mais pourquoi pas dans les bureaux du domaine ?

— Il y a trop de monde à cause des visites VIP. Il fallait éviter qu'on voie Ted dans son état.

Aracely fit alors mine de se tenir le ventre en gémissant. Marguerite se renfrogna.

— Dis-moi que ce n'est pas une surprise de Nico.

— Marguerite, rétorqua Aracely, les yeux écarquillés. Tu me crois vraiment capable de ça ? Cette soirée est la plus importante de l'année pour Saint Isadore. Oserais-je t'arracher à tes invités, toi, la propriétaire, la magicienne du vin, s'il ne s'agissait pas d'une urgence ?

Elle croisa les bras dans une parfaite posture d'indignation. Marguerite parcourut la terrasse du regard. Il était encore tôt, le dîner ne serait pas servi avant deux heures. Si Ted n'allait pas bien et que ce mystérieux ami pouvait le remplacer, cela leur retirerait une belle épine du pied.

— D'accord. Je reviens vite, je verrai bien comment ça se passe avec ce monsieur.

Cependant, quand elle arriva dans la bibliothèque, Marguerite ne trouva personne. Elle maugréa en silence. Un parfait inconnu rôdait désormais dans la maison tandis qu'elle devait accueillir ses invités. Elle soupira puis s'apprêta à quitter la pièce. Mais elle s'arrêta d'un coup. Le portrait de Linus n'était pas droit et révélait une ombre derrière le tableau. Quelqu'un avait découvert le passage secret.

Le pouls de Marguerite s'accéléra. Peu de gens connaissaient l'existence des portes dérobées et la plupart ne se trouvaient pas sur place. Un des employés de maison avait peut-être ouvert par mégarde en faisant le ménage.

Alors, le sol vibra. Surprise, Marguerite se tint au

mur par réflexe. Que se passait-il ? Mais oui, l'ascenseur de la cave.

Elle sourit. La lumière brillait-elle avec plus d'intensité ou s'imaginait-elle des choses à mesure que ce filtre noir tombé sur sa vie en juillet s'estompait pour laisser place à un nouvel espoir ? Il s'agissait peut-être d'une simple coïncidence, se dit-elle pourtant, d'un vulgaire problème mécanique. Et si c'était vraiment un cambrioleur qui profitait de la fête pour voler les vins rares ? Il ne fallait pas non plus oublier l'hypothèse de l'ami de Ted, peut-être simplement trop curieux.

Une seule façon de le découvrir. Marguerite s'enfonça dans le passage. Au lieu de prendre l'ascenseur, elle préféra les escaliers. Elle ôta ses talons aiguilles d'un mouvement de pied, remonta la jupe de sa longue robe bleue de cobalt, puis descendit au cellier.

Elle poussa la porte sans un bruit avant de jeter un œil discret dans la pièce. Les appliques en bronze et en verre jaune dépoli de style Art déco diffusaient une lumière timide sur les murs de pierres et sur les étagères de vins. Toute l'attention de Marguerite se concentra vite sur l'homme au fond de la pièce. Il lui tournait le dos et prenait…

Un instant ! C'était là qu'elle conservait ses expériences. Elle ouvrit la porte à la volée.

— Hé ! C'est mon vin, ça !

Il sursauta et faillit lâcher la bouteille. Alors, il pivota doucement.

Marguerite sentit son cœur s'arrêter. Si elle avait su qui elle trouverait là en bas, elle ne s'était malgré tout pas attendue à une telle félicité. Evan. En smoking. Un sourire timide sur les lèvres, heureux de la retrouver, mais hésitant.

— Aracely devait me laisser encore quinze minutes, maugréa-t-il. Je ne suis pas prêt.

La vue de Marguerite s'obscurcit, et elle dut cligner des yeux rapidement. Elle s'avança sans remarquer la pierre froide sous ses pieds nus.

— Prêt pour quoi ?

Il posa la bouteille sur la longue table au milieu du cellier.

— Mon entretien, bien sûr.

— Pardon ?

Elle voulait lui sourire, et des tas d'autres choses. Elle désirait le serrer contre elle, le secouer, lui hurler après pour l'avoir évitée. L'embrasser, à tout jamais. Au lieu de cela, elle désigna la bouteille.

— Et sinon, pourquoi essaies-tu de me voler ?

Il reprit le vin et l'observa, ses doigts perdus sur l'étiquette manuscrite.

— Je pensais que tu me demanderais une petite démonstration. De mes connaissances, j'entends.

Elle ne parvint plus à rester froide. Son sourire explosa d'un coup, expression totale de cette joie pleine d'espoir qui l'animait.

— Effectivement, je ne peux pas engager quelqu'un qui n'y connaît rien. Mais veux-tu vraiment ouvrir celui-ci ? Il doit encore gagner en maturité.

— Ah, inutile, affirma-t-il en s'approchant d'elle. Je sais déjà à quel point il est spectaculaire. Complexe, sûr de lui. Imprévisible par moments. Doté de notes riches et vives, toujours plus intenses quand on finit par s'y intéresser. Une présence inoubliable. Un vin qui mérite qu'on se batte pour lui.

Elle s'esclaffa.

— Tu sais tout ça sans même le goûter ?

— Je connais celle qui l'a mis en bouteille. Il y a un peu d'elle dans tout ce qu'elle entreprend.

Le rire de Marguerite mourut, écrasé sous une masse d'émotions incontrôlables. Son nez la brûlait, les larmes perlaient sans doute, mais elle les réprima.

— Il reste un problème. Tu travailles déjà pour une autre compagnie. Une très importante.

Il réfuta d'un geste puis s'avança encore.

— J'ai démissionné de chez Medevco. J'ai cédé les pleins pouvoirs à Luke. Le conseil a approuvé il y a quelques jours.

La pièce tourbillonnait-elle ? Ou Marguerite se perdait-elle dans le regard kaléidoscopique d'Evan ?

— Attends… Quoi ?

— Tu es gelée, fit-il en lui prenant les mains.

— Ça va.

Elle tremblait bel et bien, mais pas en raison de la température. Evan fronça les sourcils.

— Nous devrions remonter.

Dans ce cas, ils se retrouveraient entourés de trop de gens, employés et invités. Elle se ferait entraîner dans les vagues de la soirée. Ici, ils étaient seuls, dans leur petit monde à eux.

— Dis-moi, pourquoi avoir vendu tes parts ?

Il fixait les pieds de Marguerite. Elle enfouit alors ses orteils sous sa robe. Puis, il hocha la tête, l'air décidé. Et, d'un geste vif, il la souleva pour l'asseoir sur ses genoux en s'installant sur la table.

— Evan.

Elle se tortilla pour se libérer, sans se soucier de tomber.

— Si tu veux que je te raconte tout, je préférerais que tu ne meures pas de froid avant la fin.

— Entendu. Parle.

En vérité, elle ne désirait se trouver nulle part ailleurs que blottie contre sa chaleur, lovée dans son odeur après avoir cru ne plus jamais le revoir.

— Tu avais raison, reprit-il d'une voix grave contre son oreille.

— À quel sujet ? J'adore quand on me dit ça.

Il l'étreignit plus fort.

— Ne doute jamais de ton talent ni de ta perspicacité.

— T'es-tu pardonné tout ce que tu avais à te pardonner ? lui demanda-t-elle tout bas.

Il se raidit. Seul son torse se soulevait et s'affaissait lentement.

— Comment le savais-tu ?

— J'ai discuté avec Nico le jour de ton départ. Il m'a raconté la colère de tes grands-parents.

Il prit un appui, et elle fit mine de redescendre, songeant qu'elle était peut-être trop lourde, mais il la garda contre lui dans le silence brisé par leur respiration.

— Si tu ne souhaites pas en parler, ce n'est pas grave, Evan.

— Je n'ai jamais voulu de famille, affirma-t-il au bout d'un temps. Je préférais ne pas risquer d'abandonner quelqu'un comme on m'avait abandonné. Comme on avait laissé Nico.

— Je comprends, le rassura-t-elle, accablée de chagrin pour les deux garçons.

— Mon père… Mon père et ma mère rentraient à la maison après m'avoir aidé à m'installer au MIT. Il avait dû prendre un deuxième travail, je ne me souviens même plus de ce que c'était. Mais il assurait un poste de nuit après de longues journées au garage. D'après la police, il se serait endormi au volant. La voiture a dévié sur l'autre voie, et il n'a jamais vu le camion en face.

— Je suis navrée, murmura-t-elle en déposant un baiser sur sa joue.

— Je me suis toujours dit que, sans ce travail de nuit, ils seraient encore là. Nico aurait grandi auprès d'eux.

— Tu t'es donné du mal pour que personne n'ait plus à s'inquiéter de l'argent. Voilà pourquoi tu as acheté Saint Isadore. Voilà pourquoi tu voulais développer Medevco si vite. Pour que Nico ne manque de rien.

— Tu vois, tu es perspicace.

— M'as-tu offert le vignoble pour cette raison ? Pour que je sois tranquille ?

Comme il ne répondait pas, elle se dégagea malgré ses protestations. Il resta contre la table, leurs regards à la même hauteur.

— Evan, je vais te poser la question que tu m'as posée le soir de notre rencontre. Que fais-tu là ?

Il haussa les épaules, de nouveau éclairé d'un léger sourire.

— Je tiens de source sûre que mes lubies causaient plus de tort à Medevco qu'autre chose. Alors, j'ai démissionné et je me retrouve au chômage. Comme c'est toi la patronne désormais, je pensais remettre mon sort à ta merci.

Elle mourait d'envie de rire, cependant elle parvint à rester stoïque.

— Il s'agit donc d'un entretien d'embauche. Qu'apporteras-tu à Saint Isadore ? C'est une entreprise sérieuse, tu sais.

— Nous avons déjà discuté du fait que je me consacre entièrement à mon devoir, répondit-il après quelques secondes de réflexion. Je suis également ponctuel et j'apprends vite.

— Des qualités admirables, mais je crains que nous n'ayons aucun poste à pourvoir pour l'heure.

— Je m'y attendais, aussi ai-je pris la liberté de créer un poste rien que pour moi.

— Vraiment ?

Elle ne parvint plus à contenir la joie qui transpirait de tout son être.

— À temps plein ou partiel ?

— Temps plein, assurément.

Il sauta de la table. Marguerite l'observa se diriger vers l'étagère où elle stockait les champagnes. Il choisit une bouteille et revint près d'elle. Elle reconnut l'étiquette.

— C'est un grand cru.

— Si tu ne m'embauches pas, je te promets de te rembourser, assura-t-il en déchirant l'aluminium qui protégeait le bouchon. Tu savais qu'il fallait toujours six tours pour ouvrir du champagne ?

— Bien sûr.

— Mais t'a-t-on déjà expliqué pourquoi ?

Evan retira le fil de fer autour pour l'entortiller en une forme qu'elle ne parvint pas à distinguer. Puis, il posa un genou à terre.

Elle resta muette. Ces larmes si vaillamment combattues toute la soirée brisèrent ses défenses et lui coulèrent à flots sur les joues. Elle se mit à frémir, et cela n'avait absolument rien à voir avec le froid.

— C'est parce que le six est le chiffre du bonheur extrême, d'après mon caviste. Même s'il ne s'agit peut-être que d'une fable, pour moi c'est l'absolue vérité quand je me trouve à tes côtés. Tu veux savoir ce que je fais là. J'espère que tu me pardonneras et me laisseras devenir ton époux.

Il dévoila alors le fil de fer, tordu en forme d'anneau, le bouchon de liège en guise de diamant.

— Je t'aime, Daisy Marguerite Delacroix. Tu as capturé mon cœur à la seconde où je t'ai vue.

— Evan…, tenta-t-elle, les mains devant la bouche, incapable de parler ou encore de réagir, sans savoir si cet instant, vécu des milliers de fois en rêve, était vrai.

Il parut légèrement inquiet tout à coup.

— Je me contenterai du poste de petit ami dévoué s'il y a une période d'essai.

Elle secoua la tête puis l'aida à se relever pour qu'il lui passe la bague au doigt, son cœur encore trop ébloui pour autoriser son cerveau à reprendre le contrôle.

— Normalement, je voulais tout faire dans la bibliothèque. Il y a une vraie alliance dans le tiroir du bureau.

Elle trouva enfin les mots.

— C'est parfait comme ça. Oui. Mille fois oui.

Il lui embrassa alors les mains, et elle le couvrit de baisers dans le cellier qui tourbillonnait de tant d'amour et d'espoir. Ils seraient restés cloîtrés là en bas jusqu'à l'arrivée du service d'entretien si Aracely n'avait pas passé la tête dans l'embrasure de la porte.

— Pourquoi faut-il toujours que je ramasse des vêtements n'importe où dès que vous êtes dans les parages ? demanda-t-elle, les talons de Marguerite en main. Vraiment désolée de vous interrompre…

— Oui, pardon, intervint Nico qui apparut derrière elle.

— Mais tu dois t'occuper d'une soirée, là-haut.

— Et j'aimerais sincèrement ne pas rater mon frère, ajouta Nico. Je ne suis en ville que pour la nuit et je voudrais passer un peu de temps avec lui. Et avec toi, Marguerite.

— Les convives commencent à réclamer la propriétaire des lieux.

— C'est toi, lui susurra Evan à quelques centimètres de ses lèvres. Je suis tellement fier de ce que tu as accompli.

— Saint Isadore s'est relevé grâce à un effort commun, répondit-elle en effleurant sa joue mal rasée, encore sidérée de le voir ici, dans ses bras. Tu en fais partie. Si tu le souhaites.

— Tout ce que je veux, c'est toi. Aujourd'hui, demain, pour toujours. Mais ce serait génial d'intégrer l'équipe. C'est toi qui décides. Après tout, c'est toi la patronne.

Il lui adressa ce sourire malicieux et crâneur qui la transportait au firmament.

— C'est nous qui décidons, le corrigea-t-elle.

Elle lui prit la main pour le guider hors du cellier et suivre Aracely et Nico à l'étage, où la fête battait son plein. Elle avait désormais bien plus de raisons de profiter de la vie qu'elle n'aurait pu l'espérer.

— Ensemble.

RACHAEL JOHNS

Un nouveau bonheur pour Eliza

Traduction française de
FLORENCE MOREAU

PASSIONS

HARLEQUIN

Titre original :
THE SINGLE DAD'S FAMILY RECIPE

- 1 -

Quand elle se retrouva devant la porte du nouveau restaurant de la distillerie McKinnel, Eliza Coleman se força à sourire, ce qui mit à contribution des muscles faciaux négligés depuis longtemps et la laissa songeuse. Mais, aujourd'hui, il était impératif qu'elle tienne la bride haute aux dix-huit derniers mois de son existence et feigne une certaine joie de vivre : Lachlan McKinnel n'embaucherait en effet jamais une maîtresse d'hôtel triste à mourir pour la « nouvelle aventure excitante » dans laquelle il se lançait, expression figurant dans son annonce en ligne pour désigner l'ouverture de son restaurant.

Elle ne cherchait pas particulièrement un emploi dans l'Oregon mais, puisque celui-ci s'était présenté, elle avait postulé. Il était évident qu'elle ne pouvait pas dormir *ad vitam aeternam* sur le canapé de sa grand-mère Louise, même si elle adorait cette dernière tout comme son petit appartement new-yorkais. D'ailleurs, celle-ci n'avait cessé de l'encourager, ces derniers temps, à sortir un peu de la maison ; elle lui avait même suggéré de prendre des cours de salsa ou de s'inscrire sur un site de rencontres !

Deux propositions qui lui avaient répugné ! La dernière fois qu'un homme l'avait invitée à dîner, pour faire connaissance, cela remontait à six ans et l'histoire avait fini par un échange d'anneaux. Est-ce que les couples se formaient encore ainsi, aujourd'hui ? D'après ses amies, on ne passait plus forcément par la case « sortie », que ce soit au restaurant ou au cinéma, mais on couchait juste ensemble pour un soir. Or, ce nouveau jeu ne l'intéressait pas.

Après mûre réflexion, elle était arrivée à la conclusion qu'un job constituerait la solution la moins mauvaise pour échanger avec d'autres personnes. Et puis un travail lui permettrait de trouver les heures moins longues, sans compter que ses économies finiraient un jour par s'épuiser. Sur un coup de tête, elle avait épluché les annonces qui la conduiraient hors de son lieu de vie actuel, dans un endroit où personne ne la connaîtrait.

Et cette idée bien attirante l'avait conduite à Jewell Rock, une petite ville de montagne. Son avion avait atterri à Bend quelques heures auparavant, puis elle avait directement loué une voiture pour se rendre au restaurant, sans prendre le temps de s'arrêter en chemin pour avaler un petit déjeuner.

Elle posa une main tremblante sur la poignée. La pensée de devoir se « vendre » la terrorisait littéralement mais, au fond, qu'avait-elle à perdre ? Après tout ce qu'elle avait déjà perdu, obtenir ou non un emploi dans une ville dont elle ignorait l'existence une semaine plus tôt n'était pas l'alpha et l'oméga de tout.

S'assurant que son sourire était toujours en place, elle poussa la porte… et en resta presque bouche bée. Elle ne savait pas au juste à quoi s'attendre, mais en tout cas pas à un parquet verni, ni à du papier peint en velours floqué et encore moins à des miroirs de style baroque. Elle eut d'un coup l'impression d'être remontée dans le temps, même si l'endroit était également chaleureux et accueillant.

Derrière le comptoir en cuivre, le mur était tapissé de bouteilles de whisky, comme si une personne avait fait le tour du monde et en avait rapporté une de chaque ville visitée. Si elle n'avait pas su que le restaurant était une annexe récente à la distillerie artisanale datant des années 1950, elle ne l'aurait jamais deviné.

Refermant la porte derrière elle, elle s'avança vers le restaurant et huma à pleins poumons l'odeur qui flottait dans l'air : certes, celle du whisky était tout de suite repérable, mais elle perçut aussi une touche sucrée qui fit gronder son ventre vide. Elle plaqua immédiatement la main dessus : il ne manquait plus qu'il émette des borborygmes pendant son entretien avec Lachlan McKinnel.

— Bonjour !

La voix de baryton venait de la droite.

Tournant la tête, elle se retrouva face à un homme aux cheveux épais, blond doré, vêtu d'un pantalon noir et d'une chemise blanche de chef cuisinier. Il se tenait sur le seuil des cuisines. Un très bel homme, se dit-elle. Cette réflexion la prit par surprise, et elle cligna des yeux, tandis qu'il s'approchait vers elle, un sourire chaleureux aux lèvres.

— Eliza ? demanda-t-il en lui tendant la main.

Oups ! À sa vue, elle était demeurée figée, sans doute parce qu'il était plus grand et plus beau que sur sa photo en ligne, mais ce n'était pas en restant bouche bée devant lui qu'elle allait impressionner son potentiel futur patron ! Elle était là pour décrocher un emploi afin de couper les ponts avec New York et avec son passé sans avoir à quitter le pays.

— Euh, oui, bonjour, dit-elle d'un ton haché. Vous êtes Lachlan, je suppose ?

— Exact, répondit-il en lui donnant une vigoureuse

poignée de main qui suscita un tressautement intérieur en elle.

Une réaction qui s'expliquait par le fait qu'aucun homme ne l'avait touchée depuis plus d'un an, pensa-t-elle bien vite.

— Ravi de faire votre connaissance, Eliza.

Elle hocha la tête, et il lui lâcha la main.

Souris. Fais comme si tu étais heureuse de vivre. Dis-toi que tu joues un rôle.

— Réciproquement, répondit-elle, en espérant que son ton lui paraîtrait enjoué. Et cet endroit est magnifique. Je l'imagine déjà bondé. Est-ce vous qui avez réalisé la décoration intérieure ?

Il releva le coin de sa bouche : c'était lui qui était censé poser les questions, pas elle, lui signifiait-il par cette mimique amusée. Seulement, quand elle était nerveuse, elle avait tendance à parler.

— Je suis à l'origine du concept, mais mes frères et sœurs m'ont énormément aidé. Mac a notamment pris en charge la construction, et Sophie et Annabel se sont beaucoup investies dans la déco.

— Vous avez de toute évidence une famille talentueuse, dit-elle avant de se mordre la langue.

N'allait-il pas y voir une flatterie ou, pire, une tentative de flirter ? Elle sentit des sueurs froides lui couler dans le dos.

Mais il se mit à rire.

— Ne le leur répétez pas, ou ils vont tous prendre la grosse tête. Bon, on commence ?

— Oui, bonne idée.

Plus vite ils parleraient affaires, moins elle risquerait de proférer des bêtises.

Il la conduisit vers une table où il avait posé son CV

et lui présenta une chaise, sur laquelle elle prit place. À cet instant, un effluve à la fois suave et épicé l'envahit ; elle n'aurait su dire s'il s'agissait de son après-rasage ou si c'étaient les arômes de ses délicieuses créations culinaires.

— Je peux vous offrir un verre ? Un café ? Un whisky ?

Il lui fit un clin d'œil en prononçant sa dernière proposition, encore qu'elle ne fût pas vraiment certaine qu'il plaisantait. Ce n'était certes pas l'après-midi, mais ils se trouvaient bel et bien dans une distillerie de whisky.

Elle joua la carte de la prudence.

— Surprenez-moi !

Acquiesçant, il se retira derrière le comptoir, et elle dut résister à l'envie de se retourner pour le regarder à l'œuvre. À la place, elle se concentra sur ce qui l'entourait, en l'occurrence une vieille horloge à pendule placée près des portes qui menaient aux toilettes. Elle était magnifique et en harmonie avec le reste de la décoration.

— Elle est superbe, n'est-ce pas ?

Elle sursauta au son de la voix de Lachlan.

— Mon grand-père l'a ramenée d'Écosse. Elle appartenait à son père et a plus de cent ans. Pourtant, elle bat avec une incroyable régularité.

— Oui, elle est admirable, approuva-t-elle.

Quelques instants plus tard, il déposait devant elle un mug en verre rempli visiblement de café et recouvert de crème.

— J'espère que notre boisson signature vous plaira.

Elle prit alors le temps de la humer attentivement.

— Ce n'est pas juste du café, déclara-t-elle.

— Je n'ai pas l'intention d'offrir de l'ordinaire à mes clients. Allez-y, goûtez !

Tout en sentant son regard rivé sur elle, elle en prit une

gorgée et perçut la rapide brûlure du whisky quand elle l'avala. Évidemment, boire de l'alcool alors qu'on avait faim, ce n'était pas une idée de génie mais, d'un autre côté, nul doute que cela lui donnerait un peu de courage. Pour obtenir ce poste, bien sûr, mais également masquer à quel point le beau Lachlan McKinnel la troublait car, quel que soit le tour perfide que lui jouaient actuellement ses hormones, son unique objectif était de travailler au restaurant de sa distillerie.

— Mm, c'est bon, dit-elle en reposant le mug.

— « Bon », c'est tout ?

Et le sourire qu'il arborait depuis le début s'évanouit.

— Mais non, bien sûr, c'est excellent ! Le meilleur café que je n'ai jamais bu. Je pourrais facilement devenir addict !

Et, sur ces mots, elle reprit une gorgée.

Rejetant la tête en arrière, il se mit à rire bruyamment.

— Rassurez-vous, je plaisantais. Je ne suis pas désespéré au point d'avoir besoin qu'on me rassure constamment, neanmoins je suis heureux que vous l'appréciez.

Elle avait perdu depuis si longtemps l'habitude du badinage qu'elle ne reconnaissait même plus les plaisanteries, songea-t-elle avant de se rappeler à l'ordre et de plaquer un nouveau sourire sur ses lèvres. Il ne fallait surtout pas qu'il voie en elle une grincheuse guindée, alors que le poste qu'elle briguait supposait qu'elle échange plaisamment avec la clientèle.

— Bien, reprit Lachlan en posant les mains sur la table. Votre CV est impressionnant. Les restaurants pour lesquels vous avez travaillé sont dignes du guide Michelin.

— Merci.

Elle rougit, et redouta la question suivante : *Pourquoi avez-vous quitté votre dernier emploi ?* Elle avait déjà décidé de lui donner la raison la plus simple et espérait qu'il n'avait pas trop fouiné sur Internet, mais par miracle il demanda alors :

— Pouvez-vous me dire ce qui vous a poussée à exercer dans le domaine de la restauration ?

— Naturellement, s'empressa-t-elle de répondre, heureuse d'avoir échappé – du moins pour l'instant – à la question. Mes parents étant divorcés, mon père m'emmenait souvent dans des restaurants lors des week-ends que je passais avec lui. J'imagine que sa passion pour la bonne chère a déteint sur moi et, aussi loin que je m'en souvienne, j'ai toujours voulu travailler dans un restaurant.

Il haussa un sourcil.

— Dans ce cas, pourquoi n'avez-vous pas choisi de devenir cheffe ?

À nouveau, elle se sentit devenir écarlate. Elle redoutait cette question autant que la précédente non posée mais, comme elle était incapable de mentir et que Lachlan la regardait intensément de ses yeux verts, elle opta pour la vérité.

— Parce que je ne sais pas cuisiner.

Il ne cilla pas, et elle poursuivit :

— J'ai pourtant essayé, mon père m'a même envoyée faire des stages très onéreux dans des écoles prestigieuses quand j'étais adolescente mais, après que j'eus mis une fois le feu en cuisine, plus personne n'a voulu m'accueillir.

— Vraiment ? s'enquit-il avec un petit sourire. Vous avez fait brûler les cuisines ?

Bon sang, elle se serait giflée ! Ce genre de révélations n'était pas exactement la meilleure façon de se mettre en valeur.

— Ce n'est pas l'épisode le plus glorieux de ma vie,

reprit-elle vivement. Aussi ma grand-mère m'a-t-elle ensuite conseillé d'étudier la médecine ou le droit, mais j'ai finalement trouvé la voie qui était la mienne dans la restauration : parler de nourriture avec les clients, veiller à ce qu'ils passent un bon moment et que tout se déroule pour le mieux pendant leur repas.

— Donc je ne vous demanderai pas, comme je le fais habituellement à ce moment de l'entretien, quel plat vous préférez préparer, mais dites-moi plutôt votre mets de prédilection.

Elle secoua la tête, mille images lui venant en tête.

— Tout dépend des circonstances. Si je dîne dans un restaurant huppé, je pencherai pour le confit de canard, ou pour un filet de saumon accompagné d'une sauce bien mijotée, mais si j'ai envie de nourriture réconfort, alors je choisirai un gratin de macaroni.

Et son cœur se serra à cette pensée : ceux de grand-mère Louise étaient à se damner, et d'ailleurs, depuis quelques mois, elle s'en nourrissait presque exclusivement.

— Dans ce cas, vous serez ravie d'apprendre que j'envisage d'en inscrire un à la carte des menus. Revisité, bien sûr, avec du bacon et une sauce au whisky.

L'eau lui monta à la bouche.

— Mm, j'en salive d'avance. Et que prévoyez-vous d'autre ?

Visiblement enchanté par la question, il se lança dans le détail de sa carte, et énuméra une liste de mets qui semblaient aussi délicieux les uns que les autres, tous intégrant du whisky. Elle redouta que son ventre n'émette d'affreux gargouillis tant elle mourait d'envie de les goûter.

— Quelle carte incroyable ! Vous m'avez vraiment ouvert l'appétit.

— Ah bon ? Mais je n'ai même pas parlé des desserts !

— Allez-y, je suis impatiente de les découvrir.

Elle pouvait parler nourriture pendant des heures sans se lasser.

— Que penseriez-vous d'un gâteau de Savoie imprégné d'une sauce caramel au whisky ?

— J'en rêve !

Et un petit gémissement lui échappa.

— Ou encore des pancakes au potiron arrosés de sirop d'érable mélangé à de la vanille et relevé de bourbon ? À moins que vous ne préfériez…

— Assez, s'il vous plaît ! s'exclama-t-elle en riant. Je n'ai pas pris de petit déjeuner et cela devint insupportable.

Il eut un sourire amusé.

— Pourquoi ne m'avez-vous rien dit ? Je viens juste de me lancer dans une nouvelle recette de crumble aux pommes marinées dans le whisky. Vous voulez bien le tester pour moi, pendant que nous finissons l'entretien ?

Il se leva avant qu'elle n'ait eu le temps de répondre mais, à cet instant, la porte du restaurant s'ouvrit en grand : tous deux tournèrent la tête… Une femme de haute stature aux cheveux peroxydés et au maquillage impeccable apparut dans le restaurant, accompagnée d'une petite fille à l'expression sombre.

— Linda ! Hallie ! Qu'est-ce que vous faites ici, les filles ?

Il s'avança vers l'enfant, et la prit dans ses bras.

— Pourquoi tu n'es pas à l'école, toi ? Il est arrivé quelque chose ?

— Je dois aller à L.A. pour m'occuper de ma tante qui souffre d'un cancer, dit la femme qui devait être Linda.

Aussitôt, Eliza sentit son cœur de serrer de compassion

mais, quand elle porta le regard sur Lachlan, elle constata que son sourire s'était évanoui.

— Depuis quand as-tu une tante ? s'exclama-t-il.

Linda plissa les yeux.

— Tu ne sais pas tout de moi, Lachlan. D'ailleurs, si tu avais été plus attentif, notre mariage n'aurait peut-être pas aussi mal fini !

— Mais qu'est-ce que tu… ? commença-t-il, visage déformé par la colère

Cependant, après avoir jeté un bref coup d'œil à Hallie, il s'interrompit et, quand il reprit la parole, il avait retrouvé la maîtrise de lui-même.

— Tante ou pas, tu ne peux pas emmener Hallie à Los Angeles. Et si tu crois que tu…

— On se calme ! coupa Linda d'un ton condescendant. Bien sûr que non, je n'emmène pas Hallie. C'est pour cela qu'elle va rester un peu chez toi.

— Quoi ?

Faisant fi de sa protestation, Linda se pencha vers sa fille pour l'enlacer et déposer un baiser sur le sommet de sa chevelure dorée et tressée.

— Sois gentille avec Papa ! Je t'appellerai de L.A.

Là-dessus, elle se redressa et se dirigea vers la porte, mais les mots de Lachlan l'arrêtèrent dans ses pas.

— Ah non, Linda, tu ne t'en vas pas ! Nous devons absolument avoir une discussion. Allons dans la cuisine. Tout de suite.

Linda regarda sa montre et poussa un soupir appuyé, avant de rejeter sa longue chevelure derrière son épaule.

— OK. Mais, j'ai très peu de temps. Mon avion décolle dans deux heures.

Lachlan regarda alors sa fille et lui adressa un sourire chaleureux.

— Attends-nous ici, Hallie. Maman et moi revenons dans quelques instants.

Puis il saisit la femme par le bras et l'entraîna dans la cuisine, claquant la porte derrière eux.

Eliza se retrouva donc seule avec la petite fille. Elle la considéra sans bouger : dernièrement, elle n'arrivait même plus à communiquer avec les enfants de ses meilleures amies, alors ceux d'inconnus…

— Bonjour, finit-elle par dire après un long silence.

En dépit de son malaise personnel, renforcé par le fait de se retrouver au beau milieu d'un drame familial, elle éprouvait de l'empathie pour la petite Hallie : certes, elle ignorait les détails de toute la situation, mais il était évident que la mère avait débarqué inopinément chez le père pour lui laisser leur fille, et que ce dernier n'en avait pas l'air ravi. Tout comme il était intolérable que l'enfant assiste à ces déchirements !

— Qui tu es ? demanda alors Hallie.

— Je m'appelle Eliza, répondit-elle en s'efforçant de lui sourire. Je suis en train de passer un entretien avec ton père pour un poste dans son nouveau restaurant. Et toi, ton nom, c'est Hallie, si j'ai bien compris ?

— Mouais, répondit-elle.

Puis elle s'assit sur la chaise que son père occupait précédemment et poussa un soupir bien trop lourd pour une enfant qui devait avoir huit ans, neuf ans tout au plus. Mais, avant que l'une des deux n'ait eu le temps de poursuivre, des éclats de voix résonnèrent dans la pièce adjacente.

— Donc tu ne la veux pas ? hurlait Linda.

— Tu veux qu'on joue à quelque chose ? proposa Eliza d'une voix forte.

Pour avoir assisté à de nombreuses scènes entre ses

parents avant leur divorce, elle savait qu'il était insupportable pour une enfant d'entendre un tel échange, notamment quand la mère remettait en cause l'amour du père pour sa fille.

Hallie roula des yeux.

— Ce n'est pas grave, je suis habituée à leurs disputes. Et puis j'étais sûre depuis très longtemps que ça arriverait.

— C'est-à-dire ? demanda Eliza malgré elle. Ta tante est malade depuis un certain moment ?

Hallie éclata de rire.

— Je ne connais même pas cette tante. Non, je savais depuis très longtemps qu'elle se débarrasserait de moi un jour, comme elle l'a fait avec mon frère.

Eliza n'eut pas le temps de la questionner sur ce qu'elle voulait dire, car la fillette enchaîna d'elle-même :

— Mon frère jumeau a une maladie qui s'appelle une paralysie cérébrale et c'est pour ça que ma mère ne veut pas de lui.

Choquée par la révélation, Eliza ne savait trop quoi dire, mais Hallie poursuivit d'un ton catégorique :

— Bien sûr, ce n'est pas la version qu'elle ou papa raconte. Ils disent qu'ils se sont séparés comme ça arrive souvent aux adultes et que chacun a gardé un enfant, mais je ne suis pas stupide. Je vais chez papa un week-end sur deux alors que maman ne prend jamais Hamish. Au fait, c'est le nom de mon frère.

— Je vois.

Elle sentit son cœur se serrer. Lors de ses recherches sur Internet, elle avait lu dans un article que Lachlan avait la garde exclusive d'un fils handicapé, mais elle en ignorait la raison.

— Donc, comme maman a abandonné Hamish, j'ai toujours su que mon tour viendrait.

— Allons, elle ne t'abandonne pas ! dit-elle immédiatement pour rassurer la petite fille. Elle va juste s'occuper d'une tante malade.

Hallie haussa les épaules.

— En fait, je suis bien contente. Papa et Hamish habitent avec mamie, et moi aussi maintenant. Elle, c'est la meilleure personne du monde. Et puis j'ai ma propre chambre, ici.

Même si la fillette jouait les bravaches, Liza entendait sa voix chevroter et voyait ses yeux se remplir de larmes. La pauvre enfant ! Comment des parents pouvaient-ils traiter ainsi leur progéniture ?

La dispute s'envenimant dans la cuisine, Eliza se leva subitement et tendit la main à Hallie.

— Tu veux bien me faire visiter les jardins de la distillerie ? demanda-t-elle d'un ton déterminé.

Pendant que tes parents finissent de se déchirer, ajouta-t-elle en silence.

— J'ai adoré ce que j'ai vu en remontant l'allée, dans ma voiture.

Hallie leva un sourcil circonspect : elle n'était de toute évidence pas dupe de son manège pour l'éloigner du front. Pourtant, au bout de quelques instants, elle repoussa sa chaise et se leva.

— D'accord, dit-elle. Puisque tu insistes. Viens, c'est par là !

Tout en suivant la fille de Lachlan, Eliza jeta un dernier regard en direction de la porte close des cuisines... Décidément, cet entretien ne se déroulait pas du tout comme elle l'avait espéré !

- 2 -

— Dis-moi que c'est une mauvaise blague, Linda ! dit Lachlan en la regardant droit dans les yeux.

— Une blague ? Ah bon ? M'occuper de ma tante malade, pour toi c'est une blague ?

Et Linda croisa les bras en lui décochant un regard noir.

— Arrête ! Tu n'as pas de tante.

Pour autant qu'il sache, la mère de son ex-femme était enfant unique.

Cette dernière poussa un soupir irrité.

— Si tu veux tout savoir, c'est une sœur qui ne parle plus à ma mère.

— Dans ce cas, pourquoi n'est-ce pas Carol qui traverse tout le pays pour aller à sa rescousse ?

— Elles ne se parlent pas, je te dis ! Tu comprends ce que ça signifie ou pas ? articula-t-elle lentement comme si elle s'adressait à un enfant de cinq ans. D'ailleurs, Carol vient juste de trouver un nouveau poste à Bend, donc elle ne peut pas se libérer comme elle veut.

— Mais toi si, car tu n'as jamais travaillé de ta vie !

— Toujours aussi désobligeant ! marmonna-t-elle en passant les doigts dans ses mèches blond platine. Je ne te demande pas de soulever des montagnes, quand même ! Juste de t'occuper de ta fille.

— Parle moins fort ! grommela-t-il en jetant un coup d'œil vers la porte.

Et dire qu'il était de si bonne humeur, cinq minutes plus tôt, croyant avoir trouvé la perle pour gérer ses serveurs !

— Tu as un culot qui dépasse tout ! Tu sais bien que je veux *aussi* la garde de Hallie, mais le moment ne pouvait pas tomber plus mal ! Je me lance dans l'ouverture d'un nouveau restaurant, et tu m'interromps en plein entretien !

Linda afficha un petit sourire narquois.

— Ah, je comprends mieux ! Pendant un instant, j'ai cru que c'était un rendez-vous amoureux.

— Et en quoi cela t'amuse-t-il ? demanda-t-il malgré lui. Tu crois que je ne sors pas ?

Elle avait raison. Entre son travail, la garde permanente de Hamish et un week-end sur deux celle des deux enfants, il ne se rappelait pas la dernière fois qu'il avait eu le temps de sortir. Mais il n'allait certainement pas l'admettre devant elle !

— En tout cas, celle-là, ce n'est pas du tout ton type, reprit-elle encore plus amusée. Elle est un peu trop… comment dire ? Bien en chair ?

Il crut voir rouge ! Pour commencer, il n'avait pas un type de femme particulier, du moins plus maintenant, et la façon dont Linda parlait d'Eliza lui déplaisait profondément : au moins, cette dernière n'avait pas l'air anorexique contrairement à elle, et, de surcroît, elle avait des formes exactement là où il le fallait, ce qu'il trouvait bien plus sexy qu'une personne obnubilée par les calories qu'elle ingérait.

— Donc, reprit-il sans relever, combien de temps comptes-tu être absente ?

Il aimait Hallie tout autant que Hamish, mais il était conscient du temps que requérait un enfant. Sa fille pratiquait la danse, le chant et allait à l'école à Bend, pas à Jewell Rock, ce qui signifiait deux allers et retours d'une heure chacun par jour. Sans compter naturellement les rendez-vous thérapeutiques de Hamish et ses activités. Linda y avait-elle pensé ?

À nouveau, celle-ci roula des yeux, comme si elle s'adressait à un demeuré.

— Mais elle a un cancer, Lachlan ! Je ne peux pas te dire quel jour et à quelle heure elle va rendre son dernier souffle.

— Personne d'autre ne peut donc s'occuper d'elle ? J'ouvre mon restaurant dans un mois !

— Tu veux que je confie notre fille à des étrangers ?

— Je ne parle pas de Hallie, mais de ta tante !

Elle secoua la tête.

— Tu ne peux pas montrer un peu de compassion pour une fois ? Et puis ta mère et toute ta famille t'épauleront pour Hallie. Franchement, la présence d'une personne en plus dans votre clan ne va pas faire une grande différence.

Pendant quelques instants, ils se jaugèrent comme deux adversaires sur un ring de boxe. Comment osait-elle lui tenir de tels propos ? Sa mère ne lui consacrait-elle pas déjà suffisamment de temps ? Sans compter que toute la famille devait préparer deux mariages imminents et que ses deux futures belles-sœurs étaient enceintes ! Il se retint de donner un coup de poing contre le mur : Linda avait le don de tirer le pire de lui-même. Qui plus était, sa fille et Eliza attendaient dans la pièce voisine…

À propos d'Eliza, que devait-elle penser de tout cela ? Serait-elle encore ici quand il ressortirait des cuisines ? Quelle première impression il lui donnait !

De guerre lasse, et conscient qu'ils avaient laissé leur fille avec une quasi-inconnue, il poussa un long soupir.

— Bon, j'imagine que l'uniforme scolaire de Hallie est dans son sac ?

Il était hors de question que celle-ci manque l'école.

— Bien sûr !

— Tu peux aussi me donner l'adresse de toutes ses activités extrascolaires ?

Linda lui décocha alors le sourire d'une enfant qu'on aurait autorisée à se coucher à minuit et à manger de la junk food.

— Je te les enverrai par texto quand j'attendrai à l'aéroport. Tu es un homme bon, Lachlan McKinnel.

Et elle s'avança vers lui comme pour se jeter dans ses bras ; il leva immédiatement les deux mains pour la freiner dans ses élans. Si elle pensait vraiment cela de lui, pourquoi l'avait-elle quitté ? Elle le prenait pour un pigeon, oui ! Un pigeon qui avait été ébloui par sa beauté et par le bon temps qu'ils avaient passé ensemble, mais qui en payait le prix depuis.

— Va dire au revoir à Hallie, dit-il en s'abstenant de tout commentaire.

Et il ouvrit la porte des cuisines pour la laisser sortir.

— Hallie ? Elle n'est plus là ! s'exclama Linda en tournant vers lui un visage horrifié. Qui était cette femme, bon sang ? Qu'est-ce qu'elle a fait de notre fille ?

— Arrête de tout dramatiser ! Elles sont sans doute allées faire un tour, dit-il.

Il avait beau donner le change, il n'était pas non plus très rassuré : où étaient donc Hallie et Eliza ?

D'un pas rapide, il s'élança vers la porte d'entrée, et poussa un soupir de soulagement quelques secondes plus tard quand il les aperçut toutes deux en pleine conversation, dans le jardin. Sentant sa présence, Eliza tourna la tête vers lui et, à son regard, il comprit instantanément pourquoi elle avait emmené sa fille à l'extérieur.

La honte le saisit d'un coup : une inconnue avait estimé

nécessaire d'intervenir pour préserver sa fille de sa dispute avec sa mère. En même temps, il lui était naturellement reconnaissant de son initiative : combien de fois s'était-il promis de ne plus élever la voix en présence des enfants sans y parvenir ?

— Elle est ici ! dit-il à Linda.

Celle-ci se précipita alors vers sa fille, et la peur qu'elle venait de ressentir lui permit de surjouer la scène des adieux.

— Tu vas me manquer, ma chérie. Sois gentille avec papa et grand-mère Nora. Je t'appellerai tous les soirs.

Elle la serra encore quelques instants contre son cœur, puis l'embrassa sur les deux joues et s'écarta d'elle.

— Au revoir, tout le monde, ajouta-t-elle en agitant les doigts d'une façon exaspérante avant de trottiner jusqu'à sa voiture sur ses talons aiguilles.

Elle ressemblait plus à une personne qui partait en vacances au bord de la mer qu'à une garde-malade, pensa-t-il alors… Bref ! Il se tourna vers Eliza, gêné qu'elle ait été témoin de ce drame familial.

— Désolé, dit-il. C'était mon ex-femme.

— Oui, j'avais compris.

Elle hocha la tête, et sa chevelure d'un beau brun chocolat dansa légèrement sur ses épaules.

— J'ignorais qu'elle allait passer sans prévenir, sinon, je n'aurais pas prévu notre entretien à cette heure-ci.

— Oui, je m'en doute, répondit Eliza sans le gratifier du moindre sourire.

— Papa, papa, j'ai faim ! s'écria alors Hallie en tirant sur sa manche.

— Une seconde ! Tu ne vois pas que je parle ?

Aussitôt, il se mordit la langue.

— Pardon, papa, dit-elle d'une petite voix tremblante.

Ravalant sa frustration – Hallie n'était en rien fautive, la pauvre –, il prit sa petite main dans la sienne et l'étreignit, ce qui était leur façon discrète de se dire : « je t'aime ».

— Tout va rentrer dans l'ordre, mon petit chou. Tu peux juste attendre encore quelques minutes, et je te prépare ensuite ton déjeuner ?

La petite fille hocha la tête d'un air solennel et lui serra la main trois fois de suite, ce qui lui mit immédiatement du baume au cœur. Peu importait qu'il soit furieux contre sa mère qui débarquait au pire moment possible, il ne voulait certainement pas donner à Hallie l'impression d'être un fardeau pour lui.

Il tourna à nouveau les yeux vers Eliza : il aurait aimé lui résumer rapidement la décennie tumultueuse qu'il avait vécue avec son ex-femme, mais il ne pouvait envisager de critiquer cette dernière devant Hallie. En outre, il avait encore beaucoup de questions à poser à Eliza sur elle-même et sur son expérience professionnelle. Seulement, ce n'était pas non plus l'idéal de poursuivre cet entretien en présence de sa fille… Cependant avait-il le temps de reporter ? Il ouvrait dans quatre semaines et avait déjà rencontré dix personnes pour ce poste, mais aucune ne convenait…

Or, dès l'instant où Eliza avait franchi la porte, il avait pensé qu'il détenait enfin la bonne personne ! Il l'avait tout de suite imaginée naviguer entre les tables, par une soirée bondée, bavarder avec les clients, donner des directives aux serveurs, faire en sorte que ce restaurant soit celui où chacun voulait être.

Alors, cédant à une impulsion que son frère aîné Callum aurait à coup sûr désapprouvé, il estima que ce qu'elle lui avait dit sur son père gastronome, que sa franchise et la façon dont elle avait réagi envers Hallie suffisaient largement à le conforter dans son intuition : elle était tout à fait en mesure d'être la maîtresse d'hôtel de son futur restaurant.

— Quand pouvez-vous commencer ? demanda-t-il.

— Pardon ? répliqua-t-elle en clignant des yeux. Vous me retenez pour le poste sans me poser davantage de questions ? Sans avoir vérifié les références ?

— J'appellerai vos anciens patrons plus tard, mais ils ne me diront rien qui me feront changer d'avis, n'est-ce pas ?

— Ils n'ont pas intérêt ! dit-elle d'un ton farouche. Waouh ! OK.

— Donc, c'est oui ?

Elle parut réfléchir, et il redouta un instant d'avoir tout compromis en se précipitant, mais elle répondit finalement :

— Cela vous convient, si je commence lundi ? J'ai deux ou trois petites choses à régler d'ici là.

Comme c'était vendredi, cela lui parut tout à fait raisonnable.

— Parfait, mais si vous avez besoin d'un peu plus de temps, cela ne posera pas de problème non plus. Et surtout n'hésitez pas à me dire si je peux vous être utile en quoi que ce soit. Bon, maintenant, ma fille est affamée, et je crois me rappeler que vous aussi. Voulez-vous déjeuner avec nous ? Je sais, il est un peu tôt, mais comme vous n'avez rien mangé depuis hier…

Encore une fois, elle prit un peu de temps pour répondre, puis demanda :

— Vous êtes sûr que cela ne vous dérange pas ?

— Au contraire ! Cela nous permettra de discuter un peu encore, et vous testerez ainsi un plat de ma future carte. Allez, tout le monde à l'intérieur !

— Papa, tu peux nous faire ton gratin de macaronis ?

— Bien sûr !

— Miam, moi aussi j'adore ça, dit Eliza en souriant à sa fille.

À cet instant, la tension qu'il ressentait depuis l'arrivée intempestive de Linda commença à régresser.

Hallie et Eliza prirent place à une table, tandis qu'il se rendait en cuisine pour préparer deux gratins différents : un sans whisky pour sa fille et un autre avec tous les ingrédients requis pour sa nouvelle employée. Il avait laissé la porte entrouverte, et un sourire lui monta aux lèvres lorsque Hallie se mit à parler à Eliza de son école, de la distillerie, de ses deux nouvelles tatas qui attendaient des bébés pour très bientôt. Elle ne paraissait pas trop affectée par le départ subit de sa mère, ce dont il se réjouissait. Eliza intervenait peu mais l'encourageait gentiment à continuer, ce qui le conforta dans l'idée qu'il venait de prendre la bonne décision en l'embauchant.

— Comme ça sent bon ! s'exclama-t-elle quelques minutes plus tard, quand il émergea des cuisines, avec trois bols fumants de pâtes sur un plateau.

— Merci, papa, dit Hallie.

Et elle se précipita sur le bol qu'il venait de déposer devant elle, comme si elle n'avait pas mangé depuis des jours. Linda lui avait-elle seulement donné son petit déjeuner ? Il se retint de poser la question.

— Espérons que ce sera aussi savoureux que cela en a l'air, dit-il en s'asseyant à leur table.

Il attendit, impatient, le verdict d'Eliza qui était en train de mastiquer une première bouchée. Il était bon cuisinier, mais elle était une habituée de la fine gastronomie, elle avait côtoyé les meilleurs chefs d'Amérique. En outre, il avait envie de l'impressionner.

— Mm, un délice ! déclara-t-elle quelques secondes plus tard.

Ce n'étaient pas tant les mots qu'elle venait de prononcer que la sincérité de son intonation et ses yeux noirs lumineux qui lui allèrent droit au cœur.

— Donc, ça va ?

Elle sourit.

— C'est un euphémisme.

À cet instant, il expira l'air qu'il retenait sans s'en rendre compte et prit sa propre fourchette. Mais avant qu'il n'ait eu le temps d'atteindre sa bouche, la porte du restaurant s'ouvrit et la moitié de sa fratrie entra.

— Qu'y a-t-il à la carte, aujourd'hui ? demanda Mac.

Et il s'immobilisa tout net, aussitôt imité par Blair et Sophie, la cadette de la tribu – qui n'avait en réalité que de deux minutes et demie de moins que sa jumelle !

— Pardon, dit Blair.

— Nous ne savions pas que tu avais de la compagnie, renchérit Sophie.

Lachlan se leva et déclara :

— Je vous présente Eliza que je viens d'embaucher comme maîtresse d'hôtel. Eliza, voici trois de mes frères et sœurs : Sophie, Mac et Blair.

Et il les désigna tour à tour en énumérant leurs noms.

— Bravo ! Cool ravie de faire ta connaissance aussi vite, dit Sophie en lui tendant la main avant de s'asseoir.

Ses frères l'imitèrent et prirent place également à la table. Malgré lui, Lachlan vit la lueur intéressée qui brilla dans leurs prunelles, ce qui ne l'étonna guère de la part de Mac, qui avait rompu avec son ex depuis un an. En revanche, c'était plus étonnant venant de Blair qui était certes divorcé mais entretenait une relation curieuse avec son ex-femme, Claire : on les aurait crus jeunes mariés, ce qui était très troublant pour tout le monde.

En tout cas, il devrait prévenir ses deux frères plus tard qu'il était hors de question de flirter avec son employée.

— Bonjour à vous tous ! s'exclama soudain Hallie, la bouche pleine, mais d'une voix joyeuse.

— Tiens, Hallie, tu es là, ma chérie ! s'exclama Sophie. Tu n'as pas école aujourd'hui ?

Elle regarda alors discrètement Lachlan qui articula en silence : « Linda ». Sophie hocha la tête – il lui raconterait plus tard le fin mot de l'histoire – puis se pencha vers Hallie.

— Ça sent divinement bon, ce que tu manges !

— OK, je retourne en cuisine, dit Lachlan.

Il était vain de chercher à se débarrasser de ces affamés tant qu'ils ne seraient pas rassasiés.

Quelques minutes plus tard, alors que chacun plongeait sa fourchette dans son bol rempli des meilleurs macaronis de l'Oregon, Sophie demanda :

— Et donc, d'où viens-tu ?

— De New York, répondit-elle.

— Ce n'est pas la porte à côté, déclara Blair.

Eliza haussa les épaules.

— J'ai envie de changer d'air. De vivre de nouvelles expériences.

Mac hocha la tête.

— Je te comprends. Et où loges-tu, ici ?

— Eh bien, c'est une des choses que je dois régler ce week-end, dit-elle en lançant un coup d'œil à Lachlan.

— L'appartement près du nôtre est inoccupé, intervint Sophie. Les anciens locataires viennent de partir, et la propriétaire cherche quelqu'un. Il n'est pas flambant neuf, mais confortable, et pas loin d'ici.

— *Notre* appartement ?

— Le mien et celui d'Annabel, ma sœur jumelle. Elle est pompière, mais je suis sûre que tu la rencontreras sous peu. En tout cas, si cela t'intéresse, je peux appeler la proprio, et elle te le fera visiter cet après-midi.

— Oh ! merci, ce serait génial ! Après je devrai rapporter ma voiture de location à l'aéroport et trouver un autre véhicule.

— On peut sans doute t'aider aussi, dit Blair.

— Et moi je dessinerai des dessins que tu pourras accrocher aux murs de ta nouvelle maison, décréta Hallie qui ne voulait jamais être en reste.

Tout le monde se mit à rire.

— Merci à vous tous, c'est fantastique, dit Eliza.

Puis elle regarda Mac et ajouta :

— Donc, c'est toi le génie qui a conçu ce restaurant ?

— En personne, dit fièrement celui-ci.

Ce qui valut un pincement de jalousie à Lachlan : si Mac s'était chargé de la construction, il était tout de même le concepteur du projet et avait mis aussi plusieurs fois la main à la pâte. Allons, il n'allait tout de même pas se poser en rival de ses frères, ce n'était pas son genre. Que lui prenait-il ? Peut-être était-il encore troublé par l'irruption brutale de Linda dans sa matinée.

Il resservit ses frères et donna un verre de lait à Hallie, pendant que la conversation se poursuivait autour de lui. Eliza semblait tout à fait à l'aise avec sa fratrie et posait de nombreuses questions sur la distillerie et le café qui existait encore un mois auparavant.

— Nous l'avons fermé en avril pour finaliser la construction du restaurant et le décorer, expliqua Lachlan. C'est idéal pour les clients d'avoir un endroit où se restaurer, de la sorte ils restent plus longtemps et achètent plus de whisky !

— Bien vu ! dit-elle. Je suis ravie de faire partie de l'aventure.

Mac émit un petit rire.

— J'espère que tu le seras toujours quand tu feras des heures supplémentaires ! Autant de prévenir : Lachlan est un esclavagiste. Plus la date d'ouverture se rapproche, moins je dors.

Lachlan lui lança un regard noir, mais Eliza ne parut pas perturbée.

— Ça tombe bien. Je suis un bourreau de travail, assura-t-elle.

Cet aveu le fit frémir de joie. Une personne qui ne redoutait pas de mettre les bouchées doubles correspondait exactement au profil d'employée qu'il recherchait. Décidément, sa beauté n'avait rien à voir avec sa décision de l'embaucher !

- 3 -

Tout allait si vite, pensa Eliza en se retournant sur le dos, dans le lit de la chambre d'hôtel boutique qu'elle avait louée à Jewell Rock. Contrairement à Bend, la ville voisine dont la popularité croissait à chaque seconde, Jewell Rock était encore un bijou national caché, de sorte que l'offre de logements touristiques n'y était guère abondante. Malgré tout, elle avait préféré dénicher cette chambre que d'accepter l'invitation, par ailleurs très généreuse, de Sophie, la sœur de Lachlan, à dormir sur son canapé dans l'appartement qu'elle partageait avec Annabel.

Autrefois, elle s'en serait réjouie, mais désormais elle préférait garder ses distances et optait pour la lenteur concernant les nouvelles amitiés.

Soudain, son portable vibra. Tiens, Lily avait dû lire dans ses pensées… Un message de sa meilleure amie venait en effet de s'afficher sur son écran.

Juste pour prendre de tes nouvelles. Ta journée s'est bien passée ? Tu as déjà une réponse pour le poste ? xx

Bien qu'exténuée, elle préféra la rappeler au lieu de taper un message inévitablement long. Lilly décrocha deux secondes plus tard.

— Dis-moi que l'entretien était un désastre et que tu ne vas pas t'installer à l'autre bout du monde.

Un pâle sourire aux lèvres, Eliza se cala contre ses

oreillers : c'était tellement typique de Lilly ! Elle allait droit au but, et dramatisait, comme toujours.

— L'Oregon est exactement à l'autre bout de l'Amérique pour une New Yorkaise, renchérit-elle.

— Oh non ! Tu as décroché ce job, c'est ça ? demanda Lilly en gémissant.

— Exactement. Et je commence lundi.

— Lundi ? s'exclama Lilly. Mais comment vas-tu pouvoir revenir à la maison, faire tous tes cartons et repartir pour être à temps là-bas ? Où vas-tu habiter ?

— Je ne reviens pas à New York.

Elle était incapable de dire « à la maison ». Sans Jack ni Tyler, cette notion n'existait plus nulle part, pour elle.

— Du moins pas pour le moment, poursuivit-elle. Le restaurant ouvre dans un mois, et il n'y a pas vraiment de temps à perdre pour que tout soit prêt d'ici là. Je n'ai pas besoin de grand-chose, tu sais, je travaillerai avec un uniforme et j'achèterai sur place les quelques effets qui me seront nécessaires. Et puis j'ai déjà trouvé un logement. C'est un appartement à cinq minutes en voiture du restaurant. D'ailleurs, je vais peut-être acheter un vélo, cela me permettra de retrouver la ligne.

Après avoir trouvé refuge dans la nourriture pendant dix-huit mois, elle avait tout intérêt à perdre quelques kilos.

— Retrouver la ligne ? répéta Lilly, horrifiée.

Elle était mariée à un chef, écrivait des articles culinaires sur un blog très populaire et estimait que la vie était trop courte pour perdre son temps à faire des exercices.

— C'est juste une idée.

— Une idée insensée, si tu veux mon avis, répliqua Lilly. Mais bon, continue. Comment est ton appartement ? Comment est Lachlan McKinnel ? Est-ce qu'on te fournira du whisky gratuitement car… euh… compte tenu des circonstances, je ne suis pas certaine que ce soit une bonne idée.

Encore une fois, c'était son amie tout craché : elle ne pouvait se contenter de poser une question à la fois.

— Ne t'inquiète pas, je ne vais pas sombrer dans l'alcoolisme, lui promit Eliza. Ce nouveau départ va me faire du bien, je le sens au plus profond de mon être. Et, pour répondre à tes autres questions, je vais emménager dans un appartement voisin des sœurs jumelles de Lachlan. J'ai fait la connaissance de l'une d'elles, cet après-midi, et elle m'a proposé de rencontrer le propriétaire du logement vacant, juste à côté du sien. Je l'ai visité cet après-midi, il est parfait. Donc, demain, j'irai acheter un lit, un frigo, et sans doute un canapé, un micro-ondes et une télé. Ça devrait suffire, pour commencer. Quant à Lachlan, je ne sais pas trop quoi penser de lui.

— Ah ! Donc il y a matière à épiloguer. Qu'est-ce que tu veux dire au juste ? Tu ne l'aimes pas ?

Elle hésita un instant avant de décrire à Lilly l'arrivée impromptue de son ex-femme, finit par se lancer et conclut en disant :

— C'est une famille très unie. De toute façon, ce que je pense de lui n'a pas d'importance. C'est incontestablement un bon chef, et il a la ferme intention de tout mettre en œuvre pour que son restaurant soit une réussite. Comme il sera mon patron et non mon ami, c'est tout ce qui compte pour moi.

— Oui, tu as sans doute raison. Mais ses sœurs, au moins, elles sont sympas ? Vous pourriez peut-être devenir amies. Je n'aime pas de savoir toute seule à l'autre bout du pays.

— Oui, elles sont l'air gentilles. Un peu plus jeunes que nous, donc, on n'est pas tout à fait sur la même longueur d'onde. Sophie m'a demandé si je ne voulais pas créer un compte sur Tinder. Apparemment, elles y sont toutes les deux inscrites !

Lilly émit un grognement.

— Tinder ! Je ne le crois pas. Je suis si heureuse d'avoir rencontré Matthew avant que les codes de l'amour aient changé aussi radicalement.

— Ma-man !

La voix de Britt, la fille de Lilly âgée de deux ans, venait de résonner jusqu'à elle.

— Ma-man, j'ai fait caca dans le pot !

En entendant cette petite voix tout excitée, Eliza se sentit aussitôt tiraillée entre l'envie de rire et celle de pleurer. Jack et Britt étaient en effet nés à trois mois d'intervalle et, chaque fois que cette dernière réalisait un progrès, cela retournait le couteau dans la plaie. Elle voulait se réjouir pour son amie, mais elle ne pouvait s'empêcher de penser que Jack aurait dû faire comme Britt.

Ravalant ses larmes, elle déclara :

— Lilly, je te laisse t'occuper d'elle. Dis à Britt que je la félicite ! Je t'enverrai des photos de mon nouvel appartement demain soir quand il sera un peu meublé.

— D'accord, ma chérie ! On se reparle bientôt.

Elle avait à peine terminé sa conversation que son téléphone se remit à sonner.

— Bonjour, grand-mère ! dit-elle en prenant la communication.

— Bonjour, ma chérie ! répondit celle-ci de sa voix mélodieuse. Je reviens de mon cours de salsa et je ne tiens plus debout, mais je ne voulais pas m'endormir sans avoir entendu la voix de ma petite-fille préférée.

— Mais je suis ton unique petite-fille !

— Même si j'en avais cent, tu serais ma favorite. Bon, alors, ce poste, raconte !

— OK.

Et Eliza lui décrivit le déroulement de sa journée.

— Waouh ! C'est ce qu'on appelle une affaire menée tambour battant ! Mais dis-moi, ce Lachlan McKinnel, il est aussi bel homme en personne qu'en photo ?

Elle fronça les sourcils.

— Où as-tu vu des photos de lui ?

— Tu ne crois quand même pas que j'allais laisser partir ma petite-fille à Tombouctou sans me renseigner.

Pour sa grand-mère, le monde se résumait à Manhattan.

— Donc, il est beau gosse ?

À cette question, Eliza ressentit un petit frémissement dans le ventre, preuve qu'elle n'était pas aussi insensible qu'elle le pensait. Mais, tout de suite, un sentiment de culpabilité l'envahit : comment pouvait-elle être aussi frivole ?

— Peu importe à quoi il ressemble. Ce qui compte, c'est qu'il est passionné de nourriture et qu'il m'offre l'opportunité d'un nouveau départ.

— Donc, il est aussi beau que sur les photos, reprit sa grand-mère sur un ton victorieux. Il se pourrait que je prenne l'avion pour juger par moi-même s'il y a une possibilité d'idylle.

— Il doit avoir dans les quarante ans, par conséquent il est un peu trop jeune pour toi.

Sa grand-mère se mit à rire.

— Je voulais dire entre toi et lui.

Oh ! oh… C'était bien ce qu'elle redoutait !

— Je ne recherche pas l'amour, dit-elle pour que tout soit bien clair.

Son cœur en avait été empli, à une époque, mais elle

avait désormais tout perdu dans les circonstances les plus tragiques. Désormais, la seule pensée d'aimer un autre homme la glaçait.

— Allons, à quel moment ai-je parlé d'amour ? Toutes les relations ne sont pas forcément sérieuses, tu sais. S'amuser et prendre du plaisir, c'est aussi très important, tu peux me croire.

Eliza rougit. S'habituerait-elle jamais au franc-parler de sa grand-mère en la matière ?

— Peut-être, mais nouer une relation avec mon chef ne déboucherait que sur des problèmes. J'ai déjà connu cette expérience et tu sais comment cela s'est fini.

— Ce qui est arrivé à Jack n'a rien à voir avec le fait que Tyler était ton patron, déclara Louise d'un ton presque laconique.

Eliza avait beau adorer sa grand-mère, elle n'avait aucune envie d'aborder encore une fois ce sujet avec elle, et certainement pas ce soir.

— Écoute, inutile de reparler de tout cela : je ne suis pas prête à envisager un nouvel homme dans ma vie pour l'instant, répondit-elle sur le même ton.

Au fond d'elle-même, elle était persuadée que ce moment ne viendrait jamais, mais peut-être sa grand-mère ne serait-elle plus aussi insistante si elle entrevoyait ne serait-ce qu'un mince espoir.

— Très bien, reprit-elle à regret, parle-moi alors de Jewell Rock.

En dépit de toute la fatigue accumulée dans la journée – son lever à l'aube, sa traversée de l'Amérique en avion, son entretien et enfin sa recherche d'appartement –, elle pouvait au moins répondre à sa grand-mère sur ce point.

— C'est très beau, ici. Rien à voir avec New York, mais je crois malgré tout que l'endroit te plairait. Il y a un magnifique lac près de l'endroit où j'habite, et j'aurai une vue sur les montagnes. Demain, j'irai faire des emplettes pour mon appartement et, le week-end prochain, j'espère pouvoir jouer les touristes. Je t'enverrai des photos.

— Tu ferais mieux de m'envoyer une bouteille de whisky McKinnel, oui !

Eliza s'esclaffa.

— Entendu, c'est tout à fait dans le domaine du possible. Grand-mère, j'adore discuter avec toi, mais j'ai eu une grosse journée et je voudrais essayer de dormir maintenant.

Il fallait dire que le sommeil n'avait plus rien d'évident pour elle…

— Mais il n'est pas encore minuit à New York ! Ah, vous les jeunes, vous n'avez pas d'énergie. Enfin, tu as sans doute raison, moi aussi, je dois dormir suffisamment pour avoir un teint éclatant.

Puis elle prit un ton plus sérieux et ajouta :

— Je t'aime, mon cœur, prends soin de toi, n'oublie pas que tu peux m'appeler à toute heure du jour ou de la nuit. On ne doit jamais garder ce qui fait mal à l'intérieur de soi. Promets-moi que tu me téléphoneras si ça ne va pas.

Eliza déglutit avec difficulté, émue.

— Je te le promets, murmura-t-elle.

Et elle coupa la communication pour ne pas éclater en sanglots.

Elle aurait beau partir à des milliers de kilomètres du lieu où son cœur s'était brisé, elle n'échapperait jamais à sa douleur, aussi devait-elle apprendre à vivre avec. Et peut-être que le restaurant des McKinnel était exactement ce dont elle avait besoin pour y parvenir !

- 4 -

Lachlan aurait aimé ne pas être en retard pour le premier jour d'Eliza, mais préparer deux enfants en vue de les emmener à l'école le matin prenait trois fois plus de temps que pour un seul. Heureusement que sa mère lui avait proposé de déposer Hamish à l'école, ainsi il pourrait conduire sa fille à Bend, discuter avec son enseignante pour se présenter et lui indiquer qu'il serait la première personne à contacter en cas de problème pendant quelques semaines. Sa fille semblait parfaitement s'accommoder de la nouvelle situation, mais il voulait que tout se déroule dans les règles.

Quand il arriva enfin à la distillerie, sa nouvelle maîtresse d'hôtel l'attendait, assise sur les marches devant le restaurant. Une bicyclette était appuyée contre le mur. Bien qu'ils n'aient pas encore choisi son uniforme – une des nombreuses choses à régler dans les jours suivants –, elle avait l'air professionnel dans son pantalon noir et son corsage rose à manches courtes, les cheveux retenus par une pince. Le rose lui allait très bien, pensa-t-il en s'approchant, couleur qu'il n'avait jamais particulièrement appréciée jusque-là.

— Bonjour, dit-il.

Elle se leva pour le saluer.

— Désolé pour le retard.

— N'est-ce pas en général ce que dit l'employée ?

Il lui sourit, et tout à coup la tension qui s'était accumulée en lui depuis 6 heures ce matin, heure à laquelle Hamish s'était réveillé, s'évapora.

— Sans doute. Comment un patron peut-il exiger de la ponctualité de ses employés s'il ne l'est pas lui-même ? Un café ?

— Avec plaisir.

Quand il ouvrit la porte et s'effaça pour la laisser passer, l'odeur de caramel qui émanait de sa personne le surprit : était-ce son parfum ou quelque chose de sucré qu'elle avait mangé au petit déjeuner ? Il n'avait jamais senti une telle fragrance sur une femme, sa mère, ses sœurs et son ex-femme préférant les senteurs florales. Mais, en l'occurrence, elle lui plaisait. Beaucoup même.

— Ton week-end s'est bien passé ? demanda-t-il en s'efforçant d'oublier cette odeur si troublante. Sophie m'a dit que tu avais finalement loué l'appartement voisin du sien. Tu es bien installée ?

— Oui, dit-elle en posant son sac sur une table. Grâce à tes sœurs, tout s'est déroulé au mieux. Elles sont merveilleuses.

— Ça leur arrive, oui, répondit-il avec désinvolture.

En réalité, il approuvait totalement ses propos. Ses jeunes sœurs étaient fantastiques, et il ne pouvait rêver meilleures tantes pour ses enfants. Elles étaient toujours prêtes à lui donner un coup de main quand elles étaient disponibles. Elles feraient toutes les deux des mères géniales un jour, mais pour l'instant aucune n'avait eu de chance dans le domaine amoureux.

— Et toi ? Tu as passé un bon week-end ?

— Occupé, dit-il en se glissant derrière le bar pour mettre en marche la machine à café. J'ai fait le chauffeur pour Hallie et Hamish, qui ont une vie sociale bien plus riche que la mienne. Et, dans la soirée, je suis venu ici pour expérimenter quelques nouveaux plats.

À cet instant, il ne put retenir un bâillement : son corps avait terriblement besoin d'une bonne dose de caféine. Il avait déjà bu un café, mais c'était loin d'être suffisant !

— Bref, poursuivit-il, comment prends-tu ton café ? Avec de la crème ? Un mélange de crème et de lait ? Du sucre ?

Eliza s'assit alors sur un tabouret haut, en face de lui.

— Un mélange crème et lait, sans sucre, s'il te plaît.

— Ta bouche est suffisamment sucrée, c'est ça ?

À ces mots, elle lui adressa un regard horrifié, et il se mordit la langue. Pourquoi avait-il proféré une plaisanterie si stupide ? Il n'aurait plus manqué qu'elle s'imagine qu'il veuille flirter avec elle alors qu'elle devait déjà avoir une bien piètre opinion de lui après l'arrivée impromptue de Linda. Eliza l'avait alors vu sous son pire jour et n'avait pu se faire une bonne idée de sa personne, à savoir qu'il était plutôt sympathique, correct et pondéré.

— Désolé pour cette blague idiote, je ne voulais pas te mettre mal à l'aise.

— Ce n'est pas grave.

Un silence gêné s'ensuivit pendant qu'il terminait le café mais, quand il posa le mug sur le comptoir en face d'elle, il décida de clarifier la situation avant qu'ils ne commencent à travailler.

— Écoute, je te présente mes excuses pour la façon dont l'entretien s'est déroulé, hier. Je ne suis pas très fier de la scène à laquelle tu as assisté entre mon ex-femme et moi. Et je tiens aussi à te remercier d'avoir emmené Hallie à l'extérieur afin qu'elle n'entende pas notre discussion.

Elle releva un coin de la bouche.

— Ah bon ? C'est ainsi que tu qualifies votre échange ?

— Une discussion houleuse, je te l'accorde. Ce que tu as entendu ne t'a sans doute pas donné une très bonne impression de moi, et c'est probablement parce que Linda fait toujours ressortir le pire côté de moi-même. Pour être honnête, sa présence m'est difficile à supporter et, s'il n'y avait pas Hallie, je n'aurais plus aucun échange avec elle.

— Ta vie privée ne me concerne pas, dit-elle en enserrant son mug avant de le porter à ses lèvres.

— Pourtant, j'aimerais t'expliquer la situation. Linda et moi nous sommes mariés très jeunes, certains que l'attirance que l'on ressentait l'un pour l'autre était suffisante pour nous permettre de construire une vie ensemble, et je ne vais pas te mentir, pendant quelque temps, tout était au beau fixe entre nous. Puis nous avons eu les jumeaux et tout a changé. Notre fils est né avec une paralysie cérébrale, et elle n'a pas pu l'accepter. Elle s'est alors uniquement occupée de Hallie, refusant même de prendre Hamish dans ses bras. Cela me brisait le cœur, mais je voulais croire qu'avec le temps elle apprendrait à l'aimer.

Il marqua une pause, étreint par l'émotion.

— Hamish est l'enfant le plus adorable du monde, mais Linda n'a jamais pu le considérer ainsi, elle s'est alors détournée aussi de moi, jalouse de l'amour que je portais à Hamish et du temps que je passais avec lui. Elle a fini par prendre un amant. Quand j'ai demandé le divorce, j'ai aussi voulu la garde des deux enfants, mais elle s'est bagarrée pour obtenir celle de Hallie et, depuis, elle fait comme si Hamish n'existait pas. Aussi quand elle a débarqué ici prétendant qu'elle devait s'occuper d'une tante malade dont je n'avais encore jamais entendu parler, la colère que je parviens généralement à contenir a explosé. Comment peut-elle consacrer du temps à une personne quasi étrangère alors qu'elle ne veut rien savoir de son propre fils ?

Eliza se mit à enrouler une mèche de cheveux autour de son doigt.

— Oui, c'est incompréhensible, et très triste. Comment expliques-tu son comportement à Hamish ?

Il poussa un lourd soupir.

— Jusqu'ici, j'ai contourné le problème. Je lui donne beaucoup d'amour et d'attention, tout comme ma famille. J'espère que nous arrivons à compenser l'absence de sa mère. J'imagine que s'il ne m'a jamais questionné à propos de Linda c'est parce qu'il en a toujours été ainsi pour lui, donc son comportement lui semble normal. Hamish n'est pas stupide mais, à cause de sa maladie, il a une légère déficience mentale, ce qui lui permet sans doute de ne pas percevoir l'absence de sa mère. Mais, malgré ce handicap, il ne cesse de me surprendre. Par exemple, il joue aux échecs presque aussi bien qu'un adulte mais, à l'école, il a besoin de plus de temps que les autres pour comprendre ce qu'on lui explique.

Eliza lui adressa un sourire triste.

— Ton fils a l'air formidable, et je n'arrive pas à comprendre comment une mère peut abandonner son enfant.

Il hocha la tête.

— Moi non plus. En tout cas, Hallie est adorable avec lui. Et je suis très heureux de l'avoir elle aussi ici, avec moi, même si l'autre jour tu as peut-être cru le contraire. J'aurais juste apprécié que Linda me prévienne un peu à l'avance pour pouvoir m'organiser.

— C'est tout à fait compréhensible, dit Eliza en avalant une autre gorgée de café.

Soudain, il eut envie d'en savoir davantage sur elle.

Dans son CV, il avait pu voir en quelle année elle avait obtenu son diplôme universitaire et en déduire qu'elle était au début de la trentaine, à peu près comme lui. Par conséquent, elle avait forcément déjà eu une relation sérieuse avec un homme. Avait-elle, elle aussi, un ex insupportable ? Était-ce la raison qui l'avait conduite à quitter un bon poste dans un restaurant branché de New York pour venir ici ? Elle avait dit à ses frères et sœurs qu'elle souhaitait changer de cadre et vivre de nouvelles aventures, mais en général une telle quête survenait après des déboires.

Repoussant ses pensées, il but lui aussi une gorgée de café. Hum, que c'était bon ! Exactement ce dont son corps avait besoin pour affronter la journée et se concentrer sur son objectif principal : faire en sorte que le restaurant soit prêt le jour de l'inauguration. Il reposa son mug.

— Je te fais visiter la distillerie, je te présente à chacun et puis on revient ici dresser la liste de tout ce que l'on doit faire pendant les quelques semaines qui restent avant l'ouverture ? proposa-t-il.

— Bon programme, dit-elle.

Et elle se leva.

Même s'il n'avait pas fini son café, il jugea préférable de commencer la visite sans attendre, car l'atmosphère qui régnait entre eux était un peu curieuse. Il avait envie de retrouver avec elle l'échange décontracté du premier jour, juste avant l'arrivée inopinée de Linda qui avait tout changé.

— J'ai grandi ici, lui apprit-il alors qu'ils sortaient du restaurant. Comme mes frères et sœurs, je suis passionné par le whisky et par la distillerie, même si jusqu'à présent je n'y ai pas travaillé. Bref, tout cela pour te dire que chacun va vouloir te parler du passé de l'endroit, et que cela risque d'être rasoir pour toi d'entendre dix fois la même chose.

Elle émit un son proche d'un rire.

— Mais non, je suis certaine que chaque récit me fascinera.

Était-elle nerveuse ? se demanda-t-il tout à coup. Comment devait-on s'y prendre avec elle pour qu'elle ait l'air détendu ? Subitement, il se demanda s'il avait fait le bon choix en l'embauchant. Son poste de maîtresse d'hôtel requérait de la convivialité avec les clients, elle serait amenée à rire, voire flirter, avec eux. Au fond, n'avait-il pas été – comme ses frères – charmé par sa beauté et n'en avait-il pas négligé de vérifier les compétences nécessaires à son emploi ?

— Les jardins sont magnifiques.

Il sursauta presque, sa remarque venant de l'arracher à ses pensées.

— Merci. C'est ma mère qui a la main verte dans notre famille, même si nous avons un jardinier à plein temps.

— J'ai lu que ta mère habitait ici, mais que ton père est décédé récemment, j'en suis désolée.

— Merci, dit-il rassuré qu'elle ait fait des recherches sur sa famille. Effectivement, papa a eu une crise cardiaque il y a un an, et de nombreux changements sont survenus depuis, à la distillerie. Mon frère aîné, Callum, en est devenu le directeur et il a entrepris de la moderniser, alors que mon père ne pensait qu'à perpétuer les traditions. Outre le restaurant, il veut diversifier notre offre de whiskys et exploiter aussi l'endroit à des fins touristiques. Il compte également acheter du terrain pour que nous cultivions les céréales nécessaires à la fabrication du whisky.

— Ce sont de beaux projets.

— Exact, mais le seul qui doit nous préoccuper, c'est le restaurant. Tiens, commençons par ici, dit-il en désignant le bâtiment duquel il s'approchait. C'est la distillerie, et Blair, que tu as déjà rencontré, en est le gestionnaire. Si tu as des questions sur la fabrication du whisky, c'est à lui que tu dois t'adresser.

Ce dernier et son autre frère, Quinn, se turent quand ils entrèrent et saluèrent Eliza.

— Voici Quinn ! déclara Lachlan. Il s'occupe de l'entrepôt, et il s'est récemment fiancé.

— Félicitations, dit-elle.

— Merci ! Nous attendons déjà des jumeaux, Bailey et moi, précisa-t-il avec un grand sourire.

Et il arbora une expression de ravi de la crèche, comme chaque fois qu'il parlait de sa fiancée !

— Quinn et Bailey vont se marier à la distillerie, et c'est le restaurant qui se chargera du repas. Bailey est organisatrice d'événements et nous espérons donc, avec elle à bord, être en mesure de réserver le meilleur accueil à nos invités. Mais le premier mariage sera celui de notre frère aîné Callum avec sa fiancée Chelsea, dans deux mois.

— J'espère que tu aimes les mariages, dit alors Blair avec un petit rire.

— Qui n'aime pas les mariages ? répondit Eliza.

Encore une fois, aucun sourire n'accompagna ses propos.

Lachlan laissa Blair gérer la visite de la distillerie, qui incluait un petit topo sur la fabrication du whisky, puis Quinn montra rapidement l'entrepôt à Eliza. Ensuite, ils se rendirent à la boutique. Comme Sophie était occupée avec des clients qui goûtaient du whisky, Lachlan emmena Eliza dans le corridor qui menait au bureau de Callum… Lequel était en train d'embrasser Chelsea avec passion.

Il toussota et roula des yeux tout en toquant contre la porte ouverte.

— Il faut aller dans la chambre, tous les deux !

Chelsea se détacha immédiatement de Callum, les joues toutes rouges. Ce dernier afficha un petit sourire satisfait, de toute évidence moins gêné, puis croisa le regard de son frère. Lachlan se rendit subitement compte qu'il ne se souvenait même plus de la dernière fois où il avait embrassé une femme avant d'écarter bien vite cette pensée.

— Ravie de faire ta connaissance, s'empressa de dire Chelsea.

Puis elle tendit la main à Eliza.

— Moi aussi, répondit la jeune femme, avec un sourire, cette fois.

— Bienvenue chez McKinnel's, renchérit Callum. Lachlan m'a montré ton CV… Impressionnant ! Je crois qu'on a une chance folle d'être tombés sur toi.

— Merci. Je suis vraiment ravie de notre future collaboration.

— Si tu as besoin de quoi que ce soit, ou la moindre question, mon bureau t'est ouvert.

— D'ailleurs, tu devrais peut-être fermer ta porte un peu plus souvent, glissa Lachlan.

— Va te faire voir, vieux !

— Callum ! le réprimanda Chelsea. Ne fais pas attention à leurs chamailleries, Eliza. La plupart du temps, ils se comportent comme les professionnels qu'ils sont.

Ils discutèrent un petit moment tous les quatre jusqu'à ce que Chelsea les prie de l'excuser.

— Désolée, dit-elle en plaçant la main sur son ventre, j'ai un rendez-vous prénatal.

— Pas de problème. De toute façon, nous devons

retourner au restaurant, répondit Lachlan à sa future belle-sœur.

— Je suis enchantée d'avoir fait votre connaissance, déclara Eliza.

— Moi aussi, assura Callum. On se reverra sous peu.

Lachlan entraîna alors vivement Eliza dans le corridor, ne doutant pas un instant que le baiser d'« adieu » des deux tourtereaux allait être torride.

— Ça ne te dérange pas si j'achète une bouteille de whisky pour ma grand-mère à la boutique ? lui demanda-t-elle quand ils repassèrent devant.

Il vit que les clients de Sophie étaient en train de sortir.

— Bien sûr que non !

Et il l'entraîna vers le comptoir en bois poli, mais ni lui ni Sophie n'acceptèrent qu'elle règle la bouteille.

— C'est un cadeau de bienvenue de la part de toute l'équipe, déclara cette dernière en la plaçant dans un carton spécial pour le transport postal.

Une fois à l'extérieur, il lui demanda :

— Tu es proche de ta grand-mère, non ?

— Oui. D'ailleurs, ces derniers mois, je vivais chez elle... Elle a été ma mère de substitution quand j'étais ado.

— Oh ! fit-il.

Et au risque de paraître curieux, il ajouta :

— Ta mère était absente ?

Il se rappela alors qu'elle avait évoqué le divorce de ses parents.

— Elle est morte quand j'avais treize ans dans un accident d'hélicoptère.

— Oh ! je suis désolé ! s'exclama-t-il, malgré tout satisfait d'en avoir appris un peu plus sur elle.

— Merci, dit-elle dans un chuchotement. Avant, c'était elle qui avait la garde parentale, et je ne voyais mon père qu'un week-end sur deux. Après son décès, je suis allée vivre chez lui, et grand-mère a emménagé avec nous jusqu'à ce que je sois assez grande pour ne plus avoir besoin qu'on veille sur moi. Nous sommes devenues très proches.

— Tu as d'autres frères et sœurs ?

— Non, et parfois, je me demande si c'est un avantage ou un inconvénient. Toi, par exemple, cela t'a-t-il plu de vivre dans une grande famille ?

Il se mit à rire.

— Parfois, j'adorais, et d'autres fois je détestais. Mes frères et sœurs peuvent être mes meilleurs amis comme mes pires ennemis. Mais à propos de famille…

Il ralentit alors le pas, et ajouta :

— Il ne faut pas que j'oublie de te présenter à maman sinon, ma vie va devenir un enfer. Même si elle n'est pas impliquée dans la gestion quotidienne de la distillerie, elle aime qu'on la tienne au courant.

— Hallie m'a dit que tu vivais avec ta mère.

— Oui, après mon divorce, j'ai emménagé chez mes parents afin que ma mère puisse m'aider pour Hamish. C'était censé être temporaire mais, neuf ans plus tard, je suis toujours là. Pathétique pour un homme de trente-trois ans de vivre avec sa mère, non ?

Elle esquissa un sourire quand elle croisa son regard, et enchaîna :

— Hallie m'a aussi confié qu'elle adorait ta mère. J'ai hâte de faire sa connaissance !

— Dans ce cas, viens. Et donne-moi ce carton.

Il lui prit le whisky des mains avant qu'elle n'ait eu le temps de protester et lui enjoignit de le suivre vers la maison principale, tout en pointant du doigt le cottage plus petit devant lequel ils passaient :

— C'est ici qu'habitent Callum et Chelsea. Autrefois, c'était la maison de mes grands-parents. C'était la première construite sur la propriété, en 1950, quand ils sont arrivés d'Écosse.

— Comme elle est pittoresque ! s'exclama Eliza.

— Oui, j'imagine. Blair vit quant à lui également avec ma mère, Hamish et moi.

— Il n'est pas marié ?

Cela l'intéressait-il ou s'efforçait-elle juste de faire la conversation ? se demanda-t-il tout à coup.

— Il est divorcé, lui aussi. La rupture est plus récente, mais c'est compliqué.

— Quel divorce ne l'est pas ?

Il lui lança un coup d'œil : son expression était impénétrable.

— On dirait que tu parles par expérience.

— J'en vis un de plein fouet moi-même, dit-elle, le front plissé.

— Désolé, dit-il.

Voilà qui expliquait pourquoi elle avait traversé toute l'Amérique pour se réfugier dans l'Oregon !

— Merci. Cela dit, je n'ai pas tellement envie d'en parler.

— Je comprends.

Lui-même n'aimait guère évoquer le sien, alors que c'était de l'histoire ancienne, à présent.

Malgré tout, il ne pouvait s'empêcher de s'interroger : qui était fautif dans le divorce d'Eliza ? À moins que celle-ci et son mari ne se soient éloignés l'un de l'autre au fil du temps. Avait-il été violent envers elle, et était-ce donc lui qu'elle fuyait ? Il se dit aussi qu'elle était peut-être encore amoureuse de lui… Toutes ces questions s'agitaient furieusement dans sa tête, mais ce fut en silence qu'ils s'acheminèrent jusqu'à la porte d'entrée de sa mère. La liste de ce qu'il aurait aimé savoir sur Eliza s'allongeait à chaque seconde.

- 5 -

Après leur visite à Nora McKinnel, qui était aussi affable et accueillante que le reste de la famille, Eliza s'assit en face de Lachlan, et ils commencèrent à établir la liste des choses à faire. Tandis qu'il évoquait son projet et ses idées pour le restaurant, elle écoutait avec attention, gagnée malgré elle par son enthousiasme réconfortant, qui lui permettait de mettre son propre malheur au second plan. À nouveau, sa compagnie l'apaisait.

Tandis qu'il lui expliquait la carte des menus et sa vision de son établissement, elle songea que Lachlan était un homme bien, ainsi qu'elle l'avait perçu avant l'arrivée de son ex. Et franchement, qui était à son avantage quand il parlait avec ses anciens partenaires ?

Elle avait elle-même été surprise d'évoquer Tyler avec lui, même si elle n'avait pas nommé ce dernier. Cependant, Lachlan avait été si ouvert et honnête avec elle quant à sa situation familiale qu'il ne lui avait alors pas paru insurmontable de se livrer un peu à lui. Par chance, il ne lui avait pas posé de questions indiscrètes ! À un moment, l'idée l'avait effleurée de lui raconter toute l'histoire, mais elle s'était bien vite ravisée, se rappelant pourquoi la perspective de partir à l'autre bout du pays lui avait paru si attirante.

À Jewell Rock, en effet, elle ne croisait aucun regard lourd d'empathie et pouvait échanger avec les autres sans que ceux-ci se sentent gênés, sans savoir quoi lui dire. Depuis son arrivée ici, elle avait discuté avec tout le clan McKinnel, sa propriétaire, différentes personnes dans les magasins où elle avait acheté les meubles et accessoires pour son appartement, et personne ne l'avait traitée comme une lépreuse, contrairement à nombre de ses connaissances new-yorkaises.

— Tout va bien ? demanda soudain Lachlan d'un ton soucieux. Tu veux qu'on fasse une pause ? J'ai l'impression de t'avoir assommée avec toutes mes informations.

Elle cligna des yeux et secoua la tête.

— Non, tout va bien. Je me disais juste que cette aventure était vraiment grisante. J'ai beau avoir travaillé dans de nombreux restaurants, je n'ai participé à l'inauguration d'aucun.

— Idem pour moi, dit-il avec un petit sourire. Parfois, je dois me pincer pour me convaincre que je ne rêve pas. À d'autres moments, je me demande si je ne suis pas fou de m'être lancé dans cette entreprise alors que j'ai deux enfants à charge.

— À propos, je ne voudrais pas être indiscrète, mais comment as-tu l'intention de t'organiser entre le restaurant et tes enfants ?

— Je ne me fais pas d'illusion, ça ne va pas être facile. Cela dit, comme je serai mon propre patron, je pourrai avoir des horaires plus flexibles. En outre, j'ai engagé un autre chef très expérimenté. Au début, je préparerai tous les plats, mais ensuite nous ferons un roulement : moi je m'occuperai du déjeuner et lui, du dîner. Ainsi, je serai disponible l'après-midi pour les enfants, et le soir, une fois qu'ils seront au lit, je pourrai toujours revenir ici pour aider à la fermeture.

— Je vois que tu as étudié la question de près ! Bien,

tu veux que je passe les premiers coups de fil pour caler les entretiens ?

Lachlan avait gardé quelques-uns des employés du café, lui avait-il expliqué, mais tous n'avaient pas souhaité rester, étant donné que le poste qu'il leur proposait désormais comprenait des heures nocturnes. En cuisine, il avait déjà trouvé son personnel, mais pour le service il avait préféré recruter avec elle, puisqu'elle superviserait les serveurs.

— Oui, ce serait génial, répondit-il. Pendant ce temps, je vais régler des choses en cuisine. Mais, dis-moi, je te prépare un café avant ?

— Avec plaisir, merci.

Et elle lui sourit : un patron qui faisait un aussi bon café que lui, on le gardait, pensa-t-elle avec amusement.

Elle décrocha le combiné du restaurant alors que la machine à café commençait à siffler. Quand il revint avec deux mugs fumants… et un dessert divinement appétissant, elle avait déjà fixé deux rendez-vous.

— Tu n'as finalement pas goûté mon crumble aux pommes, la dernière fois, dit-il, et j'aimerais vraiment savoir ce que tu en penses.

Elle en saliva d'avance et se félicita d'avoir acheté une bicyclette !

— Je suis certaine que je vais adorer, déclara-t-elle en plongeant, sous son regard intense, une cuillère dans la part qu'il avait déposée devant elle.

— Alors ? finit-il par demander.

Le goût qui venait d'exploser sur ses papilles était à se damner.

— Ce crumble dépasse largement tous ceux que j'ai mangés jusque-là, et je peux t'assurer que j'en ai ingéré !

— Ça doit venir de mon ingrédient secret, dit-il alors avec un petit sourire suffisant.

— Qui est ?

— À toi de deviner ! répondit-il en haussant et en baissant les sourcils. Je ne le dirai qu'aux membres de mon équipe en cuisine, et ils devront jurer de garder le secret.

— Ce n'est pas juste ! D'autant que je ne sais pas cuisiner.

— Tu voudras que je t'apprenne ?

Troublée par la façon dont il avait posé la question, elle sentit une onde de chaleur la traverser et s'imagina déjà en tête à tête avec lui dans la cuisine, pour des leçons privées… avant de repousser bien vite cette pensée et de répondre :

— Merci, je vais y réfléchir.

Puis elle se concentra à nouveau sur son crumble.

— Sophie m'a dit qu'il va falloir être présents sur les réseaux sociaux, reprit-il. Avoir des hashtags accrocheurs.

Il soupira et ajouta :

— Ce n'est vraiment pas ma tasse de thé.

Inclinant la tête, elle lui décocha un clin d'œil joueur.

— Je m'en charge !

Elle avait récemment quitté tous les réseaux sociaux car voir les posts des autres, notamment ceux concernant leurs enfants, était trop déprimant. Avec les comptes du restaurant, elle aurait à nouveau de quoi occuper son temps libre.

— Merci, dit-il en riant, c'est génial.

Puis il lui adressa un de ses adorables sourires et emporta son assiette avant de disparaître dans la cuisine.

Se sentant à la fois satisfaite et rassasiée, Eliza poursuivit ses appels pour les entretiens. Tous deux avaient convenu d'y consacrer plusieurs jours, l'objectif étant de trouver les personnes les plus compétentes. Comme il était bon d'être à nouveau occupée et utile, pensa-t-elle. Le temps s'envola sans qu'elle s'en rende compte si bien que, lorsque la porte du restaurant s'ouvrit et qu'Annabel accompagnée de Hallie et d'un petit garçon qui devait être Hamish, entra, elle eut du mal à croire qu'il était bien 16 heures.

— Bonjour, lança Hallie d'un ton chantant en se débarrassant de son sac à dos. Je suis contente que tu sois là parce que je veux te donner quelque chose.

Elle sortit alors deux dessins de son sac qu'elle posa devant Eliza.

— J'espère qu'ils te plaisent.

— Waouh ! Ils sont magnifiques, dit-elle en contemplant les arcs-en-ciel et les chats dessinés par Hallie. J'ai hâte de les accrocher sur mon réfrigérateur.

Cette dernière lui sourit avec fierté, puis se tourna vers le petit garçon qui se tenait près d'Annabel, laquelle portait son uniforme de pompière.

— Salut, dit celle-ci.

— Hamish, c'est Eliza ! déclara Hallie en même temps.

Et celui-ci s'avança vers elle, s'aidant de béquilles. Ce ne fut pas son pas inégal qui lui serra le cœur, mais son sourire extraordinaire : il éclairait tout son visage.

— Bon-jour. Je suis Ha-mish.

— Coucou, Hamish, dit-elle en tirant une chaise. Je suis très contente de faire ta connaissance. Tu veux t'asseoir ?

Il hocha la tête et, plaçant d'une main experte ses béquilles sur le côté, il s'installa sur la chaise.

— Tu sais jouer… aux échecs ?

Comme elle regrettait de ne pouvoir répondre par l'affirmative !

— Hélas, non !

— Je pourrais t'ap-prendre !

Elle perçut nettement de l'excitation dans sa voix.

— Il y a un jeu, derrière le comp-toir.

— Avec plaisir, mais je dois d'abord voir si ton papa n'a pas besoin de moi. Je suis censée travailler, tu comprends ?

— J'espère que mon frère ne t'assomme pas trop de travail, intervint Annabel.

Et elle prit également place autour de la table.

— Il passe plutôt son temps à me nourrir, répondit-elle en se tapotant le ventre.

— C'est un excellent cuisinier, je le reconnais, dit sa sœur.

— Tiens, il me semblait bien avoir entendu des voix !

Et Lachlan émergea des cuisines avec un plateau rempli de milk-shakes et de cookies aux pépites de chocolat.

— Comment vont mes deux personnes préférées, cet après-midi ?

— Tu veux dire tes *trois* personnes préférées, rectifia Annabel en riant.

Puis elle prit un milk-shake sur le plateau.

Lachlan roula des yeux, puis déposa un baiser sur le front de ses enfants. De nouveau, le cœur d'Eliza l'élança : cet homme débordait d'amour pour eux, et cela la confortait dans la bonne opinion qu'elle avait de lui.

— On va bien, papa ! Je peux ap-prendre à 'liza comment on joue aux é-checs ? Elle dit qu'il faut te de-mander avant pasqu'elle tra-vaille pour toi.

Il lui ébouriffa les cheveux.

— Je la libère pour aujourd'hui. Sa journée est finie. Mais peut-être qu'Eliza a envie de rentrer chez elle et a autre chose à faire.

Curieusement, elle ne ressentait nul besoin de s'éclipser.

Elle avait passé une excellente journée, aujourd'hui, comme elle n'en avait pas connu depuis très longtemps, et la perspective d'une soirée en solitaire dans son appartement ne l'enchantait guère, car reviendraient alors à coup sûr les pensées sombres…

— C'est bon pour moi, déclara-t-elle. Si les enfants ont le temps de jouer, bien sûr.

— On a tout le temps voulu, assura Hallie en avalant bruyamment une gorgée de milk-shake.

Lachlan se mit à rire et s'attabla également.

— Aujourd'hui oui, mon petit chou, car vous n'avez pas d'activités extrascolaires cet après-midi. Annabel, merci d'être allée les chercher à l'école.

— Tu sais bien que j'adore passer du temps avec eux. Demain, j'ai les mêmes horaires, je pourrai donc aussi passer les prendre.

— Merci, je te confirme ça plus tard.

Annabel se leva, puis regarda Eliza.

— Sophie et moi commandons des pizzas, ce soir. Tu peux venir dîner avec nous, si tu veux. Ce n'est pas une obligation, juste une proposition, donc fais comme tu le sens. Je me suis dit que tu n'aurais peut-être pas le courage de cuisiner, ce soir.

— Je ne suis pas certaine de pouvoir avaler une bouchée de plus aujourd'hui, vu tout ce que j'ai déjà mangé, mais merci pour la proposition, je vais y réfléchir.

Le mensonge lui était venu facilement. Elle avait beau apprécier les jumelles, elle ne viendrait pas. Nouer des amitiés, cela signifiait devenir intime avec d'autres personnes et parler de son passé, ce à quoi elle se refusait dans cette nouvelle ville.

— OK. Alors peut-être à plus tard.

Sur ces mots, Annabel se leva et, après avoir embrassé ses neveux, s'en alla.

Lachlan sortit le jeu d'échecs de derrière le comptoir, et lui dit « merci » en silence en le posant sur la table. Hamish sortit aussitôt les pièces et les plaça sur l'échiquier, en tirant un peu la langue tant il était concentré.

— Laisse-lui sa chance, dit-il à son fils.

Et il décocha en même temps un clin d'œil à Eliza.

Elle sentit aussitôt le rouge lui monter aux joues. Pourquoi son corps la trahissait-il donc toujours, alors qu'il était évident que Lachlan ne flirtait pas avec elle ?

Baissant la tête, elle se concentra sur les explications que Hamish commença sans transition à lui donner. Sa passion et ses talents évidents pour les échecs étaient remarquables, et elle espérait avant tout chose se rappeler les noms des pièces qu'il lui avait énumérés. Pour la première partie, il fit un échec et mat en trois coups, et elle ne fut pas vraiment plus brillante lors de la seconde, d'autant que Lachlan la regardait attentivement et lui donnait des conseils, ce qui la troublait.

— Bon, je vais déclarer forfait pour aujourd'hui, dit-elle. Je me sens soudain très fatiguée.

Elle vit Hamish baisser le coin des lèvres, pourtant, elle devait absolument partir d'ici. En présence d'Annabel, la situation était plus facile à gérer, mais seule avec Lachlan et ses enfants, elle avait l'impression de jouer à la famille heureuse. Cette pensée lui fit d'ailleurs venir les larmes aux yeux.

Elle n'aurait pas dû s'attarder ainsi !

Elle se leva brusquement avant de se mettre à pleurer, et de peur que son patron pense qu'elle était une mauvaise joueuse qui sanglotait parce qu'un petit garçon venait de la battre aux échecs.

— Merci pour tout, dit-il en se levant lui aussi. Passe une bonne soirée, et ne te presse pas trop demain matin, car je dois à nouveau conduire les enfants à l'école.

— OK, parvint-elle à dire.

Puis s'emparant de son sac, elle se rua à l'extérieur.

Elle enfourchait son vélo en sentant une première larme couler sur sa joue, quand elle perçut une petite voix :

— Eliza ! Tu les as oubliés.

Bien vite, elle s'essuya du dos de la main et se retourna. Hallie courait vers elle, en agitant ses arcs-en-ciel et ses chats colorés dans les airs.

— Merci, murmura-t-elle.

Et elle ouvrit promptement son sac pour y glisser les dessins.

— Bonne nuit ! lança Hallie.

De toute évidence, elle n'avait pas remarqué son chagrin.

— Bonne nuit à toi aussi !

Après quoi, elle se mit à pédaler aussi vite qu'elle le put, à en avoir mal aux jambes et aux poumons. Mais elle aurait beau aller à toute vitesse et mettre son corps à rude épreuve, aucune souffrance ne serait comparable à celle de son cœur. Quand elle arriva à l'appartement, elle était juste épuisée, essoufflée… et ravie de ne croiser ni Sophie, ni Annabel, ni personne : elle n'était vraiment pas d'humeur à échanger avec quiconque.

Une fois chez elle, elle posa son sac sur le plan de travail et en sortit les dessins pour les accrocher sur le réfrigérateur, comme promis. Mais une boule lui étreignit fortement la gorge, et elle n'y parvint pas : exposer les œuvres artistiques d'un autre enfant lui donnait le sentiment de trahir Jack. À la place, elle ouvrit un tiroir et les mit à l'intérieur, les joues baignées de larmes.

- 6 -

— Papa, tu crois qu'Eliza a aimé mes dessins ?

Lachlan, qui bordait Hallie, s'arrêta dans son geste.

Depuis leur retour de l'école, Hamish et elle n'avaient cessé de chanter les louanges d'Eliza Coleman, alors qu'il demeurait sur une certaine réserve : en effet, au cours de la journée, elle avait fini par se détendre, ils avaient même plaisanté au sujet de l'ingrédient secret, et elle avait été formidable avec les enfants, mais son brusque départ l'avait déstabilisé.

Elle passait en une seconde d'une humeur à une autre : pourquoi, après sa tranquille partie d'échecs avec Hamish, avait-elle bondi de sa chaise comme si celle-ci avait été en feu ?

Il ne remettait nullement en question ses qualités pour exercer avec brio le poste qu'il lui proposait, son CV était des plus impressionnant, mais il était aussi nécessaire qu'elle montre un visage affable avec la clientèle. Or, depuis leur entretien interrompu, elle avait rarement souri alors que son poste requérait qu'elle ait constamment le sourire aux lèvres.

— Papa ? reprit Hallie en posant la main sur sa joue mal rasée. Je t'ai demandé si tu pensais que mes dessins n'avaient pas plu à Eliza.

— Bien sûr que si, ma chérie ! Qui pourrait ne pas les aimer ?

Retenant un bâillement, il se pencha pour l'embrasser et ajouta :

— Et maintenant, tu dois dormir. Tu as école demain matin, et danse l'après-midi.

— Je vais essayer, promit-elle.

Et il était vrai que ses yeux brillants ne donnaient pas l'impression qu'elle avait sommeil. Hamish avait le même regard cinq minutes auparavant : d'où les enfants tiraient-ils leur énergie ? Si seulement ils avaient pu lui en donner un peu ! En l'occurrence il avait la sensation de ne pas avoir dormi depuis un mois, et il était conscient que cela n'allait pas s'arranger.

— Allez, bonne nuit, petit lutin ! dit-il en éteignant la lumière.

Une fois sur le palier, il jeta un coup d'œil vers sa chambre, où son lit semblait lui tendre les bras… Pourtant, en dépit de son épuisement, il savait que Morphée se refuserait à lui tant qu'il n'aurait pas encore réglé deux ou trois choses de plus.

Bien que la carte des menus fût quasiment finalisée, il n'était pas tout à fait satisfait de certains plats. Or, il tenait à ce que chacun soit unique ; il devait aussi être en mesure de les présenter à son équipe de cuisine, qui serait présente quelques heures par jour la semaine suivante.

— Tu veux te joindre à Blair et moi pour un dernier verre ?

Sa mère leva une bouteille du plus fin whisky McKinnel au moment où il entrait dans le salon pour la prier de garder un œil sur Hamish et Hallie.

— Non, merci, je dois retourner au restaurant. Ça ne t'ennuie pas d'aller faire un petit tour tout à l'heure du côté de la chambre des enfants, pour vérifier qu'ils dorment bien ?

— Bien sûr que non, répondit sa mère en fronçant les sourcils. En revanche, je trouve que tu travailles trop, mon chéri. Tu ne peux pas au moins t'accorder une soirée ?

Bien sûr, sa sollicitude le touchait, mais il ne pourrait ralentir le rythme qu'après l'inauguration : il voulait réellement surprendre la ville et faire la fierté de sa famille. Si les relations n'étaient pas son domaine de prédilection, dans ses cuisines, il gardait le contrôle.

— Ne t'inquiète pas, maman, dit-il en retenant un autre bâillement. Et appelle-moi si les enfants n'arrivent pas à s'endormir.

— Entendu, mon chéri. Mais ne reviens pas trop tard, s'il te plaît.

— Promis !

Il était toutefois bien résolu à n'en faire qu'à sa tête : si sa cohabitation avec sa mère était pratique pour les enfants, celle-ci présentait aussi quelques inconvénients, Nora oubliant parfois qu'il était adulte. Peut-être était-il temps qu'il emménage dans un autre lieu tout proche et engage les services d'une nourrice au lieu de toujours compter sur sa famille. Le problème était sa réticence à confier Hamish à une tierce personne qui ne le traiterait peut-être pas comme il le méritait.

Blair lui fit au revoir, la télécommande à la main.

— À plus tard, vieux. J'aurai à te parler, lança son frère.

Pour l'instant, l'ouverture du restaurant était sa priorité, le reste pouvait attendre, pensa Lachlan. Et, sans ajouter un mot, il sortit de la maison, direction le restaurant.

Durant les jours suivants, ses inquiétudes au sujet d'Eliza retombèrent un peu. Vêtue avec goût, elle était d'une implacable ponctualité et travaillait avec acharnement. Elle ne se confiait guère, mais il était vrai qu'ils disposaient de peu de temps pour d'éventuelles discussions approfondies, en raison des entretiens qui s'enchaînaient pour les serveurs.

Elle avait l'art de poser les bonnes questions, et proposait des jeux de rôle aux candidats dans lesquels elle jouait la cliente difficile. Il était vraiment bluffé par son professionnalisme, au point de se surprendre parfois à l'admirer au lieu de se concentrer sur sa tâche ; heureusement, elle ne s'en rendait pas compte.

Pendant les rares moments où elle ne recevait personne, elle lui montrait ses avancées sur les réseaux sociaux concernant la publicité du restaurant et, pour la féliciter, il lui préparait des petits plats. La regarder s'en régaler lui réchauffait le cœur et suscitait en lui des pensées peu professionnelles, notamment quand elle refermait ses lèvres rouges et pulpeuses avec satisfaction autour de la fourchette en plissant des yeux… Réagissait-elle ainsi entre les draps ?

— Hum, c'est divin ! marmonna Eliza en finissant une bouchée de gnocchi au beurre de cacahuète, accompagnée d'une sauce crémeuse au whisky.

À cet instant, il eut la sensation que son pantalon était un peu trop étroit : les femmes dotées d'un solide appétit ne le laissaient pas indifférent ! Par chance, la table entre eux le préservait de tout embarras.

— Merci, dit-il en s'emparant de sa propre fourchette pour déjeuner, lui aussi.

— Y a-t-il des choses que tu ne sais pas cuisiner ?

— Eh bien, je ne suis pas très fort pour les œufs brouillés, déclara-t-il.

Elle éclata de rire, et il eut la sensation d'avoir remporté une médaille en or aux jeux olympiques : cela lui arrivait si rarement.

— Mais où trouves-tu le temps de préparer des plats aussi savoureux ? enchaîna-t-elle.

— Je reviens en cuisine, le soir, une fois les jumeaux au lit.

— Pas étonnant que tu boives autant de café, dit-elle en désignant du menton le mug en face de lui.

Il haussa les épaules.

— La situation est particulière en ce moment, mais je reviendrai bientôt à une consommation plus normale. Je veux juste être certain que mes recettes soient bonnes avant que le personnel des cuisines n'arrive.

Elle se frotta les lèvres l'une contre l'autre, l'air satisfait.

— Celle-ci est parfaite.

— Merci, répondit-il, un sourire aux lèvres.

Bon sang, pensa-t-il soudain, il devait avoir d'affreux cernes !

— Où as-tu appris à cuisiner ainsi ?

— J'ai toujours aimé cela. Mon père était fou que je préfère cuisiner avec ma mère au lieu de regarder le foot avec lui, c'était un homme très traditionnel dans ce domaine. Cela dit, je ne déteste pas le football, d'autant que Mac est un joueur professionnel.

— Mac ? Ton frère qui a construit le restaurant ?

— Eh oui, il s'est récemment reconverti après avoir pris sa retraite.

Cette histoire n'était pas aussi simple qu'il le laissait entendre, et encore moins que ce que Mac voulait bien admettre, mais il ne lui revenait pas de la raconter.

— Désolée, je ne suis pas très sportive.

Il se mit à rire.

— Peu importe. Donc, c'est avec ma mère et ma

grand-mère qui n'est hélas plus de ce monde que j'ai appris à cuisiner, mais je ne me destinais pas à devenir cuisinier, juste à reprendre la distillerie.

Il marqua une pause et reprit :

— Dans ma famille, il y a sorte de rite de passage : à un certain âge, on nous envoie en Écosse, pays où est né mon père, pour passer quelque temps dans une distillerie. Seulement, l'année où j'y suis allé, celle où je devais me rendre a pris feu et je me suis finalement retrouvé dans les cuisines d'un hôtel, à Inverness. J'ai alors compris que c'était ma vocation. Mon père n'était pas ravi mais, par chance, Callum travaillait déjà à la distillerie et Blair comptait lui emboîter le pas, donc il s'en est remis.

— C'est l'avantage d'avoir une grande fratrie, dit-elle. Ainsi, la pression parentale est moins pesante.

À cet instant, il aurait aimé la questionner sur son enfance, le divorce de ses parents, l'accident d'hélicoptère de sa mère, mais ce fut elle qui posa la question suivante.

— Tu as une formation professionnelle ?

— Oui. À mon retour d'Écosse, j'ai étudié à l'Oregon Culinary Institute.

Et il lui résuma brièvement son parcours, avant de lui demander dans quels restaurants elle avait préféré travailler et pourquoi, tandis qu'ils terminaient leur repas.

Elle avait travaillé avec des chefs assez connus et les histoires pas forcément à leur avantage qu'elle lui raconta sur eux le firent rire.

Elle finit par se lever afin de prendre les assiettes et de les porter à l'évier, puis déclara :

— Il est l'heure de se remettre au travail.

Curieusement, il n'était pas pressé, il aurait préféré

de loin continuer à discuter avec elle, d'autant qu'il avait la sensation qu'ils commençaient à mieux se connaître.

— Laisse, dit-il en se mettant à son tour debout. Je m'occupe de desservir et je rapporte le dessert : c'est un gâteau de Savoie servi chaud, avec une sauce au caramel et au whisky. Ça te tente ?

Quand il l'avait préparé, la veille au soir, l'odeur du caramel lui avait rappelé la fragrance qui émanait d'Eliza, et il en avait été si déconcentré qu'il avait manqué faire brûler sa sauce, ce qui ne lui était jamais arrivé jusque-là.

— Tu plaisantes ? demanda-t-elle en posant la main sur son ventre. Ça a l'air délicieux, mais je suis vraiment repue. Et puis, si tu continues à me nourrir aussi bien, je vais bientôt faire une taille de plus. Une semaine de travail avec toi, et mes vêtements me serrent déjà.

Malgré lui, il laissa ses yeux courir sur son corps et, à la vue de ses formes ravissantes placées aux bons endroits, il sentit tout son sang se concentrer dans son entrejambe.

— Tu es parfaite ainsi, décréta-t-il d'une voix rauque.

Elle rougit et croisa son regard, qu'il soutint pendant quelques longues secondes. Avait-il passé les bornes ? se demanda-t-il subitement. Son attitude n'était guère professionnelle. Il était sur le point de s'excuser lorsqu'elle renchérit :

— Merci. Dans ce cas, je veux bien une petite tranche. Je ne pourrai pas le vanter auprès des clients si je ne l'ai pas goûté !

— C'est certain !

Soulagé, il se rendit en cuisine, rapportant leurs assiettes vides pour revenir avec le dessert.

Ils discutèrent ensuite des candidats, puis elle appela les chanceux qui avaient été retenus, pendant qu'il se mettait devant l'ordinateur pour finaliser une publicité destinée au journal local. Ils travaillèrent dans un silence agréable pendant au moins deux heures, jusqu'à ce qu'Annabel arrive avec les enfants : tout espoir de concentration vola alors en éclats.

Hamish et Hallie rivalisèrent pour raconter leur journée, à qui parlerait le plus fort : Lachlan sourit face à leur enthousiasme, tout en tentant de canaliser la discussion. Parallèlement, il ne put s'empêcher de ressentir de la déception à l'idée que sa journée avec Eliza était terminée pour aujourd'hui.

- 7 -

Tard ce jeudi soir, une semaine après son arrivée à Jewell Rock, Eliza avait les yeux rivés au plafond de sa chambre, se demandant si elle pourrait s'endormir. Travailler en compagnie de Lachlan rendait ses journées supportables, mais celles-ci passaient trop vite, tandis que les soirées s'étiraient comme des années.

Pour les raccourcir, elle effectuait un très long détour à vélo avant de regagner son domicile, et en profitait pour prendre des photos de Jewell Rock qu'elle envoyait à sa grand-mère, à Lilly et à son père. Cela lui permettait aussi d'éliminer plus de calories.

Une fois au lit, chaque fois qu'elle fermait les yeux, l'adorable visage de Jack s'imposait à elle, bientôt suivi par l'image de son petit corps sans vie à jamais gravé dans son cerveau. Presque dix-huit mois après avoir perdu son fils, l'après-midi fatal la hantait encore.

Si seulement elle avait fait autre chose, ce jour-là… Si Jack avait dormi plus longtemps, ils n'auraient pas eu le temps d'aller rendre visite à son amie Kiana et à son nouveau-né. Si celle-ci n'avait pas eu un étang. Si…

Assez ! Elle tenta de lire un livre, puis décida de commencer une série Netflix dont Lilly lui avait vanté les mérites. Hélas, sa concentration était de courte durée ! Elle se dit alors qu'elle pourrait peut-être prendre un animal domestique, un chat par exemple qui viendrait se blottir contre elle, ou un chien qu'elle emmènerait en promenade. Mais comment pouvait-elle envisager de s'occuper d'un animal alors qu'elle n'avait pas été capable de veiller sur son propre enfant ?

Elle comprenait tout à fait que Tyler n'ait pas pu le lui pardonner, puisqu'elle-même ne se le pardonnerait jamais. Et ces pensées la firent bien sûr pleurer, des larmes qu'elle s'efforçait de toujours maîtriser durant la journée.

À 22 heures, ayant la sensation qu'elle allait devenir folle si elle restait plus longtemps allongée à chercher le sommeil, elle se leva, enfila des vêtements confortables, des baskets, mit son portable dans sa poche et sortit. En enfourchant son vélo, elle se rendit compte qu'elle n'était pas à New York mais dans une petite bourgade où, à cette heure-ci, les femmes avisées ne se promenaient sans doute pas, une fois la nuit tombée. Elle resta donc dans les rues éclairées, résolue à pédaler jusqu'à ce que la fatigue physique la terrasse.

Au bout de vingt minutes, elle se retrouva devant l'entrée de la distillerie McKinnel et pensa que ses jambes l'y avaient conduite de façon automatique. Sur le pont, elle s'arrêta sans descendre de sa bicyclette, admirant le lac qui brillait sous la lumière du restaurant. Elle repensa alors à l'aveu de Lachlan, sur son travail en cuisine le soir.

Sur une impulsion, sans doute parce que le restaurant était l'endroit au monde où elle se sentait le mieux, elle mit pied à terre et appuya son vélo à un lampadaire. Puis avec lenteur, elle monta les marches en bois qui menaient au porche.

Quand elles craquèrent sous ses pas, elle s'immobilisa. Mais que faisait-elle ici à une heure si tardive ? Et si Lachlan se méprenait sur le but de sa visite ? S'il la renvoyait, elle ne savait vraiment pas ce qu'elle ferait, car ce travail était l'unique chose qui la motivait en ce moment.

Alors qu'elle s'apprêtait finalement à rebrousser chemin, la porte s'ouvrit, et la silhouette de Lachlan apparut.

— Eliza ? C'est toi ?

Il portait un jean délavé et une chemise noire aux manches retroussées qui soulignaient des avant-bras merveilleusement bien sculptés.

— Salut, dit-elle, comme une personne prise en flagrant délit.

Sourcils froncés, il s'avança vers elle.

— Tu as oublié quelque chose ?

Devait-elle jouer franc-jeu avec lui ? Les mots sortirent avant même qu'elle se soit décidée.

— Je ne dors pas très bien en ce moment, alors je suis allée faire un tour de vélo, sans but précis. Et, finalement, mes coups de pédale m'ont conduite ici.

— Tu m'en vois ravi, déclara-t-il en s'écartant promptement pour qu'elle entre. Un peu de compagnie ne sera pas de refus, d'autant que tu pourras me donner ton avis sur le sirop que je suis en train de confectionner.

— OK… Mais je ne veux pas te déranger.

— Pas du tout, lui assura-t-il d'un ton chaleureux.

Une fois à l'intérieur, il demanda :

— Pourquoi as-tu des insomnies ?

— Sans doute à cause de tout le café que nous buvons, répondit-t-elle, ne souhaitant pas entrer dans les détails. Donc, qu'attends-tu au juste de moi ?

S'approchant de l'immense fourneau, il alluma la plaque sur laquelle se trouvait une casserole et qu'il avait sans doute dû éteindre quand il était sorti, alarmé par le bruit.

— C'est un sirop d'érable à la vanille et au whisky, destiné à accompagner des pancakes au potiron, mais je ne sais pas si les quantités sont bonnes. Tu peux goûter et me dire ce que tu en penses ?

Sur ces mots, il prit une cuillère à dessert qu'il plongea dans le sirop avant de la lui tendre… Et elle ne fut pas loin de l'orgasme quand les saveurs fondirent sur sa langue.

— Tu tiens la bonne recette, déclara-t-elle. L'équilibre entre les ingrédients est parfait. Et cela accompagnera divinement les pancakes.

— Vérifions tout de suite ! Les pancakes, c'est très facile à faire.

— Pour toi peut-être, mais pour ma part, je…

— Noue cela autour de ta taille, dit-il en lui tendant un tablier. Je vais te montrer. On va préparer les plus simples.

— Tu risques de le regretter, renchérit-elle.

Mais elle était déjà en train d'attacher le tablier, tout en cherchant à oublier le contact de ses doigts sur les siens quand elle s'en était emparée. Décidément, l'heure tardive et le manque de sommeil lui embrouillaient le cerveau.

— Et pourquoi n'as-tu pas de tablier ?

— Parce que mes vêtements ne craignent rien, alors que, toi, tu es fort bien habillée.

Elle sentit alors son regard la scruter avec insistance, ce qui lui valut un léger frisson, réaction qu'elle voulut à nouveau écarter rapidement : elle devait imaginer des choses qui n'existaient pas. L'ex-épouse de Lachlan avait l'allure d'une top-modèle ! Il ne pouvait donc pas la trouver attirante.

— Quoi ? Ces vieilles fripes ? dit-elle d'un ton faussement désinvolte.

Il désigna alors ses vêtements, maculés de taches.

— Bon, tu vois ce qu'il en est pour moi. Allez, on commence ?

— Entendu… Mais seulement si tu promets que tu ne me renverras pas sous prétexte que j'ai mis le feu à ta cuisine.

Il éclata de rire.

— Je crois que tu vas te surprendre toi-même.

Ils rassemblèrent ensemble les ingrédients, sortirent la poêle et, au lieu de lui donner des explications sur ce qu'il faisait, Lachlan la mit vraiment à contribution ! Et insista pour qu'elle fouette la pâte de longues minutes.

— Un vrai esclavagiste, ta sœur m'avait prévenue, marmonna-t-elle tout en prenant plaisir à ce qu'elle faisait.

— Le secret des pancakes bien aériens réside dans le temps d'utilisation du batteur, déclara-t-il. Allez, on peut les cuire, maintenant !

Elle déglutit avec difficulté. Elle était censée les faire ?

Mains tremblantes, elle suivit ses instructions concernant la noisette de beurre à mettre dans la poêle, puis la quantité de pâte à étaler. Celle-ci grésilla quand elle se répandit dedans.

— Bravo ! l'encouragea Lachlan, avec ce ton que l'on emploie pour un enfant qui tente d'apprendre le vélo.

À cela près qu'elle ne se sentait pas du tout comme une enfant, en sa compagnie !

— Merci, murmura-t-elle malgré tout.

— Tu vois ces bulles, sur le rebord ? Il est temps de retourner le pancake, déclara-t-il.

Et il lui tendit la spatule adéquate. Ouf ! Il n'attendait pas qu'elle le fasse sauter dans la poêle pour le retourner. Malgré tout, le pancake retomba comme un tas informe.

— Tu vois bien que je suis un cas désespéré, dit-elle.

— Ah non ! Tu ne vas pas renoncer aussi facilement, allons !

D'une main experte, il nettoya le gâchis et mit une nouvelle noix de beurre dans la poêle.

— Deuxième essai, dit-il.

Bien que consciente que la cause soit perdue d'avance, elle obtempéra et plongea la louche dans la pâte. Aucun des deux ne prononça le moindre mot jusqu'à l'apparition des bulles.

— Prends la spatule, ordonna-t-il.

Et cette fois, dès qu'elle s'en empara, il referma sa main sur la sienne et la guida gentiment dans le geste qui consistait à retourner correctement un pancake à moitié cuit dans une poêle.

— Tu vois, ce n'est pas trop difficile, n'est-ce pas ?

Son souffle lui caressa alors l'oreille, tandis qu'une vague de désir la parcourait tout entière… Sans doute parce qu'il y avait une éternité qu'un homme ne s'était pas tenu aussi près d'elle.

— Mais c'est toi qui l'as fait, pas moi, parvint-elle malgré tout à répondre.

— Franchement, Eliza, ce n'est vraiment pas compliqué. Il faut juste que tu croies un peu en toi.

Motivée par ses encouragements, elle parvint à déposer un premier pancake digne de ce nom dans un plat, puis en fit un deuxième plus réussi encore.

Quelques minutes plus tard, elle souriait devant la pile qu'elle venait de réaliser, incapable de se rappeler la dernière fois où elle avait ressenti un tel sentiment d'accomplissement. Mais peut-être n'avait-elle jamais eu un si bon professeur…

— C'est le meilleur réveillon que je fais, dit-elle en avalant une première bouchée.

Tous les deux étaient adossés au comptoir pour déguster les pancakes imprégnés du fantastique sirop.

— Et tu n'as pas mis le feu au restaurant ! La prochaine fois, on tentera un plat un peu plus difficile, comme le gratin de pâtes. Quand une fille sait préparer ces deux plats, elle est armée pour la vie, non ?

Elle se mit à rire et se rendit soudain compte que, depuis une semaine, cela lui arrivait souvent, tout comme elle ressentait désormais des émotions autres que la tristesse et le chagrin. D'ailleurs, elle s'en sentait presque coupable, même si une partie d'elle s'en réjouissait.

— Tu sais, je pensais, pour l'inauguration…

— Ah non ! l'interrompit-il. Ce soir, c'est relâche. On ne parle pas travail. En revanche, j'ai envie d'en apprendre plus sur toi.

À ces mots, elle déglutit avec nervosité.

— Que veux-tu donc savoir ?

Une seule chose lui venait à l'esprit, et elle n'avait aucune envie d'en discuter avec lui. Il afficha un air songeur, puis déclara :

— Commençons par les basiques. Quelle est ta couleur préférée ?

— Rose, dit-elle en haussant les épaules. Je suis sans doute restée une petite fille.

— Pas étonnant que Hallie et toi vous entendiez si bien. Moi, c'est le marron.

— Le marron ? répéta-t-elle en fronçant le nez.

— C'est la couleur de tout ce que je préfère : le chocolat, le café et… le caramel.

— Effectivement, dit-elle avec un sourire. Je ne vais pas te juger là-dessus. Bon, quel est ton film préféré ?

Il se frotta le menton, hésitant…

— Laisse-moi deviner, enchaîna-t-elle. *La Mélodie du bonheur* ?

— Non, mais tu n'es pas loin, répondit-il en éclatant de rire. C'est *Mary Poppins*.

— Tu es sérieux ? Non, tu te fiches de moi, avoue ?

— Pas du tout, je t'assure. J'adore la scène de la banque avec tous les vieux messieurs d'habitude grincheux qui flottent près du plafond en se tordant de rire. Je regarde ce film chaque fois que je suis triste, et cela éclaire alors ma journée.

Elle fronça le front, dans un effort de mémoire : elle n'avait pas revu ce film depuis fort longtemps.

— Mais il me semble qu'un homme meurt dans cette scène, non ?

— Oui, mais en riant ! Quelle meilleure façon pour mourir ?

Un nœud se forma aussitôt dans sa gorge à l'idée que l'on puisse associer la mort à quelque chose de positif, et elle sentit les larmes lui monter aux yeux. Par chance, Lachlan ne parut pas s'en rendre compte.

— Bon, à moi de te poser une question, enchaîna-t-il. Est-ce que ton ex-mari savait cuisiner ?

Elle cligna des yeux, bluffée par sa capacité à passer d'une question complètement neutre à une bien plus personnelle !

— Puisque, toi, tu ne sais pas cuisiner, ou prétends ne pas savoir…

Sa poitrine se serra : cette conversation la ramenait dans la zone d'émotions et de pensées qu'elle s'efforçait en permanence de fuir.

— Oui, répondit-elle pourtant. Lui aussi était chef, donc il cuisinait et nous mangions au restaurant. Quand, au sein d'un couple, les deux travaillent dans le domaine culinaire, c'est en général ce qui se passe, non ?

— Et vous étiez employés par le même restaurant ?

— Oui, dit-elle avant d'ajouter bien vite : Quelle situation a été la plus embarrassante dans ta vie ?

Sans hésiter, il répondit :

— La nuit où j'ai perdu ma virginité. J'ai ramené ma petite amie chez ses parents et, après qu'ils m'eurent demandé si le film était bien, le préservatif que nous avions utilisé est tombé de ma poche.

— Oh non ! s'exclama-t-elle en éclatant de rire. Pourquoi ne t'en étais-tu pas débarrassé ? Tu ne le gardais quand même pas comme un trophée ?

Il fit la grimace.

— Je ne suis pas psychopathe, voyons ! Comme ça s'était passé dans leur distillerie, je n'avais pas voulu le jeter dans cet endroit, au cas où ils l'auraient trouvé dans la poubelle, alors je l'avais entouré de Kleenex et mis dans ma poche pour m'en débarrasser plus tard.

— Et qu'ont dit les parents ?

Elle eut du mal à formuler la question tant elle riait.

— Redoutant que son père ne me tue, j'ai joué les étonnés et prétendu que j'avais dû m'asseoir dessus dans le bus, et que cela s'était collé à mon pantalon.

— Et ils t'ont cru ?

— Non. Son père est tout de suite sorti de la pièce et, comme j'ai cru qu'il allait chercher son arme, je me suis enfui sans demander mon reste.

— La fille, c'était Linda ?

— Non, elle s'appelait Rose, et ses parents l'ont tout de suite après expédiée en pension. Dommage, car peut-être que je serais toujours avec elle et que je n'aurais pas rencontré Linda.

— Mais tu n'aurais pas non plus aujourd'hui tes adorables enfants.

Il redevint soudain sérieux.

— Tu as raison. Et je ne les échangerais contre aucun autre au monde. Bon, à toi de me raconter le moment le plus gênant de ta vie !

— Je n'en ai pas très envie.

Il se mit à rire.

— Allez, ça ne peut pas être pire que moi.

— C'est vrai, dit-elle, je ne vois pas que ce qui pourrait surpasser une histoire comme la tienne, mais j'ai peur que tu regrettes de m'avoir embauchée si je te raconte le moment le plus embarrassant de ma vie.

Il s'adossa à son siège et se frotta les mains.

— Pas question que tu te dérobes. D'autant que j'adore les faux pas dans un restaurant – si je ne suis pas en cause, bien sûr !

Elle soupira.

— Très bien, puisque tu insistes. Un jour, j'ai vomi sur un client.

Il écarquilla ses adorables yeux verts.

— Pardon ? Tu lui as dégobillé dessus ?

— Oui, dit-elle en hochant la tête d'un air sans doute pathétique.

— Bah, ce n'est pas si grave, il arrive à tout le monde d'être malade ! Tu avais une gastro ou une intoxication alimentaire ? Si c'était à cause de la cuisine du chef, cela a dû être gênant pour lui…

Elle était alors enceinte, mais elle se retint de le lui dire, peu désireuse de gâcher l'ambiance : ils passaient un si bon moment ! Si elle parlait de grossesse, il demanderait ce qui était arrivé au bébé et cela mettrait assurément un terme à leur conversation agréable.

— Non, juste un virus de vingt-quatre heures, répondit-elle en espérant que Lachlan n'avait pas remarqué son hésitation.

— Même si tu n'étais pas du tout fautive, je reconnais que ce devait être embarrassant.

Elle le vit alors réprimer un bâillement.

— Je vais te laisser, dit-elle. Une dure journée nous attend demain, il faut dormir.

— Tu as raison, je te raccompagne.

— Non !

Et elle se rendit compte que son ton était plus sec qu'elle n'aurait voulu.

— En fait, j'ai mon vélo, ajouta-t-elle aussitôt.

— On va le mettre à l'arrière de mon pick-up.

— Non, vraiment, c'est inutile, personne ne m'a attaquée à l'aller.

— On ne sait jamais ! S'il t'arrivait quoi que ce soit, je ne pourrais pas me le pardonner et ma mère me le reprocherait jusqu'à la fin de ses jours. Et puis je n'aimerais pas que mes sœurs ou ma fille rentrent toutes seules dans la nuit. Allez, assez discuté ! Je te ramène, et chacun pourra ensuite se reposer.

— Très bien, dit-elle avec réticence.

S'il l'associait à ses sœurs ou à sa fille, cela signifiait qu'il n'attendait pas qu'elle lui offre un dernier verre quand ils arriveraient chez elle. Elle en était un peu déçue, mais la voix de la raison lui assurait que c'était bien mieux ainsi. Elle avait besoin d'un ami et d'un travail, non de se compliquer la vie, celle-ci l'était déjà suffisamment.

— Parfait, dit-il. Je rangerai demain.

Une fois qu'ils furent à l'extérieur, elle se rendit compte que son pick-up était garé tout près de la maison, à une centaine de mètres.

— Tu ne vas pas réveiller toute ta famille en démarrant ? s'enquit-elle.

— Je peux t'assurer qu'ils dorment tous à poings

fermés et que maman regarde sans doute un film. Et quand bien même, ce ne serait pas la mort.

Nul doute que, si elle l'avait mis au courant pour Jack, il serait actuellement en train de s'excuser pour son expression ! Au lieu de quoi, ils marchèrent tranquillement jusqu'à son véhicule comme deux personnes qui profitent d'une soirée agréable. Cette constatation lui fit du bien, mais son cœur se serra aussi légèrement : la culpabilité la guettait en permanence. Toutefois, elle préféra ne pas s'attarder sur ce sentiment : n'était-ce pas pour cette raison qu'elle était venue à Jewell Rock ? Pour réapprendre à vivre ?

Dix minutes plus tard, Lachlan descendait son vélo de son pick-up et l'appuyait contre un arbre, près de son immeuble.

— Merci de m'avoir tenu compagnie, ce soir, lui dit-il.

— Merci à toi ! Du coup, je n'aurai sûrement pas besoin de compter les moutons.

Il se mit à rire.

— Tu peux revenir demain soir si tu as encore des problèmes de sommeil. Je ferai un chili au chocolat et au whisky.

Elle s'étrangla.

— Pardon ?

Il inclina la tête de côté.

— Intriguant, n'est-ce pas ? Si tu veux en savoir davantage, rendez-vous demain soir.

Sur ces mots, il ouvrit la portière de son pick-up et grimpa dedans. Un sourire aux lèvres, elle leva la main en guise d'au revoir, tout en faisant rouler son vélo qu'elle attacha à un poteau tout près de l'immeuble. Ce ne fut qu'une fois après avoir refermé la porte de son appartement et allumé qu'elle l'entendit repartir.

- 8 -

— C'est bon, vous êtes tous prêts ?

Lachlan leva les yeux : Eliza venait de passer la tête dans l'encadrement de la cuisine. Avec l'aide d'un second et des trois apprentis qu'il avait embauchés, il s'apprêtait ce soir à servir le tout premier dîner. Ils n'avaient pas encore ouvert – l'inauguration était prévue pour dans deux semaines – mais Eliza avait eu l'idée brillante de faire quelques répétitions en famille. Il avait donc invité ce soir et le vendredi suivant des membres de sa famille, et de celles de son personnel.

— Je crois que oui, lui répondit-il avec un grand sourire.

Elle était vraiment charmante dans son élégant uniforme, frappé du logo McKinnel sur la poche du corsage.

— Parfait ! Nos premiers clients viennent de franchir la porte.

Elle lui fit un clin d'œil, puis se retira bien vite pour aller les accueillir.

Lachlan prononça un dernier discours de motivation à l'attention de ses « troupes », le temps qu'Eliza installe les clients. Derrière le bar, le spécialiste des cocktails s'apprêtait à laisser sa magie opérer ; tout le monde était à sa place, et il sentit une onde de fierté l'envahir. Bien sûr, il ne devait pas se réjouir trop tôt, mais cette soirée s'annonçait sous les meilleurs auspices. Avec Eliza à ses côtés, il se sentait prêt à conquérir le monde.

Cette dernière, qui venait d'installer à une table sa mère, Marcia – la meilleure amie de celle-ci – et les jumeaux, regarda dans sa direction, puis lui adressa un lent sourire, qui le fit frissonner jusqu'aux pieds…

— Papa ! s'exclama Hallie l'apercevant.

Elle bondit alors de sa chaise et s'élança vers lui.

— Je pourrais avoir des frites, s'il te plaît ? Et Hamish aussi ?

Il lui sourit en la prenant dans ses bras pour la ramener à sa table.

— J'espérais que vous seriez un peu plus téméraires !

Et il la reposa sur son siège.

— Mais si vous choisissez un plat qui figure au menu, nous pourrons ajouter des frites.

— Ouais ! firent les jumeaux en levant chacun un poing serré de manière synchrone.

Il se mit à rire, puis regarda sa mère et Marcia, qui allait devenir la belle-mère de Quinn.

— Bienvenue, mesdames. Je suis si heureux de vous compter parmi nous, ce soir.

— Merci pour l'invitation, répondit cette dernière. Cet endroit est fantastique, et je me sens privilégiée par rapport au reste de la ville.

— Nous n'aurions manqué cela pour rien au monde, renchérit Nora en se levant pour le prendre dans ses bras. Je suis si fière de ce qu'Eliza et toi avez réalisé jusque-là.

À entendre sa mère, on aurait cru que cette dernière et lui formaient un couple, ce qui lui fit chaud au cœur. Mais aussitôt un doute le saisit : Nora avait-elle deviné les sentiments qui grandissaient en lui envers sa maîtresse d'hôtel ? Même si la carte des menus était à présent définie et imprimée, leurs rendez-vous nocturnes se poursuivaient. Et il n'avait aucune envie qu'ils s'arrêtent.

Durant la journée, leurs conversations étaient d'ordre purement professionnel, mais il avait décrété que, le soir, ils ne devaient pas parler de l'organisation du restaurant. Lors de leurs retrouvailles nocturnes, il lui apprenait à cuisiner, et tous deux discutaient à bâtons rompus, leurs conversations devenant chaque jour plus personnelles. Il y avait une éternité qu'il n'avait pas apprécié à ce point la compagnie d'une femme.

— C'est à Lachlan que reviennent tous les honneurs, dit Eliza en rougissant.

— Ce n'est pas ce que mon fils m'a dit, insista Nora. L'idée des répétitions vient de toi, il me semble. Mais je redoute que vous ne travailliez trop tous les deux. J'espère que Lachlan t'accorde des moments de repos. Comment trouves-tu la vie à Jewell Rock ?

— Oh ! elle me plaît énormément ! répondit Eliza en souriant. Tout le monde est si chaleureux. Je n'avais jamais vécu dans une petite ville jusque-là, et j'étais un peu surprise au départ que les gens que je croisais au supermarché m'appellent par mon prénom, mais finalement je m'habitue à cette vie, à son rythme lent. À New York, tout le monde est toujours si pressé que personne ne prend le temps de dire bonjour à ses voisins.

— Formidable ! Que fais-tu dimanche ?

Eliza fronça les sourcils.

— Euh… Rien. Sans doute du ménage.

— Du ménage ? Non ! Le dimanche, on se repose. Tu déjeuneras à la maison.

Elle parut un peu embarrassée, et Lachlan intervint tout de suite :

— Maman, normalement, quand on invite les gens, on leur demande s'ils veulent venir, on ne le leur ordonne pas. Il se peut qu'Eliza en ait assez des McKinnel et préfère être seule le week-end.

Force était toutefois d'admettre que l'idée de passer le dimanche avec elle lui plaisait.

Sa mère roula des yeux.

— Désolée, Eliza ! Donc, si tu n'as rien de mieux à faire, aurais-tu envie de venir déjeuner à la maison, dimanche, en compagnie de ma tribu et moi ?

Eliza se mit à rire.

— Avec plaisir, merci. Bien, et maintenant, que voulez-vous boire ?

C'était le signal pour que Lachlan regagne les cuisines. Il lui jeta un dernier coup d'œil, puis obtempéra : il était impératif qu'il se concentre sur les plats !

Les heures suivantes s'envolèrent sans qu'il s'en rende compte. La cuisine était une ruche, son équipe et lui travaillant en parfaite harmonie pour créer des plats dont il était fier. Il y eut juste deux petits faux pas – en l'occurrence du chou glacé au whisky un peu trop cuit et une assiette cassée –, rien de bien grave, en somme.

Une fois les desserts servis, il prit le temps d'aller dans la salle de restaurant pour s'entretenir avec ses amis et sa famille, qui ne tarirent pas d'éloges sur sa cuisine.

— On a réussi ! dit-il à Eliza alors qu'elle entrait dans la cuisine, une pile d'assiettes sales à la main.

En les lui prenant, il l'effleura : sa peau était douce et soyeuse, et il aurait tant aimé la toucher à nouveau…

— En as-tu douté ? répondit-elle, l'air radieux. Nous formons une bonne équipe !

Puis elle repartit en salle débarrasser, sans qu'il ait eu le temps d'approuver.

Alors qu'il n'avait pas vu passer la première partie, la deuxième lui sembla s'éterniser : aucun hôte ne semblait presser de s'en aller, et chacun continuait à discuter autour des cafés façon espagnole.

Une fois que tout rutila enfin en cuisine, Eliza et lui libérèrent le reste du personnel, assurant qu'ils prenaient en charge les derniers cafés et la fermeture du restaurant. Il remit à chaque employé un « doggy bag » et, quand la salle fut enfin vide, il ressentit une immense joie de se retrouver seul avec Eliza.

— Tu as faim ? demanda-t-il.

— Je suis affamée, oui !

Elle détacha ses cheveux avant d'ajouter :

— Mais quelle soirée ! Bien mieux que ce que nous pouvions espérer.

— Je suis d'accord avec toi.

Il s'efforça de ne pas regarder fixement sa chevelure soyeuse dans laquelle il avait pourtant une folle envie de glisser les doigts.

— Et si on se jetait sur les restes ? proposa-t-il. Je vais aussi ouvrir une bouteille de vin pour fêter l'événement.

Elle haussa un sourcil.

— Une bouteille pour deux ? Je ne pourrai pas revenir à vélo et tu ne seras pas en mesure de me reconduire…

— Oui, tu as sans doute raison, concéda-t-il à regret. Un verre, alors ?

Elle se mit à rire.

— Excellente idée ! Je m'en occupe pendant que tu te charges de nos assiettes.

— De quoi as-tu envie ?

— Surprends-moi.

Pendant qu'elle servait le vin, il alla en cuisine et revint avec deux bols de chili. Une fois attablés, ils discutèrent du déroulement de la soirée, et même si celle-ci s'était fort bien passée, il restait quelques points selon eux à améliorer avant la répétition du vendredi suivant. Soudain, il la vit bâiller... et prit conscience qu'ils n'avaient pas arrêté depuis le lever du soleil.

— Allez, dit-il en se levant, je te reconduis chez toi.

Bien qu'exténué, il n'avait aucune envie de se séparer d'elle, mais elle n'émit aucune objection et, quelques minutes plus tard, ils arrivèrent devant chez elle.

— À ton avis, qu'est-ce que je peux apporter dimanche chez ta mère, pour le déjeuner ? demanda-t-elle quand ils descendirent tous deux du pick-up.

Leurs cours de cuisine nocturnes étaient devenus un rituel entre eux, mais il eut subitement conscience qu'une fois le restaurant réellement ouvert ils ne pourraient pas les poursuivre... et cette perspective l'attrista.

— Ta personne suffira, dit-il en lui tendant son vélo.

À nouveau, leurs mains s'effleurèrent, leurs yeux se croisèrent et brillèrent sous le clair de lune ; il vit ses lèvres s'entrouvrir, et un petit choc électrique le traversa.

— Merci de m'avoir ramenée chez moi avec mon vélo, dit-elle d'un ton rauque. Une fois de plus.

— Avec plaisir, répondit-il.

Et, avant de réfléchir aux implications de son geste, il se pencha vers elle pour effleurer sa bouche... Ce qui aurait pu rester un vague baiser quasi platonique entre amis dégénéra très rapidement quand elle le lui rendit et l'embrassa avec fougue.

Délaissant son vélo, il enserra son visage, mû par un élan fougueux ; elle émit soudain un petit gémissement, et cela lui parut le plus beau son du monde. Il se rendit alors compte qu'à l'extérieur tout le monde pouvait les voir, à commencer par ses sœurs. Comme si Eliza lisait dans ses pensées, elle écarta la bouche de la sienne et murmura :

— Tu veux entrer ?

Sa question ne comportait aucune ambiguïté. Et il ne se fit pas prier : son désir dépassait largement sa fatigue. Depuis deux semaines, il était obsédé par l'idée de l'embrasser et, maintenant qu'ils avaient échangé ce baiser, son plus grand souhait était de recommencer, encore et encore.

— Avec plaisir, dit-il à nouveau.

Après quoi, les mots furent superflus. Eliza lui tendit la main, et il la prit dans la sienne avec un bonheur indicible, le cœur battant à tout rompre.

Ils échangèrent un sourire de conspiration quand ils passèrent têtes baissées sous les fenêtres de ses sœurs, et il eut l'impression d'être un enfant s'apprêtant à commettre une très grosse bêtise.

Mais c'était plus fort que lui, et il se félicita du préservatif qui se trouvait dans son portefeuille au cas où…

- 9 -

Eliza avait joué avec le feu, ces derniers soirs, elle en était consciente, mais, jusqu'à ce que Lachlan l'embrasse, elle avait voulu croire que l'attirance était unilatérale, malgré les regards de braises qu'il lui lançait parfois, et les ondes de chaleur que cela déclenchait en elle. Elle avait été dans un déni encore plus grand en s'imaginant que, au cas où l'attrait serait finalement mutuel et qu'il ferait le premier pas, elle serait capable de lui résister en arguant que ce n'était pas une bonne idée puisqu'ils travaillaient ensemble.

Pourtant, dès l'instant où elle avait posé les lèvres sur les siennes, elle avait compris que c'était peine perdue : elle n'aurait pu le repousser même si sa vie en avait dépendu, et par ailleurs elle n'en avait aucune envie.

L'adrénaline courait à présent dans tout son corps tandis qu'elle cherchait ses clés dans son sac… Dès qu'ils furent à l'intérieur, Lachlan referma la porte d'un coup de pied et, de ses mains fébriles, attira à nouveau son visage vers le sien ; elle glissa les doigts sous sa chemise… Sa peau était brûlante… Un violent désir zébra tout son être.

Il dut le percevoir car, d'un pouce, il se mit à caresser son décolleté tandis que, de l'autre, il s'aventurait plus bas, titillant la pointe de ses seins.

Un feu instantané jaillit en elle. Mue par une audace

inédite, elle déboutonna la chemise de Lachlan : elle était résolue à obtenir de lui tout ce qu'il pouvait lui donner !

Comme encouragé par sa hardiesse, il déposa de petits baisers dans sa nuque qui la firent frissonner, tandis qu'elle sentait son entrecuisse s'embraser… Son cœur s'affola lorsqu'il dégrafa son soutien-gorge et recouvrit ses seins de ses paumes.

— Tu es incroyablement belle, murmura-t-il.

À cet instant, elle eut la sensation d'être bien vivante et, quand il captura un de ses seins dans sa bouche, elle poussa un cri de plaisir.

— Où est la chambre ? demanda-t-il d'une voix rauque et sensuelle.

Incapable d'émettre le moindre son, elle en désigna du menton la direction cependant qu'il la soulevait dans ses bras comme si elle n'avait pas pesé davantage qu'une écharpe de soie. La chambre, dont les rideaux n'étaient pas fermés, était inondée par le clair de lune, de sorte qu'ils n'eurent pas besoin d'allumer.

Ils basculèrent sur le lit, jambes et bouches emmêlées. Sa chemise de chef n'étant décidément pas facile à retirer, elle chuchota d'un ton pressant :

— Aide-moi, je veux sentir ta peau contre la mienne.

Il se releva et obtempéra.

Avait-elle jamais vu spectacle plus troublant que cet homme magnifique qui cédait à sa prière ?

Prenant son temps pour savourer ce qui l'attendait, elle posa la main sur son torse. Elle entendit son souffle se saccader lorsqu'elle la fit glisser vers son ceinturon, puis sur le renflement que ne dissimulait pas le tissu. Bon sang, ce qu'elle avait envie de le sentir en elle !

— Enlève ton pantalon, ordonna-t-elle.

— Toi la première, marmonna-t-il, s'efforçant visiblement de garder le contrôle de lui-même.

Puis sans attendre, il lui ôta ses chaussures, son pantalon et sa culotte en dentelle dans la foulée avant de s'allonger sur elle, l'enveloppant comme une couverture chaude. Instinctivement, elle se cambra pour l'accueillir en elle mais, contre toute attente, il se redressa sur ses coudes.

— Eliza, si tu continues ainsi, l'affaire va être bouclée en quelques secondes, lui dit-il. Laisse-moi, s'il te plaît, m'occuper de toi avant.

Et il joignit alors les actes à la parole. Plaquant à nouveau ses lèvres sur les siennes, il glissa ses doigts entre ses cuisses et trouva ce qui importait le plus : il se mit à caresser d'abord doucement puis avec plus d'intensité la partie la plus sensible de son corps... Elle sentit alors le plaisir se former dans tout son être... Et comme si cela ne suffisait pas, il détacha brusquement sa bouche de la sienne pour mordiller ses mamelons durcis. En quelques secondes, un orgasme d'une force inouïe s'empara d'elle...

Quand elle reprit ses esprits, elle en mesura certes l'intensité, mais malgré tout nourrissait toujours un désir bien précis.

— Lachlan, enlève ce pantalon, s'il te plaît ! Je veux te sentir en moi.

Il leva alors les yeux de ses seins, sans les lâcher pour autant, se contentant de sourire : jamais elle n'avait vu scène plus érotique, pensa-t-elle.

— Une seconde, marmonna-t-il.

Puis, se redressant, il lui octroya la grâce d'un strip-tease particulièrement sexy quand il détacha avec une langueur calculée son ceinturon, ôta ses chaussures, ses chaussettes, son pantalon et enfin son caleçon...

Habillé, il était fort bel homme, mais au bord du lit, le corps nu baigné par la lumière de la lune, il était aussi magnifique qu'un dieu.

Quand trouvait-il le temps s'entretenir ses muscles, lui qui semblait toujours si affairé ? se questionna-t-elle avant de considérer avec stupéfaction son impressionnante érection.

Et tout à coup, il se pencha… pour ramasser son pantalon, sur le sol. L'effroi la saisit : avait-il changé d'avis ? Mais elle fut vite apaisée lorsqu'il sortit son portefeuille de sa poche pour brandir un préservatif. Alors qu'il déchirait l'étui avec ses dents, elle le remercia en silence d'avoir eu ce réflexe, car pour sa part ces émois lui avaient quasiment fait perdre la tête.

Il la reprit dans ses bras, l'embrassant avec fougue, comme si leurs vies en dépendaient… En proie à un violent désir, elle bascula légèrement les hanches en arrière et le guida sans attendre en elle. Rivant son regard au sien, il la pénétra…

Quelques instants plus tard, elle hurlait de plaisir, avec la sensation que son corps allait se consumer sous lui. Bâillonnant sa bouche de la sienne, il lui donna un baiser ardent, et son souffle bientôt saccadé lui indiqua que la jouissance venait de l'emporter lui aussi… Après quoi, ils demeurèrent allongés l'un sur l'autre, tous deux si silencieux qu'elle entendait le cœur de Lachlan battre contre le sien.

Bon sang que venait-elle de faire ?

Cependant, comment aurait-elle pu éprouver le moindre remords alors qu'il était encore en elle, et que c'était si délicieux ? Impossible de regretter des étreintes aussi incroyables…

— Je reviens tout de suite, dit-il en se rendant dans la salle de bains, ce qui lui permit de l'admirer de dos.

Était-ce son seul préservatif ? se demanda-t-elle subitement. Elle avait cessé de prendre la pilule quand il était devenu évident que son mari et elle ne feraient plus jamais l'amour, mais ce soir elle aurait apprécié de poursuivre les ébats avec Lachlan. Puisqu'elle avait rompu le pacte qu'elle avait passé avec elle-même, à savoir ne plus jamais avoir de relation avec un homme, il aurait été ridicule qu'elle ne s'accorde pas un deuxième round dans les bras d'un partenaire si consentant.

À cet instant, elle roula sur le ventre, et son regard heurta de plein fouet le visage souriant de son petit garçon, dans le cadre qu'elle avait posé sur sa table de nuit. S'en saisissant promptement, elle le glissa dans le tiroir, et la légèreté qui était encore la sienne quelques secondes auparavant s'évanouit d'un coup. Un coup de chance que Lachlan n'ait pas vu la photo… Mais que lui avait-il pris de coucher avec son patron ? Franchement, elle n'aurait pas pu choisir quelqu'un d'autre ? Elle n'avait aucune envie qu'il se croie à présent en droit de lui poser des questions auxquelles elle n'avait nulle intention de répondre.

Et lui, qu'espérait-il au juste ? Que cette nuit soit un prélude à autre chose ? Elle sentit son cœur se glacer. Quelle idiote ! Pourquoi n'était-elle pas allée dans un bar chercher un homme qui l'aurait satisfaite sexuellement, puisque tel avait été visiblement l'enjeu ? Ou bien pourquoi n'avait-elle pas ouvert un compte sur cette application idiote qui obsédait littéralement Sophie et Annabel ?

Mais avec son patron ? Elle était d'une sottise achevée.

Elle l'entendit tirer la chasse d'eau et, quelques secondes plus tard, il apparut devant elle, dans toute la splendeur de sa nudité ; elle se fit alors l'impression d'une biche prise dans les phares d'une voiture.

S'immobilisant subitement, il fronça les sourcils.

— Tout va bien ? demanda-t-il d'un ton incertain. On dirait que tu viens de voir un fantôme.

Elle se mordit la lèvre.

— Mais qu'est-ce qu'on vient de faire ?

Il plissa encore plus le front.

— On vient juste de faire l'amour ensemble, et c'était incroyable. Du moins je pensais que l'impression était partagée…

Elle rougit et se recouvrit rapidement du drap, soudain gênée.

— Mais Lachlan, je travaille pour toi !

— Eh alors ? Je peux tout à fait être ton chef-amant, non ? répondit-il d'un ton suggestif.

Sur ces mots, il se rallongea près d'elle, et une vague de chaleur la submergea… Ces hormones lui hurlaient d'accepter. Un chef-amant ? Après tout, l'idée était tentante. Elle ne pouvait pas vivre sans sexualité jusqu'à la fin de ses jours sous prétexte qu'une relation avec un homme impliquait forcément de l'intimité et un engagement. Les paroles de sa propre grand-mère lui revinrent alors en mémoire : le sexe ne rimait pas forcément avec amour… D'un coup, elle sentit l'espoir renaître en elle.

— Tu es sérieux ? lui demanda-t-elle avec un sourire lascif. Cet arrangement te convient ?

Lachlan cligna des yeux. Il plaisantait quand il lui avait proposé d'être son « chef-amant ». Pour commencer, il n'imaginait pas un instant qu'Eliza soit le genre de femme à accepter un tel pacte ; par ailleurs, il la respectait bien trop pour profiter de son corps, et enfin elle lui plaisait énormément, ce qui signifiait que, pour la première fois depuis longtemps, il espérait autre chose d'une femme avec qui il avait couché qu'un simple rapport physique.

— Euh… Je… Que veux-tu, toi ? questionna-t-il en plongeant les yeux dans les siens.

Elle se mordit la lèvre en rougissant, puis poussa un lourd soupir.

— Tu me plais énormément, Lachlan. Tu es le premier homme avec qui je couche depuis mon divorce, et c'était une expérience fantastique. J'ai adoré le temps que nous avons passé ensemble depuis mon arrivée, les journées, mais surtout les soirées. Ta passion pour la nourriture est contagieuse et, grâce à toi, j'ai bien plus ri en quelques semaines que toute l'année dernière. Mais je suis encore affreusement meurtrie par ma séparation, mon divorce n'est pas tout à fait finalisé, et c'est pour cela que je ne me sens pas prête à entamer une autre relation.

— Je comprends, dit-il en s'efforçant par un sourire de masquer à la fois sa déception et le choc qu'il venait d'éprouver.

N'était-ce pas en général l'homme qui prononçait de telles paroles ? Et depuis quand avait-il envie de nouer une relation sérieuse avec une femme, lui ? Hallie et Hamish représentaient sa priorité numéro 1 ! Et comme Linda rejetait son propre fils, il n'imaginait même pas qu'une autre puisse les accepter, lui et ses enfants. Mais, malgré lui, la réticence d'Eliza l'intriguait.

— Tu crois qu'il y a une petite chance pour que ton ex et toi vous remettiez ensemble ? reprit-il.

Sa propre question lui valut un pincement au cœur, aussi ressentit-il un vif soulagement quand elle secoua catégoriquement la tête.

— Non, je l'ai aimé de tout mon cœur, mais il m'a trop brisée pour que je m'en remette un jour.

— C'est-à-dire ? Il t'a violentée ? questionna-t-il en serrant déjà les poings, prêt à en découdre avec un homme violent qu'il ne rencontrerait de toute façon jamais.

— Oh non, rien à voir ! Ce n'est pas d'ordre physique. Tyler…

Elle soupira et parut évaluer ce qu'elle devait lui confier ou non. Redoutait-elle qu'il pense le pire de son ex-mari ? Il était évident qu'elle éprouvait encore des sentiments pour lui en dépit de ce qu'elle affirmait ; à son corps défendant, cette pensée alluma une étincelle de jalousie en lui.

— Tu peux tout me dire, Eliza, mais si tu n'en as pas envie, honnêtement, je comprendrai.

Au bout d'un moment qui lui sembla une éternité, elle déclara :

— Tyler avait un problème de drogue. Quand il était jeune, il fumait du cannabis et puis il s'est tourné vers des substances plus dures. Avec l'assistance de sa famille, j'ai fini par le convaincre de se faire aider. Et cela a si bien marché qu'il est finalement tombé amoureux de sa psy.

Une larme roula alors sur sa joue, et elle renifla en l'essuyant.

— Il y a trois mois, il m'a avoué qu'il couchait avec elle, et m'a demandé de déménager. C'est pour cela que je suis retournée chez ma grand-mère.

Son sang ne fit qu'un tour.

— Coucher avec un patient, c'est transgresser les règles de cette profession, non ? s'écria-t-il.

Un rire dérisoire échappa à Eliza.

— Et tu crois que l'adultère ne va pas à l'encontre

des règles du mariage ? Tu sais comme moi que la loi n'empêche pas les gens de céder à leurs impulsions.

— C'est vrai, admit-il en posant la main sur la sienne. Mais, visiblement, tu ne l'as pas surmonté. Si tu veux mon avis, ton mari est complètement fou d'avoir préféré une autre à toi.

Fou et aveugle, ajouta-t-il en son for intérieur. Il ne voyait aucune femme capable de rivaliser avec elle, elle était la perfection incarnée.

— Merci, murmura-t-elle en enchevêtrant ses doigts aux siens. Tes paroles me vont droit au cœur.

D'un côté, il avait envie de pourchasser ce Tyler jusqu'au bout du monde pour lui régler son compte, et d'un autre de remercier ce crétin, car même si Eliza n'était pas encore prête pour se lancer dans une autre relation, au moins, elle était libre. En outre, l'alchimie qui existait entre eux était indéniable… Aussi, avec un peu de patience, en jouant les bonnes cartes, peut-être pourrait-il obtenir autre chose d'elle que son corps… Il y avait si longtemps qu'une femme ne lui avait pas donné envie d'aller au-delà de simples rapports sexuels.

— Je le pense vraiment, tu sais, et si jamais tu souhaites parler, n'hésite pas à te confier à moi. Mon divorce m'a appris deux ou trois choses, et notamment que l'on se remet de tout. Ce sera aussi ton cas, j'en suis certain.

— Espérons-le, dit-elle avec un sourire langoureux. Mon déménagement ici, mon travail dans ton restaurant sont autant de pas dans la bonne direction. J'aurais peut-être dû te prévenir avant, mais le dernier poste que j'ai occupé, c'était dans le restaurant que possède la famille de Tyler, à New York.

— Pardon ? Ils t'ont licenciée à cause des turpitudes de leur fils ?

— Oh non ! Ses parents étaient bouleversés par son attitude, et ils ne souhaitaient pas que je parte. C'est moi qui ne supportais plus de travailler dans leur restaurant après tout ce qui s'était passé. Tu vois, j'ai déjà une expérience où travail et plaisir étaient mêlés, c'est pour cela que…

Et elle pointa son doigt vers lui, puis vers elle, avant de reprendre :

— … que toi et moi, ça m'effraie. Je me plais à Jewell Rock, j'aime bien mon nouvel appartement, tout à côté de chez tes sœurs. Le travail aussi est formidable et je n'ai pas envie de tout gâcher pour…

— … pour un peu de plaisir entre les draps ? termina-t-il.

À nouveau, elle rougit et cligna ses longs cils bruns, sans croiser son regard.

— Exactement, admit-elle. Mais il est peut-être déjà trop tard. Si cela devient embarrassant entre nous parce que nous avons couché ensemble et que tu préfères que je parte, je comprendrai sans problème.

— Que tu partes ? répéta-t-il, le cœur tremblant.

Ce qui voudrait dire qu'il ne pourrait plus jamais lui faire l'amour ? L'idée était intolérable.

— Ne prononce pas de tels blasphèmes ! s'écria-t-il en la reprenant dans ses bras. Je ne veux certainement pas que tu t'en ailles, ni que l'on continue à parler de ton ex-mari. En revanche, j'ai très envie de t'embrasser.

Et sans lui laisser le temps de répondre, il lui enserra le visage et captura sa bouche… Elle avait le goût du paradis, si le sexe était tout ce qu'elle pouvait lui offrir, il aurait été fou de refuser. Et puis, de son côté, il n'avait pas non plus beaucoup de temps à lui consacrer.

Un gémissement lui échappa, leurs corps s'emmêlèrent et elle enroula ses jambes toutes douces autour de ses reins. Bien vite leurs étreintes se déchaînèrent et, tout à coup, d'un mouvement fluide et un sourire de séductrice aux lèvres, elle se retrouva sur lui, à se balancer tout près de son érection presque douloureuse.

— Tu as un autre préservatif ? demanda-t-elle en refermant la main sur son sexe.

Il se figea.

— Non, c'était le seul. Et toi ?

Elle secoua la tête.

— Bon, j'irai faire des réserves dès demain à la pharmacie, ajouta-t-il.

— Entendu. Mais d'ici là…

Et avec un sourire suggestif cette fois, elle glissa le long de son corps. Quelques secondes plus tard, elle le prenait dans sa bouche, et il perdit la faculté d'ordonner ses pensées…

Un chef-amant ? Il pourrait peut-être s'habituer à ce mot-valise.

- 10 -

Le téléphone d'Eliza sonna alors qu'elle se préparait pour le repas dominical de Nora. Elle eut un petit coup au cœur : était-ce Lachlan ? Elle se sentait toute fébrile à l'idée de le revoir. Toutefois, il était plus probable que ce soit sa grand-mère, Lilly ou son père : pas une journée ne passait sans qu'un des trois l'appelle, d'ailleurs, elle les soupçonnait de se relayer.

Bien sûr, elle les adorait, mais elle n'avait pas toujours envie de leur parler, car cela lui prenait une énergie énorme de les convaincre qu'elle n'allait pas se jeter d'une falaise ou se noyer dans un lac.

Elle regarda son téléphone : c'était sa grand-mère. Aussi prit-elle bien vite la communication.

— Bonjour, grand-mère !

— Bonjour, mon adorable enfant ! Je voulais te souhaiter un bon dimanche.

— Tu as l'air un peu essoufflée, dit-elle.

Et, mettant sur haut-parleur, elle posa son portable sur le meuble de la salle de bains afin de pouvoir se maquiller tandis que sa grand-mère lui parlait de son dernier fiancé.

— Tu sais, grand-mère, je vais déjeuner chez la mère de mon patron, aujourd'hui. Nora McKinnel m'a invitée à son traditionnel repas du dimanche.

— Oh ! c'est fantastique ! Il y aura toute la famille, alors ? Je me réjouis de savoir que tu peux compter sur eux.

— C'est vrai qu'ils sont tous formidables. D'ailleurs, Sophie et Annabel, les sœurs de Lachlan, vont passer me prendre d'un moment à l'autre car on m'a volé mon vélo.

— Quoi ? s'écria sa grand-mère sur un ton horrifié. On ne s'en est pas pris à toi, au moins ?

— Non, pas du tout. J'avais juste oublié de mettre l'antivol et…

— Cela ne te serait jamais arrivé à New York ! Mais depuis quand es-tu si distraite ? Voilà qui ne te ressemble pas.

Le commentaire de sa grand-mère sur New York lui arracha un sourire. Néanmoins, elle ne pouvait lui raconter qu'elle avait oublié de sécuriser son vélo pour la bonne raison que, après avoir échangé un baiser avec Lachlan, elle n'avait plus eu qu'une idée en tête : rentrer tout de suite chez elle pour se jeter sur lui. Encore que sa grand-mère s'en serait réjouie…

— Eliza ? Tu es toujours là ?

— Oh ! oui, désolée ! J'étais encore fatiguée de la veille, je crois, et c'est sans doute pour cela que j'ai oublié l'antivol.

— Lachlan ne te fait pas trop travailler, j'espère ?

On la sentait prête à en découdre avec ce dernier si tel était le cas.

Eliza se mordit la lèvre : en compagnie de Lachlan, elle n'avait pas du tout l'impression d'être au travail.

— Non, grand-mère, rassure-toi. Et puis cette inauguration est si grisante. Tu sais que j'apprends aussi à cuisiner un peu. Rien de bien compliqué mais, grâce à Lachlan, je sais faire des pancakes, un gratin de pâtes… Ah oui, je peux aussi cuire un steak.

— Décidément, des miracles se produisent tous les jours ! Ce chef sait s'y prendre avec ses employés !

Si elle avait su à quel point ! Elle sentait encore les doigts de Lachlan jouer sur son corps comme sur un violon et…

— Tu l'as dit à ton père ?

— Dit quoi ?

Mais avant que sa grand-mère ne réponde, on sonna à l'Interphone.

— Désolée, grand-mère, je dois te laisser. Ma chauffeuse m'attend.

— Entendu. De mon côté, je vais faire un brunch avec Jonathan et puis on va voir un spectacle à Broadway. Bon après-midi, ma chérie.

— À toi aussi ! Et surtout, ne fais rien que je ne ferais pas, ajouta-t-elle pour la taquiner.

Cette dernière se mit à rire.

— Tu sais bien que, moi, je n'aime pas les rendez-vous rasoir !

Et, sur ces mots, sa grand-mère coupa la communication.

— Eliza, tu es prête ? demanda aussitôt Sophie à travers la porte.

Où était-ce Annabel ? À vrai dire, elle confondait leurs voix, quand ce n'était pas leurs visages…

— J'arrive ! cria-t-elle.

Attrapant au passage la boîte de chocolats destinée à Nora, elle rejoignit les jumelles.

— Salut ! lança-t-elle d'un ton enjoué.

— Waouh ! Tu es très belle ! s'exclamèrent les deux filles à l'unisson en guise de bonjour.

Toutes deux portaient un jean et un T-shirt décontracté alors qu'elle était vêtue d'un pantalon-combinaison à motif fleuri, coupé dans un tissu fluide, et portait des escarpins.

— Merci, dit-elle, en rougissant légèrement.

Sans doute n'était-il pas été très opportun de se mettre sur son trente et un à l'occasion d'un déjeuner familial… Pourvu que les jumelles ne se doutent pas qu'elle s'était habillée ainsi pour Lachlan ! Évidemment, il ne se passerait rien entre eux au cours du repas, mais elle avait envie de le faire fantasmer un peu. À cette pensée, elle se sentit rougir : quelle sorte de femme était-elle donc devenue ? À nouveau, la culpabilité l'envahit.

— Et merci également d'être passées me chercher, ajouta-t-elle.

— Oh ! je t'en prie, répliqua Sophie. Je n'arrive pas à croire qu'on t'ait volé ton vélo ! J'ai toujours pensé que le voisinage était sûr.

— C'est ma faute, j'ai oublié de mettre l'antivol. Il ne faut pas tenter le diable.

Et quel diable ! enchaîna-t-elle intérieurement, en partant sur de tout autres pensées…

— Tu l'as signalé à la police ?

— La police ?

Ah, elles parlaient du vélo ! Bon, elle allait avoir du mal à suivre, si elle ne restait pas concentrée.

— Euh, pas encore. Tu crois que je devrais ? Je pense que le voleur a filé depuis longtemps.

— Je doute aussi qu'on le retrouve, mais il est toujours bon de déclarer un vol. Si on retrouve l'auteur plus tard pour un autre méfait, alors on te redonnera ton vélo s'il est encore en sa possession.

— Bien vu !

Toutes trois se dirigèrent ensuite vers la Mini Cooper orange flambant neuf de Sophie, et Annabel se recroquevilla pour s'asseoir sur la banquette.

— J'aurais très bien pu monter à l'arrière, dit Eliza.

Mais les jumelles ne voulurent rien entendre.

— Aujourd'hui, tu es notre invitée, répondit Sophie en prenant place derrière le volant.

Elle enchaîna sur son voyage en Écosse prévu l'été suivant, et Eliza dut fournir de gros efforts pour suivre la conversation et opiner aux bons moments, alors qu'elle était obsédée par l'idée des retrouvailles imminentes avec leur frère. Plus elles se rapprochaient de la distillerie, et plus elle sentait un nombre accru de papillons voleter dans son ventre.

À la fois ravie et nerveuse de le revoir, elle redoutait néanmoins que, en dépit de leur accord de maintenir leur relation secrète, les choses ne soient un peu embarrassantes entre eux. Cette journée serait un test, et elle souhaitait de tout cœur qu'ils le réussissent.

— J'espère que tu as faim, dit Sophie en ralentissant alors qu'elles arrivaient devant l'impressionnante demeure en pierre de Nora.

— Je suis littéralement affamée ! répondit-elle.

Encore que ce ne soit pas de nourriture… Bon sang, comment allait-elle s'y prendre pour demeurer civilisée devant la famille de Lachlan, alors que tout ce qui l'obsédait, c'était de recoucher avec lui ?

— Parfait ! Car tu vas voir que la cuisine de maman vaut le détour, renchérit Annabel.

La porte d'entrée s'ouvrit dès qu'elles sortirent de la voiture, et Hallie s'avança vers elle en courant.

— Bonjour, bonjour, bonjour, criait-elle, tout excitée.

Sans doute était-ce dû au fait de revoir ses tantes, pensa Eliza. Aussi ne put-elle masquer sa surprise quand Hallie se dirigea vers elle en premier et l'enlaça par la taille.

— Je suis si contente que mamie Nora t'ait invitée

à déjeuner, lui dit celle-ci. Tu t'assois à côté de moi, d'accord ?

Elle se mit à rire et tapota le dos de la fillette. C'était agréable de se sentir désirée, mais d'instinct elle préférait rester sur son quant-à-soi.

— Salut, Hallie ! On va voir ce que ta grand-mère a décidé pour le plan de table, répondit-elle.

Puis elle jeta un coup d'œil vers la porte : Lachlan venait d'apparaître sur le seuil. Il avait l'air délectable dans son jean délavé et son T-shirt noir qui soulignait parfaitement sa musculature. Elle sentit sa bouche s'assécher…

— Tiens, bonjour ! dit-il en levant la main.

Il lui adressa un petit sourire qui fit battre son cœur plus vite. D'ailleurs, ce n'était pas la seule région de son anatomie à réagir. Finalement, il serait plus prudent de s'asseoir près de Hallie, estima-t-elle, de la sorte, elle ne serait pas tentée de toucher son père.

— Salut ! lui répondit-elle, traversée par un élan de désir.

Et elle lui rendit son sourire.

— Tout va bien ? demanda Annabel en les regardant tour à tour, l'air intrigué.

Eliza sentit alors Hallie la tirer par la main et se rendit compte qu'elle s'était immobilisée au bas des marches, bouchée bée devant Lachlan, comme si elle venait de voir une apparition.

— Euh, oui, désolée…

Détournant les yeux, elle parvint à sourire à la petite fille et étreignit sa petite main avant d'ajouter :

— Je te suis.

Une fois qu'elle eut monté l'escalier, Lachlan s'effaça pour la laisser entrer.

— C'est bon de te revoir, lui dit-il tandis que ses sœurs regagnaient la cuisine d'où sortait un joyeux vacarme. J'espère que tu as passé un bon samedi et que tu as pu te reposer après la soirée de vendredi.

À cette allusion, le rouge lui monta aux joues, même si quiconque entendant ses propos pouvait supposer qu'il se référait à la répétition de l'inauguration, au restaurant.

— Oui, merci. J'ai paressé sous ma couette en regardant Netflix.

— Un programme alléchant, effectivement.

— Et toi ?

— Samedi, j'ai passé une bonne partie de l'après-midi à une représentation de danse, pour admirer les prouesses de ma fille, et le soir nous sommes allés tous les trois au cinéma, mais dans l'ensemble ce fut calme.

— Et quel film êtes-vous allés voir ? demanda-t-elle d'un air intéressé.

Elle s'efforçait d'avoir une discussion anodine avec lui, par égard pour Hallie qui lui tenait toujours la main, alors qu'en réalité elle n'avait qu'une envie : presser ses lèvres contre celles de Lachlan pour assouvir son désir !

— *La Belle et la Bête*, répondit la petite fille, apparemment inconsciente – et fort heureusement – des étincelles qui jaillissaient au-dessus d'elle.

— Le tout dernier ? Et tu n'as pas eu peur ? Il paraît qu'il y a des moments effrayants.

Hallie redressa le menton.

— Je suis très courageuse, tu sais.

— C'est incontestable, confirma son père. D'ailleurs, je te conseille d'aller à la cuisine voir si mamie n'a pas besoin de ton aide. Je dois discuter travail avec Eliza pendant quelques instants.

Hallie poussa un profond soupir et fit une petite moue

outrée, avant d'obtempérer, les laissant seuls – autant qu'on pouvait l'être dans une maison remplie de monde.

Aussitôt, il se rapprocha un peu plus près d'elle.

— C'est vraiment bon de te revoir.

Et, sans la toucher, il laissa courir son regard sur son corps, ce qui la fit frissonner.

— Tu me l'as déjà dit, répliqua-t-elle dans un murmure.

À cet instant, elle huma son parfum ce qui lui fit quasiment tourner la tête.

— J'avais envie de te le répéter, même si je préfère te voir en tête à tête, dit-il d'un ton suggestif en haussant les sourcils.

— Idem.

— Qu'est-ce que tu serais prête à…

Il s'interrompit brusquement : Nora venait de surgir dans le hall. Bien vite, il s'éclaircit la voix et enchaîna :

— J'aimerais que tu viennes un peu plus tôt demain matin pour que l'on trie les uniformes avant de les donner au personnel.

— Naturellement, approuva-t-elle.

Et elle espéra que sa mère ne se souviendrait pas que le personnel les portait déjà le vendredi soir.

— Lachlan, on ne parle pas travail le dimanche ! Laisse Eliza tranquille, s'il te plaît, déclara Nora.

Puis elle secoua la tête et prit Eliza dans ses bras.

— Bienvenue parmi nous, poursuivit-elle. Je suis si contente que tu aies pu venir.

— Merci, parvint-elle à répondre.

— Sophie m'a raconté, pour ton vélo. Ce vol est vraiment choquant ! Si j'attrape le malfaiteur…

— Ah bon ? On t'a volé ton vélo ? renchérit Lachlan, l'air soucieux.

Elle hocha la tête. Ils avaient échangé quelques textos

la veille, mais elle n'avait pas jugé bon de mentionner le larcin, peu désireuse qu'il s'en sente responsable.

— J'ai dû oublier de mettre l'antivol, vendredi soir.

Il ouvrit alors grands les yeux : il venait de comprendre... À cet instant, Nora déclara :

— Tiens, je viens de me rappeler que j'ai un vieux vélo au fond de mon garage dont je ne me sers pas. Je peux te le prêter. Il n'a rien d'extraordinaire, mais il fonctionne encore bien.

— Oh ! merci ! C'est très gentil. S'il ne fait défaut à personne, je veux bien.

— Alors c'est parfait ! Je crois que la dernière fois que je suis montée dessus, les jumelles étaient au lycée.

Elle éclata de rire et ajouta :

— Je demanderai à un des garçons de le sortir, après le déjeuner.

— Merci encore ! À propos, c'est pour vous.

Sur ces mots, Eliza lui tendit la boîte de chocolats.

Nora lui sourit.

— Miam, ma marque préférée ! Même si ce n'était pas nécessaire. Ta présence est à elle seule un vrai plaisir ! Allez, viens saluer tout le monde maintenant.

Eliza lui emboîta le pas, après avoir jeté un coup d'œil à Lachlan qui posa alors la main sur ses reins pour la guider. Et ce fut comme si on avait mis le feu à sa combinaison-pantalon en coton ! Elle parvint malgré tout à avancer et à regagner la cuisine, au style à la fois chaleureux et rustique, d'où s'élevait un bourdonnement de conversations.

— Hou hou ! s'exclama Nora d'une voix forte.

Le calme se fit immédiatement, et tous les regards convergèrent vers eux.

— Eliza vient d'arriver.

Des saluts fusèrent de toutes parts, tandis que Nora se tourna vers elle.

— Y a-t-il des personnes que tu ne connais pas encore ?

Avant qu'elle n'ait eu le temps de lui répondre, une jeune femme svelte à la longue chevelure rousse leva la main pour attirer son attention.

— Je suis Claire, dit-elle, l'ex-femme de Blair. Tout le monde m'a parlé de toi ! Je suis ravie de faire enfin ta connaissance.

Elle était assise à côté de ce dernier. Eliza se souvint alors que Lachlan avait mentionné le divorce compliqué de son frère. S'efforçant de masquer sa surprise, elle déclara :

— Bonjour ! Enchantée également.

— Prends place, dit Nora en désignant la table familiale.

— Est-ce que je peux vous aider en quoi que ce soit ? s'enquit-elle alors.

— Allons, Eliza, je ne t'ai pas invitée pour que tu travailles ! Tu en as fait assez ces derniers temps. Il y a suffisamment de personnes dans cette pièce qui peuvent me donner un coup de main. Assieds-toi confortablement, et je t'apporte une boisson. Qu'est-ce qui te ferait plaisir ? Du thé, du jus d'orange ? Quelque chose de plus fort ?

— Un verre d'eau sera parfait pour l'instant, dit-elle en tirant la chaise qui se trouvait juste devant elle.

Et elle croisa les doigts pour que l'eau soit bien fraîche et fasse retomber ses émotions.

— Alors, comme ça, tu viens de New York, dit Claire, assise en face d'elle. J'adore cette ville. Elle ne te manque pas ?

Elle lui sourit et se mit à parler de sa ville natale, consciente du regard de Lachlan rivé sur elle. On apporta le premier plat peu après et, une fois chacun servi, la conversation reprit dans le désordre. Elle n'était pas habituée à de si grandes tablées, d'autant que ce qui se passait sous la table – à savoir Lachlan qui lui faisait du pied – ne l'aidait pas non plus à se concentrer. Quand il retira sa chaussure pour remonter un peu le long de sa jambe, ce fut au prix d'un gros effort qu'elle retint un gémissement !

— Alors les filles, vous voyez vos plans Tinder, ce soir ? demanda Mac à ses sœurs, son sourire narquois indiquant clairement ce qu'il pensait de l'application de rencontres.

Sophie lui tira la langue.

— Tu te moques sans connaître. Tu devrais t'inscrire, tu sais, cela te ferait du bien. Tu retrouverais peut-être ton humour.

Tâchant de faire abstraction du pied de Lachlan, Eliza jeta un coup d'œil aux jumelles, amusée par ces échanges et par toute la convivialité qui émanait de la cuisine. Elle comprenait pourquoi Claire n'avait pas envie de renoncer aux déjeuners dominicaux !

— Je ne connais pas cette appli, déclara Nora, mais on m'a dit que les hommes n'y recherchaient qu'une chose…

Quinn émit un grognement sceptique.

— Pas tous, il ne faut pas exagérer… Aïe !

Bailey, sa fiancée, venait de lui décocher un bon coup de coude.

— Quelle cho-se ? demanda Hamish.

Et chacun fit mine de ne pas avoir entendu.

Annabel se mit à rire et enchaîna :

— Je croyais, maman, que tu voulais avoir encore de nombreux petits-enfants !

— Je veux juste que tu sois à nouveau heureuse, ma chérie, répondit tendrement sa mère.

Le sourire à retardement qu'Annabel adressa à sa mère rappela à Eliza la triste histoire que Lachlan lui avait racontée à son sujet, lors de leurs séances nocturnes : son fiancé, militaire, n'était jamais revenu de sa dernière mission, présumé mort après une explosion.

— Je sais, maman, et cette appli est une première étape. Quinn a raison, il y a aussi des types bien, et d'ailleurs j'ai rencontré dernièrement un homme avec qui cela pourrait fonctionner.

Des étoiles brillèrent dans les yeux de Nora.

— Oh ! mais c'est fantastique !

— On se calme, maman, dit Mac. Elle vient de parler au conditionnel. Pas la peine d'envoyer les cartons d'invitation pour le mariage !

Et chacun éclata de rire.

— Oui, c'est sans doute préférable, renchérit Callum. Deux mariages et trois bébés en une année, c'est bien suffisant pour notre famille.

Nora se tourna alors vers Eliza.

— Et toi, ma belle ? Tu es célibataire ?

À cet instant, Lachlan tenta de glisser son pied entre ses cuisses, et elle lui lança un petit regard en coin… Serrant les genoux, elle se concentra pour ne pas s'esclaffer et répondit bien vite :

— Eh oui, moi aussi !

— Inscris-toi sur Tinder, suggéra Sophie en éclatant de rire. Visiblement, Annabel n'aura plus besoin de l'appli sous peu, mais, moi, il me faut une partenaire de crime pour continuer, sans quoi, ce n'est pas drôle.

Annabel rougit : tiens, tiens, celle-ci était de toute évidence en train de tomber amoureuse.

— Je ne cherche rien de sérieux en ce moment, répondit Eliza.

Ce fut alors que Lachlan recula bruyamment sa chaise et se leva. Tous les yeux se tournèrent vers lui…

— Viens avec moi, Eliza. Je vais sortir ce vélo du garage.

— Allons, il n'y a pas le feu ! protesta Nora. On a tout le temps pour…

Annabel lui lança alors un regard appuyé, et elle modifia aussitôt sa phrase.

— Oui, prenez tout votre temps, poursuivit-elle comme si de rien n'était.

— Pa-pa, je peux venir aussi ? demanda Hamish.

— Papa n'en a pas pour longtemps, déclara Annabel. Et, moi, j'ai besoin de ton aide et de celle de Hallie pour débarrasser la table.

Eliza se sentit devenir écarlate. À quoi jouait donc Lachlan ? Il était évident qu'Annabel avait vu clair dans leur jeu et sans doute n'était-elle pas la seule. Malgré tout, elle ne put résister à l'appel de la tentation.

Dès qu'ils furent à l'extérieur, il lui saisit la main, et une onde d'électricité la traversa, tandis que scrupules et gêne se dissipaient instantanément !

— Par ici, dit-il en l'entraînant vers une porte latérale qu'il referma à clé derrière eux, de toute évidence peu désireux qu'on vienne les interrompre.

Un frisson lui parcourut l'échine quand, plongeant les yeux dans ceux de Lachlan, elle mesura la fièvre qu'ils reflétaient.

— Tu te comportes comme un garnement, murmura-t-elle d'un ton suggestif.

Il haussa l'épaule avec désinvolture, pas vraiment repentant.

— C'est ta faute. Tu me rends fou…

Et la conversation s'arrêta là : il venait de capturer

sa bouche ! Sans attendre, elle entreprit de défaire son ceinturon puis demanda, d'un ton haletant :

— Tu as un préservatif ?

Il sortit un étui de sa poche.

— J'ai reconstitué mes stocks, déclara-t-il en le brandissant.

— Parfait, dit-elle, mue par une incroyable excitation.

À cet instant, son jean lui tomba sur les chevilles et elle s'empara du préservatif ; il émit un grognement de plaisir quand elle le déroula sur son érection… Avant de protester en tentant de la déshabiller !

— Mais c'est quoi ce truc ? s'exclama-t-il, écartant la tête pour considérer sa tenue.

En silence, elle regretta son choix peu opportun, mais il était vrai qu'elle n'avait pas du tout imaginé coucher avec lui dans le garage aujourd'hui ! Cela ne lui ressemblait nullement mais, après tout, un peu d'innovation n'aurait su nuire… Et puis le côté illicite était si exaltant…

Elle se chargea rapidement d'ôter sa combinaison-pantalon et se retrouva alors en soutien-gorge et escarpins devant lui. Il la dévora aussitôt des yeux… avant de cligner soudain des paupières, l'air confus.

— Qu'est-ce que c'est ?

Et il toucha son ventre, sa cicatrice…

Oh non ! Comment avait-elle pu être aussi imprudente alors que la veille elle avait évité d'allumer la moindre lampe pour que tout reste simple ? Mais, aujourd'hui, elle l'avait suivi en plein jour dans le garage baigné de lumière, tout à son désir, sans réfléchir à rien…

Sa bouche devint subitement toute sèche, et elle prit conscience de son immense vulnérabilité.

— Euh…, commença-t-elle, incapable de trouver le moindre mensonge qui aurait pu expliquer sa cicatrice.

— Tu as eu un enfant ? demanda-t-il la voix légèrement rauque, sans la lâcher du regard.

Elle secoua la tête, les larmes lui montant tout de suite aux yeux.

— Plus maintenant, parvint-elle à articuler.

- 11 -

Plus maintenant ?

Pendant quelques instants, Lachlan se demanda si, comme Linda, Eliza n'avait pas abandonné son enfant, mais non, il ne la croyait pas capable d'un tel acte ! Il sentit le rythme de son cœur ralentir alors qu'il passait en revue les autres scénarios possibles, peu nombreux à vrai dire…

— Que s'est-il passé ?

— Je l'ai perdu, murmura-t-elle.

Et une larme roula sur sa joue.

Perdu ?

— Il était mort-né, c'est ça ? insista-t-il gentiment.

Elle secoua la tête, et une autre larme suivit la première.

— Il s'appelait Jack, il avait quatorze mois, et c'était un magnifique enfant.

Ces paroles le glacèrent.

Pouvait-on imaginer pire drame ?

Il resta sans voix mais, dans sa tête, il jurait, hurlait : comment une chose aussi ignoble était-elle possible ?

— Un jour, j'ai rendu visite à une amie, avec Jack. Elle venait d'avoir un bébé. Et pendant que je le prenais dans mes bras, que je parlais avec elle…

À nouveau, elle renifla, mais cela n'empêchait pas les flots de couler de ses yeux.

Il saisit son jean, à terre, en sortit le mouchoir que sa

mère lui avait brodé quand il était enfant et le lui tendit. Quand leurs doigts s'effleurèrent, le courant qui passa entre eux n'avait plus rien à voir avec le précédent.

— Merci, dit-elle en se tamponnant les yeux.

Rapidement, il renfila son pantalon pour ne pas que sa nudité la gêne.

— Jack jouait tranquillement derrière nous, avec ses petites voitures, et nous ne l'avons pas entendu sortir de la pièce… Comme mon amie venait d'avoir son premier enfant, la maison n'était pas encore sécurisée… Jack est parvenu, je ne sais comment, à sortir par la porte arrière…

Elle prit une grande inspiration.

— Ils avaient un étang…

Oh non ! Il eut envie de plaquer ses paumes sur ses oreilles, c'était intolérable. Et s'il ne pouvait supporter d'écouter ce récit, qu'en était-il pour elle qui le relatait ? Sur une impulsion, il la prit dans ses bras, et l'étreignit : en un rien de temps, ses larmes trempèrent sa chemise.

— C'est bon, tu n'as pas à en dire plus.

Mais, relevant la tête, elle braqua sur lui ses grands yeux sombres emplis de douleur.

— J'aurais dû le surveiller ! Si j'avais fait attention à lui, je l'aurais vu sortir de la pièce et je l'aurais suivi. Il adorait l'eau… Il était juste curieux.

À nouveau, son visage se décomposa.

— Je ne sais pas combien de temps il est resté dans l'étang… Son petit visage était tout fripé. A-t-il compris ce qui se passait ? S'est-il demandé où j'étais ? Pourquoi je ne venais pas l'aider ?

Ses paroles devenaient inaudibles, mais il avait compris l'essentiel : elle se reprochait la mort de son enfant, et franchement il ne voyait pas comment quiconque pouvait se remettre d'un tel drame. Pourtant, il se sentit obligé de dire :

— C'était un affreux accident. Ce n'est pas ta faute. Il ne faut pas que tu croies cela.

— Pourtant, c'est ce que pense Tyler ! répliqua-t-elle d'un ton dur. Il ne pourra jamais me pardonner, mais ce qu'il ne saisit pas, c'est que je le comprends, car moi non plus je ne pourrai jamais me pardonner. Et je ne lui en veux pas du tout d'avoir trouvé du réconfort avec une autre.

Il eut envie de répondre que Tyler était un crétin mais, tout au fond de lui, il ne pouvait imaginer d'autre issue au sein d'un couple lors d'une telle tragédie.

À nouveau, les mots lui manquaient. D'ailleurs, qu'aurait-il pu dire qui aurait changé le passé ? Impuissant, il la serra plus fort dans ses bras : comment pouvait-on surmonter la mort d'un enfant ?

Il pensa aussitôt aux siens, et sa poitrine se serra douloureusement. En raison de son handicap, Hamish était particulièrement susceptible de développer des formes graves de maladie ; il lui était parfois arrivé d'être si malade que Lachlan avait redouté le pire. Mais son fils était un battant et il avait toujours rebondi. En outre, il ne présentait pas une forme sévère de paralysie cérébrale de sorte que, selon les docteurs, son espérance de vie était tout à fait dans la moyenne. Il n'empêche qu'il se demandait souvent comment il aurait réagi si le pronostic de son fils avait été différent. Sans doute Hallie l'aurait-elle aidé à vivre… En l'occurrence, Eliza n'avait aucun autre enfant à qui se raccrocher.

Et celui qui aurait dû la soutenir lui avait tourné le dos. Malgré tout, elle parvenait à se lever tous les matins, à venir travailler, à arborer un sourire… Il l'en admirait et la respectait encore plus.

— Je suis désolée, dit-elle subitement. Je n'avais pas à m'effondrer devant toi, c'est juste que…

— Non, ne t'excuse pas !

Son ton était sans doute plus dur qu'il n'aurait voulu, mais il était hors de question qu'elle se voie comme un fardeau. Certes, ils se connaissaient depuis moins d'un mois, mais elle comptait déjà énormément pour lui, et il aurait déjà dû le lui dire, ainsi, elle se serait sentie moins embarrassée, aujourd'hui.

— Eliza, reprit-il, si tu as envie de reparler de Jack, je serai là pour toi. Je ne peux même pas imaginer ce que l'on ressent face à une telle perte, mais…

— Je ne veux pas en parler ! l'interrompit-elle, les yeux brillants de colère. Cela ne me soulage pas, au contraire. C'est pour cette raison que j'ai emménagé ici, pour repartir de zéro. Mon seul espoir désormais est que les gens ne voient pas en moi la femme dont l'enfant est mort. C'est dans cette même optique que je ne t'avais rien dit, car je ne voulais pas que tu me regardes comme tu le fais désormais.

Il voulut protester, mais son air le dissuada : ils savaient tous les deux qu'elle avait raison.

Subitement, elle porta le regard au-dessus de son épaule et demanda, en désignant la vieille bicyclette appuyée contre le mur, derrière lui :

— C'est le vélo que ta mère veut bien me prêter ?

— Oui.

— S'il te plaît, dis-lui que je ne me sens pas bien et que je dois rentrer, déclara-t-elle en se dirigeant vers le vélo pour le prendre.

— Eliza, s'il te plaît, ne t'en va pas. Je suis désolé. Je…

Trop tard ! Elle s'en était déjà emparée. Une fois près de la porte, elle se retourna vers lui après l'avoir ouverte. Un regain d'espoir lui étreignit alors le cœur.

— Peux-tu me promettre une chose ?

— Bien sûr. Tout ce que tu veux.

— S'il te plaît, ne le dis à personne pour mon… Pour Jack. Ce n'est pas que je veuille l'oublier, mais c'est plus facile ainsi.

Cette demande lui procura un certain réconfort, car elle sous-entendait qu'Eliza n'avait pas l'intention de quitter Jewell Rock sur-le-champ. Et qu'il n'avait pas perdu sa meilleure employée, même si naturellement ce n'était pas le restaurant et son succès qui pour l'heure le tracassaient.

— Promis.

— Merci, dit-elle.

Et, sur ces mots, elle disparut.

Il hésita à courir derrière elle, mais jugea préférable d'en rester là pour l'instant, sans compter que sa famille allait finir par s'inquiéter s'il ne revenait pas incessamment ! Pourtant, il n'avait pas du tout le cœur à rentrer et à jouer au père de famille heureux.

Adossé à l'atelier du garage, il se prit la tête entre les mains et soupira. Bon sang, quelle situation compliquée ! Il aurait dû se douter que quelque chose n'allait pas quand Eliza avait accepté une relation sexuelle sans attache…

Allons, assez ! Ce n'était pas lui qui était à plaindre. Sur cette pensée, il lissa ses vêtements et se força à rentrer. Sa mère était en train de servir sa fameuse tarte aux mûres, et toute sa famille leva vers lui un regard interrogateur.

— Qu'as-tu fait d'Eliza ? demanda Blair, d'un ton amusé.

— Elle ne se sentait pas bien, dit-il en s'asseyant.

Et il ébouriffa les cheveux de Hamish, à côté de lui : il éprouvait l'envie urgente de serrer très fort ses enfants contre lui.

— Elle avait une affreuse migraine.

Comme Sophie haussait les sourcils, il ajouta :

— Cela l'a prise brutalement, et elle a tenu à rentrer pour s'allonger dans le noir.

Il se savait piètre menteur, et il était évident qu'aucun adulte ne le crut. Tant pis ! Il était exclu qu'il raconte la vérité.

— Elle a laissé son sac, dit alors Hallie.

Et zut ! Il devait contenir son portable et ses clés ; le fait qu'elle n'y ait pas pensé prouvait sa confusion totale. Il se releva aussitôt.

— Je vais le lui apporter.

Là-dessus, avant que quiconque n'ait eu le temps de prononcer un mot, il s'éclipsa.

Au volant de son pick-up, il la repéra sans tarder sur la route, ralentit puis bondit hors du véhicule.

— Eliza, appela-t-il.

Elle se retourna et leva tout de suite les mains comme pour le maintenir à distance, yeux écarquillés.

— S'il te plaît, Lachlan. Je ne peux pas… Pas maintenant.

En dépit de ses joues rouges et marbrées, elle demeurait sublime. Il aurait tant aimé qu'elle accepte son réconfort, mais il respectait tout à fait son souhait.

— Je viens juste te donner ça, dit-il.

Et il lui tendit son sac à main.

— Oh non ! Qu'est-ce que ta famille a dû penser de moi ? demanda-t-elle, l'air horrifié.

— Ne t'inquiète pas pour eux. J'ai dit que tu avais la migraine, et je sais très bien mentir, tu sais.

— Ah bon ? Je ne m'en étais pas aperçue.

Il hocha la tête.

— Cela peut servir, conclut-il.

La mort dans l'âme, il remonta dans son pick-up.

Le portable de Lachlan sonna dans la poche de son jean quand il se gara devant la maison. Était-ce elle ? Son cœur se gonfla aussitôt d'espoir... Mais ce dernier fut de courte durée : c'était le nom de Linda qui s'affichait sur son écran !

Pitié ! C'était la dernière personne à qui il avait envie de parler.

— Linda ?

— Bonjour, Lachlan, dit-elle d'un ton exagérément onctueux, pour souligner son impolitesse à lui.

— Qu'est-ce que tu veux ? enchaîna-t-il sans relever.

— J'ai de bonnes nouvelles.

— Ta tante s'est miraculeusement remise ?

Il espérait bien sûr que c'était le cas pour la vieille femme, mais il se rendit compte aussi que cela signifierait qu'il devrait lui redonner Hallie et, à cette pensée, son cœur se serra. Certes, il était difficile de jongler entre les activités de sa fille et l'ouverture de son restaurant mais, finalement, il y parvenait et adorait avoir ses deux enfants avec lui.

— Quoi ? Oh oui, elle va mieux... Mais la vraie bonne nouvelle, c'est que j'ai décroché un rôle dans une sitcom ! Je vais être célèbre, Lachlan.

— Pardon ?

Certes, Linda n'avait cessé de répéter qu'elle voulait devenir actrice, mais elle n'avait jamais rien entrepris pour réaliser son rêve.

— C'est génial, non ? reprit-elle. Mais enfin, tu ne pourrais pas pour une fois te réjouir pour moi ?

— Je savais bien que, ta tante, c'était un mensonge !

Elle glousssa au bout du fil, ce qui eut le don de l'exaspérer.

— C'est vrai, mais le rôle que je joue est celui d'une femme qui veille sur sa vieille tante mourante. Comme, à l'audition, je leur ai beaucoup plu, il est possible qu'ils donnent finalement plus d'importance à ce personnage, et…

— Est-ce que tu as pensé à ta fille ? l'interrompit-il d'un ton quasi haineux. Comment s'insère-t-elle dans ta nouvelle vie ?

— C'est la raison de mon appel. Je voulais te dire que je vais être très occupée pendant un certain temps mais, ensuite, quand j'aurais trouvé un appartement à LA, j'imagine qu'elle pourra venir vivre là-bas avec moi.

— Tu imagines ?

Décidément, cette journée allait de mal en pis.

— Hors de question que Hallie aille vivre à L.A. ! Je vais en demander la garde complète.

— Ne me parle pas sur ce ton, Lachlan ! Cela dit, tu as raison sur un point : je ne suis pas faite pour la maternité. Aussi, il est sans doute préférable que Hallie vive avec toi et vienne me voir pour les vacances.

Au bout du fil, il en tremblait de fureur ! Comment Linda pouvait-elle être aussi désinvolte ? Son cœur saignait pour Hallie qui méritait une mère bien meilleure qu'elle ! Comment cette femme si narcissique avait-elle pu le séduire ? Au fond, moins les enfants auraient affaire à elle, mieux ce serait pour eux. Hallie grandirait bien plus sereinement loin d'une mère égocentrique.

— C'est entendu ! dit-il d'un ton sec. Je demande à mon avocat de rédiger les documents et je te les envoie pour signature.

Et il raccrocha avant qu'elle n'ait pu ajouter quoi que ce soit.

Il regarda alors fixement son portable, partagé entre le bonheur et la colère. L'idée d'avoir la garde complète de Hallie le remplissait d'une joie indicible… Seulement, comment sa fille allait-elle réagir ? La laisser à son père en vue de veiller sur une tante malade, c'était une raison compréhensible, mais l'abandonner pour un rôle dans une sitcom idiote était simplement monstrueux !

Cette journée était pareille à des montagnes russes : elle avait commencé dans l'allégresse la plus totale et se terminait dans les abysses du chagrin et de la colère…

Bon, il devait se concentrer sur la meilleure façon de présenter la situation à Hallie ! De cela découlerait celle dont elle la prendrait. Son rôle à lui était avant tout de protéger sa fille, et il le remplirait !

À toi de jouer, l'encouragea une petite voix intérieure qu'il était bien résolu à écouter.

- 12 -

Eliza haletait, ses yeux la brûlaient, mais elle n'avait qu'une hâte : refermer la porte de son appartement derrière elle. Pour éviter un nouveau vol, elle mit le vélo dans l'immeuble puis se précipita chez elle, et plus précisément dans sa chambre, où elle sortit la photo de Jack. Elle se laissa alors tomber sur son lit, contempla un instant son parfait petit visage, avant de le serrer contre son cœur aussi douloureux que son corps qu'elle venait de mettre à rude épreuve en pédalant aussi vite qu'elle le pouvait…

Après toutes les larmes qu'elle avait versées, elle n'imaginait pas en avoir encore en elle, mais il fallait croire que celles-ci ne tariraient jamais. Pourtant, elle ne savait pas trop pour quelle raison elle pleurait : était-ce de nouveau pour la disparition de Jack ou pour avoir commis l'impensable, à savoir parler de son fils à Lachlan, alors même qu'elle s'était juré de n'en rien faire ? Sans doute la combinaison des deux…

Jewell Rock lui avait paru un véritable havre : personne ne connaissait son terrible secret, et elle avait même commencé à se sentir à la maison, dans ce nouvel appartement. Mais, à présent, elle avait l'impression d'être à nouveau une étrangère dans son propre domicile et craignait d'avoir tout gâché.

C'était une chose d'aborder avec Lachlan la trahison de Tyler ; il n'était pas rare d'évoquer un ex, d'ailleurs, elle-même avait bien vu Linda. C'en était une autre d'exposer la raison de ce divorce, en l'occurrence la mort de son enfant.

Jamais elle n'oublierait Jack, c'était impossible, mais à New York elle aurait presque souhaité que certaines personnes l'oublient. Là-bas, sa douleur était devenue une prison, c'était l'éléphant dans la pièce à chaque conversation, la première chose à laquelle les autres pensaient quand ils la voyaient. La perte de son enfant l'avait consumée, et sa tristesse était devenue son identité. Elle en étouffait.

Ici, dans l'Oregon, elle avait recommencé à respirer ; elle avait été en mesure d'apprécier la beauté du paysage qui l'entourait alors que, depuis dix-huit mois, elle n'avait rien perçu à part sa douleur. À Jewell Rock, elle était obligée d'être une autre, ne serait-ce que quelques heures par jour, et c'était cela qui lui permettait de tenir.

Seulement voilà : la personne avec qui elle passait le plus de temps était à présent au courant pour Jack…

Elle déglutit avec difficulté et porta inconsciemment la main à sa poche, là où se trouvait le mouchoir que Lachlan lui avait prêté quand elle avait éclaté en sanglots. Elle se rappela l'air horrifié qui avait empreint ses traits lorsqu'elle lui avait raconté son histoire, air auquel s'était rapidement substituée l'empathie.

Elle considéra le tissu en coton initialement blanc et à présent maculé de mascara, puis frissonna à l'idée de la tête qu'elle devait avoir. Lachlan la trouverait-il à nouveau séduisante après l'avoir vue dans cet état déplorable ?

Il avait été très gentil, avait cherché à la réconforter, mais ce n'était pas ce genre de sentiments qu'elle attendait de lui : dans ses bras, elle cherchait l'oubli et ce plaisir qui l'envahissait dès que ses lèvres touchaient les siennes…

Elle porta le mouchoir à son nez, espérant y sentir la fragrance de Lachlan, mais tout ce qu'elle y perçut, ce fut sa propre douleur et sa colère : la honte et la mortification l'envahirent quand elle pensa à la façon font elle l'avait traité. Elle avait refusé toute discussion et avait fui comme si elle avait eu le diable à ses trousses, le laissant trouver des explications pour sa famille. Pourvu qu'ils aient cru à son histoire de migraine ! Elle l'avait placé dans une situation vraiment délicate, et la pensée de l'affronter le lendemain lui donnait quasiment la nausée.

Pourtant, elle ne pourrait pas passer sa vie à fuir ses propres problèmes, et puis il lui était impossible de laisser tomber Lachlan alors que l'inauguration du restaurant était si proche ! Donc, elle devrait bel et bien lui présenter ses excuses lundi matin et croiser les doigts pour que leur relation retrouve la légèreté qui la caractérisait, ce dont elle doutait un peu malgré tout. Néanmoins, elle ne voulait pas renoncer à coucher avec lui, et encore moins perdre son nouveau travail qui lui avait donné une bonne raison de se lever chaque matin.

Poussant un profond soupir, elle remit la photo de Jack sur la table de nuit et entortilla le mouchoir entre ses doigts. Elle allait le laver avant de le lui rendre. D'ailleurs, si elle voulait effacer la scène du garage, il était nécessaire qu'elle se secoue : grand-mère ne disait-elle pas toujours qu'on ne devait pas laisser le soleil se coucher sur un malentendu ?

Cette pensée en tête, elle saisit son portable puis, les doigts un peu fébriles, tapa un message à Lachlan.

> Désolée d'avoir pété les plombs tout à l'heure, et merci de m'avoir excusée auprès de ta famille. Je passerai voir ta mère demain pour la remercier. xx

Juste avant d'envoyer le message, elle supprima les deux dernières lettres : comment aurait-elle pu envoyer des baisers à son chef ? Évidemment, leur relation ne se limitait pas au travail, mais de là à l'embrasser dans ses textos, non ! Cela n'était pas inclus dans leur arrangement ; inutile par conséquent de créer de la confusion.

Et si elle envoyait aussi des fleurs à sa mère ? se demanda-t-elle, avant d'avoir une meilleure idée : elle allait lui préparer des cookies, ce serait plus personnel. Ainsi, étant donné ses talents peu étendus en la matière, elle aurait vraiment l'impression d'avoir fait amende honorable. Forte de cette pensée, elle se leva et, retroussant ses manches, alla inspecter les placards de sa cuisine pour en sortir tous les ingrédients nécessaires.

Le lendemain matin, Eliza arriva au restaurant la première, un petit récipient en plastique à la main. Elle entra avec la clé que Lachlan lui avait confiée et avec l'impression qu'elle était à Jewell Rock depuis bien plus longtemps que quelques semaines. Elle avait passé sans doute plus de temps au restaurant que dans son appartement, et c'était ici qu'elle avait commencé à se forger à nouveau de bons souvenirs. Elle espérait que cela allait continuer…

Cette pensée en tête, elle ouvrit les stores, alluma les lampes sans prêter attention à la nervosité qui la gagnait au fur et à mesure que l'heure où Lachlan allait faire son apparition se rapprochait.

La veille au soir, il lui avait envoyé comme réponse à son texto :

Ne t'inquiète pas. À demain.

Toutefois, elle ne serait tranquillisée qu'une fois que leur « routine » repartirait comme avant. Soudain, elle sursauta : la porte d'entrée venait de s'ouvrir.

— J'ai besoin d'un café de toute urgence ! décréta Lachlan sans ambages en entrant dans les cuisines.

Et il passa derrière le comptoir où elle se trouvait, et s'y adossa.

Comment devait-elle réagir face à cette attitude ? s'interrogea-t-elle déconfite, avant de remarquer qu'il avait l'air d'avoir très mal dormi. Ses cheveux étaient encore plus ébouriffés que d'ordinaire, ses yeux cernés, et sa barbe pas rasée, mais il n'en demeurait pas moins l'homme le plus sexy de la terre. Son comportement était-il lié à la scène dans le garage ?

— Je t'en prépare un, dit-elle.

Il était bien plus doué qu'elle en la matière mais, vu son état, elle doutait qu'il se montre très pointilleux sur la qualité du breuvage qu'elle lui présenterait.

— Merci, dit-il.

Main devant la bouche, il bâilla puis ajouta :

— Ça va, après ce qui s'est passé hier ?

Lèvres pincées, elle hocha la tête, toujours aussi peu désireuse de s'étendre sur son drame, réconfortée en revanche par le fait qu'il ne semblait pas lui en vouloir.

Il lui adressa un triste sourire puis, avisant la boîte de cookies posée sur le comptoir près de lui, fronça les sourcils.

— Qu'est-ce que c'est ? s'enquit-il en s'en emparant.

Cœur battant, ce qui était parfaitement ridicule, elle le regarda soulever le couvercle. On aurait dit un film au ralenti, pensa-t-elle, fébrile.

— J'ai eu une impérieuse envie de cuisiner, hier.

— Ah bon ? C'est toi qui les as préparés ?

Elle hocha la tête et, avant qu'elle n'ait eu le temps de les lui prendre des mains, il mordit dans un biscuit… Figée, elle attendit son verdict… Mais au lieu de dire quoi que ce soit, il prit une deuxième bouchée, puis une autre et le dévora en entier.

— Miam ! Ils sont excellents, s'exclama-t-il en se resservant. Et j'ai réellement besoin de sucre pour me réveiller !

— C'est vrai, tu les aimes ?

— Absolument, dit-il en relevant le coin de sa bouche appétissante. Je savais que tu étais douée, il suffit que tu croies en toi. Cela dit, si c'était pour une occasion spéciale, il vaut mieux que tu les écartes de moi.

— Non, non, tu peux tous les manger.

À présent, il lui semblait ridicule de lui avouer que c'était un cadeau destiné à sa mère en vue de se faire pardonner son départ précipité de la veille. Elle n'avait tout simplement pas envie d'en reparler avec lui. Et puis, s'il les mangeait tous, elle trouverait autre chose pour Nora.

— Merci, dit-il en prenant un troisième cookie. Voilà qui va me réconforter.

— Pourquoi as-tu besoin de réconfort ?

Aussitôt, elle se mordit la langue : n'avait-elle pas été trop curieuse ?

— À cause des enfants ! Ils se sont réveillés tour à tour, et je crois que j'ai dû dormir deux heures en tout cette nuit.

— Oh non ! Ils étaient malades ?

Hallie et Hamish semblaient pourtant en parfaite santé, la veille, enfin autant que cette phrase puisse s'appliquer à ce dernier. Il hésita visiblement à répondre, mais sa langue se délia une fois qu'elle lui eut donné une tasse de café.

— Merci, dit-il alors. En fait, Hallie était bouleversée en raison de la nouvelle que j'ai dû lui annoncer. Elle concerne Linda... Celle-ci m'a appelé hier pour m'informer qu'elle ne rentrerait pas et qu'il était préférable que Hallie reste vivre à plein temps avec moi.

— Elle ne va tout de même pas rester indéfiniment auprès de sa tante malade !

— Elle n'a pas de tante malade.

Il lui raconta alors la véritable histoire.

Il était inconcevable pour Eliza qu'une mère abandonne si facilement ses enfants, mais en l'occurrence ce n'était pas une première pour Linda. Elle sentit la colère monter en elle.

— J'ai essayé de lui annoncer la nouvelle en minimisant le comportement de sa mère. Je lui ai assuré que celle-ci l'aimait et qu'elle pensait qu'elle serait plus heureuse avec Hamish et moi…

Il soupira et passa la main dans ses cheveux, visiblement anxieux.

— Mais c'est une enfant intelligente, elle n'est pas dupe, elle a bien vu que je tentais d'amortir le choc. Elle a éclaté en sanglots, et s'est finalement endormie dans mes bras, un bon moment plus tard, toute tremblante.

— Oh ! la pauvre chérie ! s'exclama Eliza en s'efforçant de déglutir correctement.

Elle n'allait tout de même pas se remettre à pleurer devant lui, même si son cœur saignait pour Hallie.

— Et, au moment où je me recouchais, Hamish s'est réveillé à cause de crampes musculaires.

— Cela lui arrive souvent ? s'enquit-elle.

— Quelquefois. Mais ça pourrait être bien pire. Il faut alors lui appliquer des patchs antidouleur et le masser. J'essaie aussi de le distraire en lui racontant des blagues idiotes…

Sa voix se brisa légèrement. Elle n'était donc pas la seule à retenir ses larmes, pensa-t-elle.

— Cela doit te déchirer de le voir souffrir.

— Effectivement, ça me tue…

Pas étonnant donc s'il avait cette tête, ce matin. Elle était à court de mots mais, par chance, il enchaîna :

— Si bien que j'en viens à remettre en question tout cela.

Et sur ces mots, il désigna le restaurant d'un large geste de la main.

Elle plissa le front.

— Que veux-tu dire, au juste ?

Il émit un rire dérisoire.

— Comment ai-je pu avoir l'idée d'ouvrir un restaurant, de le gérer alors que je dois aussi élever deux enfants ? Je délire complètement.

— Non, arrête !

Et sur une impulsion, elle lui toucha le bras : que sa peau était chaude, se dit-elle. Et elle si prête à s'enflammer…

— Tu n'es pas tout seul dans cette aventure, Lachlan. Ne te tracasse pas pour le restaurant, ton personnel va s'en charger, et tout va bien se passer. Et puis Hallie et Hamish seront si fiers de toi.

Il jeta alors un coup d'œil vers sa main, toujours posée sur son bras, puis plongea les yeux dans les siens. Il était anormal d'être dévorée par le désir au sein d'une telle conversation, pensa-t-elle, et pourtant c'était bien ce qui lui arrivait… D'autant que ses pupilles à lui étaient complètement dilatées…

Elle remonta lentement les doigts vers la nuque de Lachlan. OK, elle n'était pas en mesure de régler les problèmes liés à son ex et à ses enfants, mais elle pouvait en revanche lui apporter un peu de réconfort. Et, forte de cette pensée, elle captura sa bouche.

En une fraction de seconde, il plaqua les mains sur ses hanches avant de les enfouir dans sa chevelure et de glisser ses genoux entre ses jambes… Elle sentit son cœur chavirer, et toute idée de bienséance la déserta.

Lachlan poussa un grognement quand elle coula la main dans son jean et la referma sur son sexe chaud et dur. Puis il détacha sa bouche de la sienne et demanda, haletant :

— Tu es certaine ?

Il faisait référence à la veille.

Elle hocha la tête avec vigueur.

— Oui, absolument certaine. Et toi ?

— Quelle question stupide ! Bon, ne perdons pas de temps, nous en avons si peu devant nous.

Et il se précipita pour fermer la porte à clé.

Dès qu'il fut de retour dans la cuisine, leurs corps s'aimantèrent, leurs lèvres se cherchèrent, leurs membres s'enchevêtrèrent avec une frénésie digne d'une course olympique, tous deux boostés par l'arrivée imminente du personnel…

Quelques instants plus tard, il sortait un préservatif de sa poche avant de la soulever pour l'asseoir sur le comptoir, relevant promptement sa jupe, écartant d'un doigt la dentelle qui l'entravait… Le strip-tease, ce serait pour une autre fois, pensa-t-elle. Deux secondes plus tard, il était en elle…

Elle poussa un premier cri de plaisir quand il lui donna un coup de reins puissant, puis enroula ses jambes autour de ses hanches afin de l'inciter à la pénétrer plus profondément… Sa jouissance était si intense qu'elle s'accrochait à lui comme à une ancre… Il ne tarda pas à jouir lui aussi, et ils restèrent ensuite front contre front, pantelants, dans l'attente de retrouver une respiration à peu près normale.

Ils étaient encore emmêlés l'un à l'autre quand on

frappa à la porte. Elle lui lança un regard horrifié, mais il lui décocha un sourire tranquille. Tiens, il avait repris des couleurs, constata-t-elle alors. Cela en valait donc la peine !

— Tu es incroyable, murmura-t-il avant de se retirer d'elle. Je vais aux toilettes. Tu vas pouvoir ouvrir et faire entrer les troupes ?

— Absolument.

Et sous son regard intense, elle glissa du comptoir, rajusta ses vêtements et sortit de la cuisine en refaisant sa queue-de-cheval.

— Désolée ! s'exclama-t-elle en ouvrant la porte, l'air faussement agacé. La serrure doit avoir un problème de jeu. Entrez ! Prêts pour une journée chargée ?

Deux femmes parmi les employés échangèrent un regard sceptique, comme si elles ne croyaient pas à son excuse bidon, mais elle leur tourna le dos, et la journée de travail commença. Ils avaient tant à préparer avant l'inauguration, la semaine suivante.

- 13 -

— Bonjour, dit Nora quand Lachlan rentra dans la cuisine. Je te sers un café ?

— Merci, avec plaisir, répondit-il avec un sourire forcé.

Il s'assit à la table, puis passa la main dans ses cheveux mouillés. Il s'était levé de très bonne heure pour prendre sa douche en paix avant que les enfants ne se réveillent.

— Hallie ou Hamish se sont manifestés ?

— Non, pas le moindre murmure. Je viens juste de mettre des muffins aux myrtilles au four pour leur petit déjeuner.

— Merci.

Il était bien trop exténué pour épiloguer, bien que très reconnaissant à sa mère pour son dévouement envers ses petits-enfants : celle-ci s'efforçait notamment de faire des activités « entre filles » avec Hallie pour compenser l'absence de Linda.

— Une semaine encore avant le jour J ! dit Nora d'un ton enjoué avant de placer un mug fumant de caféine juste devant lui. Tu dois être tout excité, non ?

Il grommela une vague réponse, puis avala une gorgée de café. Effectivement, c'était LE rêve de sa vie qui allait enfin se concrétiser mais, avec tout ce qui se passait à côté, il ne parvenait pas à retrouver son enthousiasme… À moins qu'il ne soit juste anxieux que tout ne se déroule pas comme prévu. Eliza et Sophie avaient effectué une énorme publicité via les réseaux sociaux, et il sentait peser sur ses épaules une pression insensée : serait-il à la hauteur de tout ce qu'elles avaient fait miroiter à ceux qui avaient promis de venir ?

— Tu sais qu'Annabel va amener son dernier petit ami en date ? enchaîna sa mère sans prêter attention à ses réponses monosyllabiques. J'ai hâte de le rencontrer. Elle t'en a parlé ? Elle a été vraiment évasive avec moi, mais je suis certaine que Sophie en sait plus qu'elle ne veut bien l'avouer.

Elle fit une pause et le regarda, attendant visiblement sa réponse.

— Et toi ? Tu sais quelque chose ?

Il haussa les épaules.

— Excuse-moi, mais, si quelqu'un a dit quoi que ce soit à ce sujet, c'est entré par une oreille et sorti par l'autre. Je suis tellement submergé en ce moment que je ne peux pas être attentif à tout.

Sa mère fronça les sourcils et s'adossa au comptoir.

— Écoute, Lachlan, je suis très fière de toi, du restaurant, de la façon dont tu t'occupes des enfants, mais je ne voudrais pas non plus que tu fasses un burn-out. Cela serait terrible pour tout le monde et notamment pour mes adorables petits-enfants.

— Je vais bien maman, ne t'inquiète pas, et tout va peu à peu se tasser. Dans quelques mois, ce sera une question de routine.

— Sans doute, mais en attendant tu devrais te ménager. Tiens, tu ne veux pas que je garde les enfants, ce soir, pendant que tu vas dîner en ville avec Eliza ? Vous avez tous les deux besoin de vous détendre un peu, et puis on est samedi.

Il retint un soupir : si les choses étaient aussi simples !

Bien sûr, ils faisaient désormais l'amour presque tous les matins avant l'arrivée du personnel, ou le soir quand tout le monde était parti, mais il regrettait leurs séances de cuisine nocturnes, ces moments où le temps semblait suspendu. Maintenant, le soir, Hallie s'accrochait à lui, et il ne pouvait la laisser que lorsqu'elle était endormie. Ensuite, il n'osait pas s'aventurer à l'extérieur de peur qu'elle se réveille et se rende compte qu'il n'était plus là. Il n'en voulait pas à sa fille, naturellement, mais ses discussions et ses soirées enjouées avec Eliza lui manquaient…

Il avait aussi conscience qu'il était fou de sortir avec une femme qui avait le cœur fermé à double tour et n'attendait rien d'autre de lui que des étreintes ; pourtant, c'était plus fort que lui.

— Tu ne crois pas que je passerais les bornes en dînant avec une de mes employées ?

Sa mère cligna des paupières, visiblement confuse.

— Euh… Je pensais qu'Eliza était davantage qu'une simple employée pour toi. Elle est venue déjeuner avec nous et…

— Je te rappelle que c'est toi qui l'as invitée.

Mais il ne voulait plus penser à ce dimanche ni à la terrible révélation : depuis, s'il s'était efforcé de rester le même avec elle, Eliza, en revanche, s'était refermée. C'était seulement dans les griffes de la passion qu'il avait la sensation qu'un jour ils pourraient se rapprocher vraiment l'un de l'autre.

— C'est vrai, mais il était évident pour tout le monde que vous étiez attirés l'un par l'autre. Et puis vous êtes sortis pour prendre ce vélo et…

— Il n'y a rien entre Eliza et moi, marmonna-t-il sans croiser le regard de sa mère.

— Vraiment ? renchérit-elle en haussant un sourcil.

Il soupira.

— Bon, ce n'est pas tout à fait vrai, admit-il. Mais elle n'est pas prête pour s'engager durablement. Son mari et elle se sont séparés il y a peu, et elle ne s'est pas encore remise de sa trahison.

— Ah, c'est donc ça !

— Que veux-tu dire ?

— La première fois que je l'ai vue, je lui ai trouvé un regard un peu absent. Je me suis dit qu'elle avait peut-être perdu un être cher peu de temps auparavant.

Un frisson le parcourut : sa mère était si clairvoyante. Il aurait tant aimé lui parler de Jack et lui demander si, selon elle, Eliza se remettrait un jour de sa disparition. Mais il avait promis à cette dernière de ne pas divulguer son secret.

— Non, je ne crois pas, reprit-il alors en considérant fixement son café. Sa mère est morte, mais quand elle était très jeune.

— C'est à cause de son divorce, enchaîna Nora. Son mari est certes toujours en vie, mais elle l'a malgré tout perdu.

Elle lui sourit, comme pour l'encourager, et ajouta :

— Donne-lui du temps, mon chéri. Sois patient. J'ai un bon pressentiment concernant celle-ci.

Celle-ci ? Il se retint de rire : à l'entendre, on aurait cru qu'Eliza était la dernière d'une longue liste alors qu'il vivait quasiment comme un moine depuis des années, mis à part les quelques aventures sans lendemain qu'il s'accordait de temps à autre. Mais aucune femme ne lui avait occupé l'esprit comme Eliza. Elle était si particulière. Mais elle était aussi brisée.

— De toute façon, dit-il en reculant bruyamment sa

chaise, je n'ai pas de temps à consacrer à une relation en ce moment. Les enfants ont besoin de moi.

Comme pour prouver qu'il avait raison, Hallie entra à cet instant dans la cuisine, les cheveux ébouriffés et son doudou serré contre son cœur. Celui-ci ne la quittait plus depuis que Lachlan lui avait expliqué la nouvelle vie de Linda.

— Salut, mon petit chou, dit-il en s'efforçant d'adopter un ton enjoué. Comment va ma fillette préférée, ce matin ?

Et il la prit dans ses bras. Elle enfouit alors la tête dans sa poitrine et répondit d'une voix étouffée :

— Affamée.

— Ça tombe très bien car mamie a fait des délicieux muffins aux myrtilles pour toi.

— Je préfère des céréales.

Il retint un soupir et, peu désireux de la contredire, enchaîna :

— Bon, je ne pense pas qu'oncle Blair nous en voudra si pour une fois nous entamons son stock caché de céréales.

Cette réponse lui valut presque un sourire.

— Merci, papa.

Il la déposa alors sur une chaise, conscient que Nora n'appréciait pas qu'il ait cédé à son caprice.

— Juste pour une fois, murmura-t-il.

— Oh ! je comprends, je ne pensais pas du tout à cela, répliqua-t-elle alors, mais à toi, et à ce soir. Si tu ne veux pas sortir avec Eliza, appelle un ami, mais s'il te plaît accorde-toi une soirée. Tu ne peux pas passer ton temps à travailler et…

— Pa-pa ! appela Hamish alors de sa chambre.

Voilà qui ne pouvait mieux tomber ! songea-t-il. Et il s'éclipsa.

— Salut, champion ! Tu vas bien, ce matin ? demanda-t-il en entrant dans sa chambre.

Le petit garçon fit la grimace, étira les bras, et déclara :

— Un peu courbatu, mais c'est supportable. Hum, ce sont les muffins de mamie que je sens ?

— Exactement ! Tu veux aller aux toilettes avant ?

— Non, mon estomac passe avant ma vessie !

Lachlan éclata de rire en aidant son fils à se lever. Celui-ci lui permettait toujours de relativiser les choses : si quelqu'un avait des raisons de se plaindre, c'était bien lui et, pourtant, il gémissait rarement sur son sort.

— Tu travailles, aujourd'hui, papa ?

— Non, décida subitement Lachlan. Je vais passer toute cette journée avec toi et Hallie.

— C'est vrai ?

— Mais oui, répondit-il, étreint par un sentiment de culpabilité en percevant de la surprise dans la voix de son fils. Si on faisait un pique-nique ? Et on pourrait peut-être se baigner, ensuite.

— Youpi ! s'exclama Hamish en donnant un coup de poing excité dans l'air. On peut aussi prendre nos vélos ?

— Hallie, ralentis ! s'écria Lachlan alors que tous les trois pédalaient sur le chemin qui longeait la rivière.

— Pourquoi ? demanda-t-elle en regardant par-dessus son épaule.

Du regard, il lui désigna Hamish sur son vélo adapté à son handicap. En général, Hallie était attentionnée, mais il lui arrivait parfois d'avoir envie d'aller très vite, jusqu'au bout d'elle-même. Depuis sa conversation sur Linda avec elle, il la sentait frustrée.

— Désolé, dit Hamish.

Soudain découragé, il s'arrêta.

— Tu pédales formidablement bien, lui assura Lachlan. De toute façon, il est l'heure de pique-niquer. Hallie ! On fait une pause pour manger.

— OK, dit-elle avec réticence.

Quelques instants plus tard, ils s'installèrent à l'ombre d'un grand arbre, et Lachlan déploya la couverture pour le repas.

Mais celui-ci, contrairement à d'habitude, ne se déroula pas dans une atmosphère aussi enjouée que d'ordinaire : Hallie n'était pas d'humeur bavarde, et son silence inhabituel créait une certaine gêne.

— Ça va, à l'école ? lui demanda-t-il pour l'inciter à sortir de sa réserve.

— Mouais.

— J'imagine que tu attends les vacances avec impatience !

Elle devait faire un stage de danse et de théâtre, une colonie était également prévue pour Hamish… et il se sentait au fond de lui-même coupable de les confier à des étrangers, faute de pouvoir s'occuper d'eux.

— C'est possible.

Inutile d'insister, pensa-t-il vaincu, avant de se tourner vers son fils.

— Et toi ? Tu es content d'être bientôt en vacances ?

Mais au lieu de lui répondre, Hamish pointa le doigt vers la rivière.

— Eh ! C'est 'Liza, non ?

Hallie se retourna vivement et, pour la première fois de la journée, son visage s'éclaira. Avant que Lachlan n'ait eu le temps de l'arrêter, elle se leva et s'élança en direction de la femme qui, si elle n'était pas Eliza, était son sosie…

Les battements de son cœur s'accélérèrent quand il la repéra à son tour, assise sur l'herbe, genoux remontés contre sa poitrine, regard perdu au loin. Son corps ne demeura pas non plus insensible à sa silhouette si séduisante : elle portait un short en jean qui dévoilait ses belles jambes bronzées, un T-shirt rose, et était coiffée d'une casquette blanche. Soudain, il suivit son regard… Elle avait les yeux rivés à une aire de jeux où s'amusaient de jeunes enfants sous la surveillance de leurs parents. Cette fois, son cœur se glaça : un de ces bambins ressemblait-il à Jack ?

Telle était la vraie Eliza, quand elle ne cherchait pas l'oubli dans ses bras, songea-t-il. Une femme complètement meurtrie… Avait-elle consulté un psychothérapeute, parlait-elle de son fils avec son entourage, à New York ? Il espérait que oui ! Et il aurait tant aimé qu'elle le considère comme un ami et s'ouvre à lui. La pensée qu'il demeurait peut-être un étranger pour elle lui était insupportable.

— Tu viens, pa-pa ?

Perdu dans ses réflexions, il n'avait pas vu son fils se relever : s'aidant de ses béquilles, ce dernier emboîtait à présent le pas à sa sœur.

Il se leva d'un bond, comprenant qu'il se devait de sauver Eliza de l'assaut qui l'attendait ; en outre, il craignait que Hamish ou Hallie fasse un commentaire sur les enfants qui la perturberait profondément. Ce fut alors qu'il prit conscience qu'il réagissait exactement comme elle le redoutait : il s'efforçait d'anticiper la réaction que certains propos allaient susciter chez elle. D'un autre côté, il venait de lire une immense tristesse sur son visage et il avait envie de la protéger !

Quand il arriva à sa hauteur, Eliza tourna la tête vers

lui et lui décocha un sourire qui lui alla droit au cœur : finalement, elle semblait heureuse de les voir, lui et ses enfants.

— Tiens, le monde est petit, railla-t-il.

Elle se mit à rire.

— C'est une si belle journée ! J'ai l'impression d'être dans une carte postale ! Jewell Rock est le plus bel endroit du monde.

— Je ne peux pas dire le contraire.

— Pa-pa, on peut avoir une glace ?

— Oh oui ! S'il te plaît, renchérit Hallie visiblement plus joyeuse, maintenant qu'elle était en compagnie d'Eliza.

À nouveau ses pensées le happèrent à la vue du duo qu'elles formaient : une petite fille en quête d'une mère capable de s'occuper d'elle, et une femme qui avait perdu son enfant et sa boussole.

— Tu veux savourer une glace avec nous ? demanda-t-il à son tour.

— Oh oui, viens ! insista Hallie.

Il doutait malgré tout qu'elle accepte : les sorties en famille ne faisaient pas du tout partie de leur contrat… De sorte qu'il eut du mal à en croire ses oreilles lorsqu'elle répondit par l'affirmative.

— C'est par là, dit-il, ravi.

Le camion du glacier était à deux pas, de sorte qu'il pouvait surveiller sa couverture et leurs vélos sans devoir prendre leurs affaires.

Une fois chacun servi – sauf lui, car il finirait à coup sûr l'une des glaces de ses enfants –, Hallie prit le contrôle de la discussion, et Eliza se mit à l'écouter avec attention, tout en dégustant sa glace au caramel. Y prenait-elle plaisir ou bien se sentait-elle piégée ? ne cessait-il de se demander.

— Tu sais faire des nattes ? demanda subitement Hallie en tendant son cornet à moitié mangé à Lachlan. Quand papa m'en fait, on dirait deux grappes.

Alors qu'il s'apprêtait à intervenir pour que Hallie laisse Eliza tranquille, cette dernière avala sa dernière bouchée de glace et répondit en s'agenouillant :

— Bien sûr ! Assieds-toi devant moi.

Sa fille ne se fit pas prier, et Hamish et lui regardèrent ébahis Eliza s'affairer, avec ses doigts de fée, sur la chevelure de sa fille.

— À te voir, on a l'impression que c'est très facile, dit-il en riant, une fois qu'elle eut fini.

Elle haussa les épaules.

— Ça m'apaise, dit-elle. Je t'en ferai autant de fois que tu voudras, Hallie.

— Merci !

Et elle serra très fort Eliza dans ses bras avant de se tourner vers lui :

— Je peux aller jouer, maintenant, papa ?

— Oui, mais attends ton frère.

Sur ces mots, il tendit ses béquilles à ce dernier ; non seulement Hallie patienta, mais elle donna la main à Hamish pour l'aider à se relever, avant que tous deux ne s'éloignent vers l'aire de jeux. La joie retrouvée de sa fille lui redonna du baume au cœur.

— Elle a de la conversation, déclara Eliza en riant.

— Oui, c'est un euphémisme. Mais elle a été très silencieuse, ces derniers temps. Depuis que je lui ai parlé de Linda, en fait. J'espérais que cette journée lui permettrait de redevenir elle-même.

— Et on dirait que le pari est réussi.

Il se garda de lui préciser que c'était depuis que sa fille l'avait vue, ne souhaitant faire peser aucun fardeau sur ses épaules, mais il était évident que Hallie adorait Eliza. Et que ses enfants auraient été bien plus heureux avec une mère comme elle… Assez ! Eliza ne serait jamais une mère de substitution, et des spéculations aussi irréalistes le rendraient forcément malheureux.

— Hamish n'a pas l'air de trop souffrir de son handicap, enchaîna-t-elle. Tu peux être fier de tes enfants.

Il lui sourit, puis lui demanda des nouvelles de sa grand-mère et de son père. Elle lui raconta alors le dernier rendez-vous amoureux de Louise, ce qui le fit rire.

Puis tout à coup, le ballon bleu d'un petit garçon roula jusqu'à la couverture. Eliza se figea, et son visage changea du tout au tout. Elle se pencha et tendit le ballon à l'enfant.

— Désolé, dit alors son père en accourant, essoufflé. Il est parti si vite.

De toute évidence, Eliza était incapable de répondre, aussi Lachlan renchérit-il à sa place :

— Je vous en prie. Bonne journée !

Une fois le père et le fils repartis, il tourna les yeux vers Eliza : elle était aussi pâle que si elle avait vu une apparition.

— Jack aimait jouer aussi à la balle ? finit-il par demander le cœur battant, conscient que c'était l'occasion ou jamais d'aborder à nouveau le sujet.

Elle ouvrit la bouche, puis la referma avant de se lever d'un bond.

— Je viens juste de me rappeler que j'avais une chose urgente à faire. Merci pour la glace. Dis au revoir à Hallie et Hamish de ma part. À bientôt.

Et elle fila dans le sens inverse de l'aire de jeux, tandis qu'il jurait dans sa barbe, poings serrés. Il avait poussé le bouchon trop loin : ne lui avait-elle pas dit qu'elle ne souhaitait pas parler de son fils ? Était-il donc incapable de respecter ces limites et d'être patient, ainsi que sa mère le lui avait recommandé ?

- 14 -

— Ça alors ! s'écria Eliza d'une voix stridente, et bien peu professionnelle. Mais qu'est-ce que vous faites là ?

Son père et sa grand-mère étaient en train de franchir le seuil du restaurant ! Elle en trébucha presque quand elle se précipita vers eux, ne sachant trop qui embrasser en premier. Finalement, elle les enlaça en même temps, et tous trois s'étreignirent ensemble longuement.

— Attention ! Ne massacre pas ma coiffure, finit par dire Louise.

Eliza éclata de rire et s'écarta pour bien les regarder. Il y avait juste un mois qu'elle ne les avait pas vus, mais cela lui semblait une éternité.

— Tes cheveux sont parfaits, répliqua-t-elle. Et toi aussi, papa, tu es très chic. Ce que vous m'avez manqué !

— Et toi donc ! répondit son père.

— Tu es resplendissante, ma chérie, reprit sa grand-mère en serrant ses mains dans les siennes. L'air de la montagne te sied visiblement à merveille.

— Merci, dit-elle tout en pensant que son teint frais n'était pas dû à l'air de la montagne. Je n'arrive toujours pas à croire que vous êtes ici…

Et des larmes d'émotion lui montèrent aux yeux.

— Tu n'imaginais quand même pas qu'on allait manquer ce grand jour, déclara son père.

Un orchestre de la région jouait déjà dans un coin,

et le champagne coulait à flots tandis que le personnel s'affairait autour des clients. Elle voulait que la soirée se déroule à la perfection, Lachlan le méritait. Subitement, son cœur fit un petit bond dans sa poitrine…

— Tu es là pour des raisons professionnelles ou personnelles ? demanda-t-elle tout à coup à son père.

— C'est soit l'un soit l'autre ? plaisanta-t-il.

Comme d'autres clients arrivaient, elle en conclut qu'elle n'avait pas le temps de s'inquiéter au sujet d'une éventuelle mauvaise critique. D'ailleurs, où allait-elle placer sa famille ? Il n'y avait plus une table de libre, ce soir…

Lisant dans ses pensées, sa grand-mère lui murmura à l'oreille :

— Nous avons réservé sous un faux nom afin que la surprise soit complète. Ton adorable chef m'a appelée, le week-end dernier, pour me proposer de venir. Nous sommes donc M. et Mme Brown.

Comment ? C'était Lachlan qui les avait conviés ? Ça alors ! Mais comment s'était-il procuré le numéro de sa grand-mère ? À cet instant, elle se rappela qu'elle le lui avait elle-même donné, puisqu'elle l'avait inscrite dans son dossier en tant que personne à appeler en cas d'urgence, son père étant toujours en vadrouille dans le pays.

Comme elle portait le nom de sa mère, elle se rendit compte que Lachlan n'avait pas pu faire le rapprochement entre le célèbre critique culinaire qu'il était et elle, sa maîtresse d'hôtel.

— Formidable ! reprit-elle, résolue à se maîtriser, coûte que coûte.

D'ailleurs, sauf catastrophe en cuisine, son père ne pourrait qu'être séduit par la palette gustative proposée par Lachlan et écrire un article élogieux. Ce qui sortirait

McKinnel's du lot et le poserait d'emblée comme le lieu où il fallait être vu !

— Suivez-moi, ajouta-t-elle.

Leur table était située près d'une fenêtre, avec une vue magnifique sur le lac, au crépuscule… Et juste à côté se trouvait la table destinée à Nora et aux siens ! Tout semblait avoir été calculé.

— Grand-mère, papa, j'aimerais vous présenter la famille McKinnel, dit-elle alors.

Tous se serrèrent la main avec chaleur, et Eliza remarqua que son père n'avait pu s'empêcher de tenir celle de Nora un peu plus longtemps dans la sienne. Quel incorrigible Casanova ! pensa-t-elle en s'éloignant pour accueillir de nouveaux clients, après avoir prévenu sa grand-mère que leur serveuse serait Stella, ce soir.

Le reste de la soirée passa en un éclair. Elle fut si affairée qu'elle n'eut pas le temps de revenir à la table de sa famille, mais elle nota à un moment donné qu'ils s'étaient installés à celle des McKinnel, et que tous discutaient joyeusement.

Après les entrées, Lachlan avait fait un petit discours. Il avait été applaudi dès sa sortie des cuisines par tous les convives, puis s'était lancé dans une suite de remerciements à l'attention de toute sa famille qui l'avait aidé à réaliser son projet, nommant précisément chacun et le soutien apporté.

Perdue dans ses pensées, Eliza avait tout à coup sursauté en entendant son nom…

— Et sans l'aide d'Eliza, ce dernier mois de préparatifs aurait été bien plus ardu, et bien moins drôle.

Elle avait senti son ventre se serrer quand leurs regards s'étaient croisés et eu l'impression qu'ils étaient soudain seuls au monde… Et quand il avait continué à chanter ses louanges, elle s'était sentie devenir toute rouge.

— Tu as été mon bras droit pour toutes mes décisions, et je bénis le jour où tu es entrée dans ce lieu, conclut-il.

Elle avait alors articulé « merci » en silence.

À présent, on servait les desserts, qui connaissaient de toute évidence le même succès que le reste, et ce ne fut qu'une fois le café ou le whisky servi qu'Eliza put se glisser en cuisine pour respirer un peu…

Mais Lachlan la saisit tout de suite par le bras.

— Pourquoi ne m'avais-tu pas dit que ton père était Raymond Starr ?

Elle haussa une épaule.

— Et pourquoi ne m'avais-tu pas dit que tu avais invité ma famille ?

Il lui adressa un sourire penaud.

— Tu m'en veux ?

— Tu plaisantes ? murmura-t-elle en s'approchant de lui. Plus tard, quand nous serons seuls, je te montrerai ma gratitude.

— La proposition est tentante, mais je ne voudrais pas te monopoliser alors que ta grand-mère et ton père sont ici. Partie remise, tu le promets ?

Zut ! Elle aurait tant aimé fêter leur succès de manière plus intime…

— Promis ! Tu sais combien de temps ils restent ? Et où ils logent ?

Stupéfaite de les voir, elle n'avait pas pensé à leur poser ces questions élémentaires.

— Ils ont réservé à l'hôtel pour le week-end, répondit-il. Mais ils te renseigneront mieux que moi. Et maintenant, on s'y remet !

Il l'embrassa des yeux, puis se retourna pour aider son personnel à ranger les cuisines.

Dans sa voiture de location, le père d'Eliza – qui avait insisté pour la reconduire chez elle – ne cessa de s'enthousiasmer sur la soirée qu'il venait de passer, la nourriture excellente et l'ambiance si agréable.

— Ce qui veut dire que tu vas écrire une bonne critique ?

— Tu verras bien, répondit-il en riant.

— C'est oui ?

— J'avoue que j'étais inquiet par ton déménagement ici. Mais tu sembles dans ton élément, et c'est si bon de te revoir sourire.

— Merci, papa, dit-elle, la gorge nouée.

Une partie d'elle-même se sentait encore coupable quand elle était joyeuse, mais cette impression régressait de plus en plus.

— Entièrement d'accord avec ton père, renchérit sa grand-mère. Et avec toi aussi : New York restera toujours ma ville préférée, mais je dois dire que les petites bourgades ne manquent pas de charme non plus.

— Tu vois ? Comme je ne commence qu'à 14 heures demain, je vous ferai visiter la ville.

— Parfait ! dit sa grand-mère.

Bien qu'épuisée, elle leur demanda s'ils voulaient prendre un dernier verre quand ils arrivèrent devant chez elle. Son père déclina, mais sa grand-mère était partante pour dormir chez elle plutôt qu'à l'hôtel.

Quelques instants plus tard, tandis qu'elle préparait du chocolat chaud, sa grand-mère évalua l'appartement.

— C'est un peu exigu, mais charmant, déclara-t-elle.

Tu devrais tout de même ajouter un peu de couleurs, et quelques photos ou des tableaux.

— On pourra faire du shopping ensemble, demain, proposa Eliza.

— En voilà une bonne idée ! C'est si bon de te revoir. Et Lachlan est encore plus beau en personne qu'en photo. Pourquoi ne m'avais-tu pas dit que vous couchiez ensemble ?

Eliza s'étrangla avec son chocolat. Sa grand-mère n'avait pas l'habitude de tourner autour du pot, mais elle ne s'attendait absolument pas à une telle perspicacité.

— Comment l'as-tu deviné ?

— Il faudrait être aveugle pour ne pas voir les étincelles qui jaillissent entre vous. Et je dois dire que je n'aurais pas été surprise qu'après avoir chanté tes louanges il se soit agenouillé devant toi pour te demander ta main.

— Grand-mère ! Je le connais depuis un mois seulement !

— Et alors ? Quand c'est le bon, pourquoi attendre ? Il m'a fallu juste deux heures pour comprendre que le père de ton père était le bon.

Eliza secoua la tête. Leurs situations n'avaient rien à voir, sans compter que son grand-père était décédé alors que Raymond était encore en bas âge.

— Allons, tu sais bien que je ne recherche ni l'amour ni le mariage. Avec Lachlan, on… on s'amuse, voilà. Et ne fronce pas les sourcils ainsi. Tu m'as toujours dit qu'une relation n'était pas forcément sérieuse et que la recherche du plaisir était une bonne raison pour être avec un homme.

— Oui, j'ai peut-être dit cela, mais cette théorie s'applique à une vieille femme comme moi, pas à toi qui est belle et jeune. Tu mérites à la fois l'amour et la satisfaction sexuelle. Et puis, il est clair que Lachlan est un homme attaché à la famille. Nora m'a tout raconté sur son ex-femme. Non seulement c'est bel homme, mais il est intelligent, attentif, bon père de famille…

— Assez, grand-mère ! Notre arrangement lui convient parfaitement.

— Tu es sûre ? À la façon dont il te regarde, cet homme cherche plus qu'une partenaire de lit, c'est évident.

Ces paroles firent mouche. Elle repensa à la façon dont ses yeux avaient brillé, tout à l'heure, quand ils avaient échangé deux mots dans la cuisine, à la tendresse de ses caresses lorsqu'ils couchaient ensemble. Mais ce qui la troublait le plus, c'étaient ses tentatives de parler de Jack, et le désarroi qu'elle lisait dans ses yeux quand elle pratiquait l'évitement.

Recherchait-il autre chose qu'une relation chef-amant ?

Elle était en proie à la plus grande confusion, ce soir ; cependant, sa grand-mère voyait peut-être plus qu'il n'y avait dans cette relation, car elle n'aimait pas qu'Eliza soit seule. Pourtant, la solitude lui convenait, elle ne voulait pas s'attacher à un homme… Dans ce cas, pourquoi la simple idée que Lachlan se lie à une autre femme pour fonder une famille la meurtrissait-elle ?

Parce que tu es déjà amoureuse de lui. Non, certainement pas ! se dit-elle avec vigueur. Elle ne voulait pas l'aimer, et encore moins aimer Hallie et Hamish. Elle sentit alors ses yeux la brûler…

Sa grand-mère lui saisit le poignet.

— Je pense que tu te trompes en imaginant que tu peux séparer le corps et le cœur en ce qui concerne Lachlan. Je te connais, ma chérie, et je sais aussi que tu attends plus de la vie. Ne te laisse pas submerger par la peur et par le chagrin, cela ne te ramènera pas Jack mais te vaudra, en revanche, une longue vie de solitude.

— N'est-ce pas ce que je mérite ?

Elle eut un haut-le-cœur.

— Si j'avais été une meilleure mère, il serait toujours là.

Et le visage insupportable de son petit garçon sans vie s'imposa à nouveau à elle.

— Oh ! ma précieuse enfant ! s'exclama sa grand-mère en la prenant dans ses bras. Cesse de te punir. Tu as été une mère merveilleuse, mais tu dois apprendre à te pardonner. Tu veux repartir de zéro dans cette superbe bourgade, mais en réalité tu ne t'autorises pas ce nouveau départ.

Elle pleura sans retenue dans les bras de sa grand-mère qui lui caressa les cheveux jusqu'à ce que ses larmes s'arrêtent.

— Je suis si heureuse que tu sois ici, lui dit-elle en plongeant le regard dans ses yeux emplis de sagesse.

— Moi aussi, ma chérie. Mais il se fait tard pour mes vieux os. Tu me montres ton lit ?

Elle hocha la tête, ravie que sa grand-mère en ait fini avec ce sujet. Elle lui prêta un pyjama en coton, lui donna une brosse à dents neuve, et toutes deux se préparèrent pour la nuit.

Cela ne leur posait aucun problème de partager le même lit, elles y étaient habituées. Mais quand sa grand-mère, rapidement vaincue par le sommeil, commença à respirer un peu plus fort, Eliza se dit que jamais elle ne parviendrait à dormir, tourmentée par la conversation qu'elles venaient d'avoir.

Et si cette dernière avait raison ? Si Lachlan attendait

davantage d'elle ? Dans ce cas, pouvait-elle vraiment miser à nouveau sur l'amour ? N'était-il pas plus raisonnable de mettre un terme à cette liaison quand il était encore temps, afin de les protéger tous les deux ?

- 15 -

Accaparé par ses pensées, Lachlan se demandait s'il parviendrait à s'endormir, lorsque tout à coup il entendit un bruit étrange de l'autre côté de la vitre… Il tendit l'oreille : on venait à nouveau de lancer du gravier contre le carreau, c'était clair ! Se levant brusquement, il écarta le rideau…

Eliza ! Que diable faisait-elle ici ? Était-il bien certain d'être éveillé ? Toujours sidéré, il ouvrit la fenêtre.

— Eliza ?

— Tu peux descendre ?

— J'arrive, dit-il, légèrement affolé.

Quand il ouvrit la porte d'entrée, il vit qu'elle serrait étroitement une sorte de livre contre sa poitrine ; elle portait une fine robe d'été… et n'avait pas de chaussures.

— Pourquoi es-tu nu-pieds ? demanda-t-il.

— Oh…

Elle regarda ses pieds, comme surprise.

— Euh, je n'ai pas eu le temps d'enfiler mes chaussures.

Il fronça les sourcils.

— Tout va bien ?

Elle hocha la tête, même si son air ne le rassurait guère.

— Je voulais te montrer quelque chose.

À trois heures du matin ?

Par miracle, il parvint à se mordre la langue, heureux

finalement qu'elle se tourne vers lui si elle avait un problème.

— OK, dit-il. On va au restaurant ? Je t'inviterais volontiers à entrer mais j'ai peur qu'on ne réveille quelqu'un.

Elle acquiesça.

— Une seconde, je vais chercher les clés, ajouta-t-il.

Quelques minutes plus tard, il déverrouillait la porte du restaurant, puis, allumant des éclairages doux, demanda :

— Je te sers quelque chose ?

— Je veux bien un café.

Il ne protesta pas, dubitatif sur le bien-fondé d'ingérer de la caféine en pleine nuit et toujours intrigué par ce qu'elle étreignait comme un trésor.

— Assieds-toi, lui dit-il avec un sourire. J'en prépare deux.

— Merci.

Pourquoi adoptait-elle ce ton si poli, comme s'ils se connaissaient à peine ? Elle prit place sur un des deux canapés où les clients pouvaient siroter un verre en attendant qu'une table se libère.

Il sentit son estomac se contracter tandis qu'il préparait les deux expressos qu'il apporta bien vite et posa sur la table basse entre les canapés. Il hésita : où devait-il s'asseoir ? Il s'installa finalement à côté d'elle après qu'elle eut posé son livre sur la table et pris son mug.

Quand elle reposa celui-ci, elle s'empara de ce qui se trouvait à côté : ce fut alors qu'il comprit qu'il s'agissait d'un album de photos… Son cœur se pinça quand elle l'ouvrit et que son regard tomba sur le visage d'un enfant aux traits angéliques qui dardait droit devant lui ses prunelles chocolat ; une masse de cheveux ondulés encadrait son petit minois, les mêmes boucles que celles de sa mère. Il n'avait aucun doute sur le fait que c'était Jack.

— Il adorait jouer avec des ballons, dit Eliza d'une voix s'apparentait à un murmure.

Il sentit les larmes lui monter aux yeux : elle répondait à la question qu'il lui avait posée une semaine plus tôt.

— En fait, il en avait toute une collection. Il avait aussi une obsession pour le jaune.

Et elle tourna la page où l'on voyait Jack tenant une énorme peluche jaune, presque plus grande que lui.

— C'est mon père qui la lui avait offerte, et il ne s'en séparait jamais.

Sur la page suivante, le petit garçon était assis sur une chaise haute, coiffé d'un bol jaune rempli de purée ! Ce qui de toute évidence le rendait hilare.

— Son obsession pour le jaune commençait à m'inquiéter car il refusait tout aliment d'une autre couleur, mais Tyler m'assurait qu'il y avait de nombreuses choses comestibles jaunes et que cette excentricité lui passerait, mais…

Elle marqua une pause et renifla.

— Il n'a pas eu le temps de s'en débarrasser, ajouta-t-elle.

Une affreuse boule lui nouait la gorge, et il redoutait de se mettre à pleurer alors qu'Eliza semblait tout à fait maîtresse d'elle-même. Qu'aurait-il pu dire ? Que la vie était injuste, affreusement injuste ? Que son fils était adorable ? Il redoutait qu'elle ne s'enfuie s'il tentait de la réconforter.

— Pourquoi me dis-tu tout cela maintenant ? finit-il par demander.

Elle tourna vivement la tête vers lui.

— Parce que j'ai pensé que tu avais envie d'en savoir plus.

— Et tu as eu raison, dit-il en lui prenant la main.

Sa main chaude irradia la sienne ; à cet instant, il se rendit compte qu'il était complètement amoureux d'Eliza, mais aussi que son cœur était désormais en première ligne.

— Il me manque tant, avoua-t-elle. J'ai l'impression d'avoir une béance en moi. C'est seulement lorsque je suis avec toi que je me sens redevenir un peu humaine, et cela me terrifie. Je suis pétrifiée à l'idée de devenir très proche de toi et de tes merveilleux enfants, et puis de perdre l'un de vous. Je ne crois pas que je pourrais survivre à un nouveau chagrin de ce type. Mais j'ai beau prendre le problème sous n'importe quel angle, je me rends compte que je ne suis pas juste envers vous, que je me retiens alors que j'éprouve des sentiments très forts. Pour toi, et pour les enfants.

L'espoir renaquit d'un coup dans son cœur : ses mots résonnaient à ces oreilles comme la mélodie d'un bonheur insensé.

— Mais il se peut aussi que je sois prétentieuse et que la situation telle qu'elle est te convienne…

— Comme toi, j'ai peur d'ouvrir mon cœur, mais notre relation signifie pour moi bien autre chose qu'une simple liaison. Et tu m'as donné envie de donner à nouveau de l'amour et d'en recevoir. Envie d'une seconde chance. De former une nouvelle famille.

— Toi aussi, Lachlan, chuchota-t-elle en serrant sa main plus fort. Mais j'ai si peur de tout rater, et puis je ne sais pas si je mérite encore d'être heureuse.

— Tout le monde mérite le bonheur, dit-il en embrassant le dos de sa main, soulagé qu'elle ne cherche pas à s'écarter de lui.

— Peut-être… Mais ce qui nous arrive est un peu trop à la fois pour moi. On peut y aller doucement ?

Même s'il se sentait déjà prêt à lui demander sa main,

il se contenta de l'enlacer par les épaules et de l'attirer contre lui.

— Oui, c'est dans le domaine du possible, dit-il.

— Merci. Je ne veux pas sentir la pression du personnel peser sur mes épaules s'ils savent que nous sommes ensemble.

— Je comprends. Et avec ma famille, que fait-on ? Je crois que la plupart se doutent qu'il y a quelque chose entre nous.

Il la vit rougir.

— On n'a vraiment pas été subtils au déjeuner de ta mère, n'est-ce pas ?

Il éclata de rire et secoua la tête.

— Tu peux le dire à ta mère et à ta fratrie mais, pour les enfants, attends encore un peu, s'il te plaît. Je les adore, cependant…

— Eux aussi t'adorent ! Cela dit, tu as raison, il est sans doute préférable de ne rien officialiser pour eux pour l'instant.

Hallie avait déjà « perdu » sa mère, il ne souhaitait pas qu'elle s'attache trop fort à Eliza tant que tous deux ne seraient pas certains de l'avenir.

— Parfait, alors, dit-elle en prenant une grande inspiration. À propos, tu as beaucoup plu à ma grand-mère. Et à mon père aussi, d'ailleurs. Il est rentré directement à l'hôtel car il tenait à écrire sa critique dans la foulée.

Il aurait dû se sentir anxieux à l'idée qu'un critique gastronomique aussi réputé que Raymond Starr publie un article sur sa nouvelle entreprise, mais le fait de tenir sa fille dans ses bras lui rendait quasi indifférente une éventuelle sévérité.

— J'ai hâte de la lire, dit-il.

Puis il prit l'album qu'Eliza avait laissé sur ses genoux et tourna la dernière page.

— C'est un enfant adorable, dit-il, se rappelant d'après ses lectures qu'il était préférable de parler des êtres chers et disparus au présent. Merci de m'avoir montré ces photos de Jack et de m'avoir parlé de lui. J'espère qu'avec le temps tu m'en diras davantage, et sache que si tu as besoin de le pleurer je comprendrai tout à fait.

— Merci. Je te le promets.

- 16 -

Eliza retint un bâillement tout en souriant au jeune couple qui entrait dans le restaurant.

— Bonsoir et bienvenue chez McKinnel's, dit-elle. Vous avez réservé ?

— Absolument ! déclara la femme. Une table pour deux au nom de Justine.

— Parfait !

Elle poussa un soupir de soulagement intérieur. Elle détestait devoir refuser des clients, et il était rare qu'elle puisse attribuer une table à ceux qui n'avaient pas réservé. Faisant écho à ses publications et à celles de Sophie sur les réseaux sociaux, la critique dithyrambique de son père parue dans le *New York Times*, une semaine auparavant, avait fait une extraordinaire publicité au restaurant qui ne désemplissait plus.

Elle était naturellement enchantée du résultat, mais elle commençait à atteindre les limites de sa résistance, même si elle ne pouvait pas mettre toute sa fatigue sur le compte du restaurant puisque Lachlan et elle passaient autant de temps que possible ensemble hors des heures de travail. Des visites nocturnes d'autant plus tardives que Hallie et Hamish les retardaient encore, mais elle ne leur en tenait absolument pas rigueur.

Parfois, ils restaient simplement allongés l'un près de l'autre et discutaient. Il leur arrivait aussi de regarder un film, et ils projetaient de reprendre les leçons de cuisine une fois que la frénésie des débuts, au restaurant, serait un peu retombée.

Levant les yeux des réservations, elle déclara au jeune couple :

— Vous avez ma table préférée, près de la fenêtre. La vue est magique quand la nuit tombe. Suivez-moi, je vous prie.

Une fois qu'ils furent installés, Troy, un jeune serveur, lui donna un petit coup de coude.

— Tu pourrais venir, un instant, Eliza. Il y a une cliente qui veut savoir pourquoi presque tous les plats contiennent du whisky.

À cet instant, elle sentit une migraine poindre.

— Tu lui as dit qu'il s'agissait ici d'une distillerie de whisky ?

— J'ai essayé, mais elle dit qu'elle n'aime pas le whisky.

Elle inspira profondément et s'efforça de demeurer calme ; ce n'était pas la première fois dans sa carrière qu'elle devait gérer un client difficile.

— Bonjour, dit-elle quelques instants plus tard à la cliente récalcitrante, voulez-vous que je vous aide à choisir vos plats ?

— Je sais lire, merci ! Tout le monde parle de la qualité de la nourriture que l'on sert chez vous, mais je vois sur la carte des menus une suite de plats sans la moindre originalité, à part un soupçon de whisky pour masquer le manque de créativité !

Cette femme dépassait franchement les bornes : de quel droit remet-elle en cause le talent de Lachlan ? Eliza répondit pourtant du ton le plus onctueux possible :

— Je peux vous assurer que les plats du chef sortent de l'ordinaire et sont extrêmement savoureux. Cependant, si vous n'aimez pas le whisky, je vous suggère un excellent saumon mariné, ainsi que du poulet rôti servi avec…

— Ça ne m'intéresse pas. Je veux parler au chef !

Peu désireuse de causer une scène et ne doutant pas un instant que Lachlan parviendrait à amadouer cette cliente difficile, Eliza répondit :

— Très bien. Je vais voir s'il est disponible.

Et elle se glissa dans les cuisines emplies d'arômes délicieux qui lui faisaient d'ordinaire venir l'eau à la bouche mais déclenchèrent aujourd'hui chez elle une subite nausée. Passant outre, elle rejoignit Lachlan derrière d'immenses fourneaux.

— Qu'y a-t-il ? Tu es toute pâle Tout va bien ?

Elle hocha la tête, et s'éloigna légèrement de lui, peu désireuse que le personnel suspecte quoi que ce soit entre eux.

— Ça va, merci. En revanche, pourrais-tu venir discuter avec une cliente ?

Et elle lui exposa le problème.

Il se mit à rire.

— J'y vais avec plaisir. Conduis-moi à sa table.

Elle obtempéra. Très rapidement, Lachlan désamorça le conflit, puis prit lui-même la commande.

Alors qu'elle posait un bol de chili au bacon relevé de whisky devant un monsieur respectable qui la remercia chaleureusement, elle voulut lui répondre, mais se contenta d'un sourire, avant de porter la main à la bouche pour se diriger en toute hâte vers les toilettes, saisie d'un sentiment d'effroi : elle avait à nouveau manqué de vomir sur un client…

Non, pensa-t-elle en entrant dans une cabine. *Ce n'est pas possible…*

— Eliza, tout va bien ? s'enquit tout à coup une

serveuse par la porte qu'elle avait laissée entrouverte. Lachlan a vu que tu te précipitais vers les toilettes et il m'a demandé de m'assurer que tu allais bien.

Oh non ! Pitié !

Elle parvint à répondre :

— Oui, oui. J'ai dû manger quelque chose qui ne passe pas.

— Espérons que ça ne vient pas des cuisines !

Et sa jeune collègue se mit à rire. Eliza ne voyait vraiment pas ce qu'il y avait de drôle.

— Tu peux retourner en salle, lui dit-elle. Je te rejoins dans une minute.

Quelques instants après, elle se releva, passa de l'eau sur son visage, puis se pinça les joues pour leur redonner un peu de couleur.

Quand elle revint dans le hall qui menait au restaurant, elle se heurta quasiment à Lachlan.

— Je te repose ma question, dit-il en la prenant par les épaules pour la stabiliser. Tu es malade ?

Elle fut tentée de mentir et de reprendre son travail, mais elle redoutait un nouvel assaut.

— Je ne suis pas au meilleur de ma forme.

— OK, je te reconduis chez toi. Le temps d'aller chercher mes clés.

— Pas question ! Tu ne peux pas quitter les fourneaux. Ton second de cuisine est en congé ce soir.

Il finit par céder, mais lui enjoignit de prendre son pick-up pour rentrer et de l'appeler dès qu'elle serait chez elle.

— Entendu, promit-elle.

Il lui remit rapidement les clés, et elle s'éclipsa, fortement préoccupée. À quand remontaient ses dernières règles ? Elle n'arrivait plus à s'en souvenir, elle avait été si occupée ces derniers temps qu'elle en avait perdu le fil. À un bon mois, maintenant, ce qui signifiait qu'elle avait du retard…

Non.

Lachlan et elle avaient toujours utilisé un préservatif pour faire l'amour, elle en était quasiment certaine. C'était sans doute un nouveau symptôme prémenstruel. S'accrochant à cette pensée, elle monta dans le pick-up, mais ne put s'empêcher d'effectuer un détour par le drugstore pour acheter un test qui serait assurément négatif mais lui permettrait au moins de dormir.

Dix minutes plus tard, elle considérait un petit testeur blanc, sur le meuble de sa salle de bains, tout en sentant des sueurs froides lui couler dans le dos… Non, il était inimaginable qu'elle soit enceinte…

La dernière fois, la nouvelle avait été synonyme d'une immense joie mais, depuis, sa vie avait basculé et elle ne voulait pas d'un autre enfant. Elle commençait juste à accepter l'idée d'être belle-mère… Brusquement, elle se retourna vers les toilettes, terrassée par une nouvelle nausée, et plus terrifiée au jamais.

Lachlan appela Eliza un nombre incalculable de fois après son départ, extrêmement inquiet. Pourquoi ne lui avait-elle pas téléphoné, comme convenu, à son arrivée chez elle ? Elle ne pouvait tout de même pas avoir eu un accident, on l'aurait forcément prévenu, se disait-il en s'efforçant de se concentrer sur la cuisine. Prenant une pause de quelques minutes qu'il pouvait difficilement se permettre étant donné que restaurant fourmillait de monde, il sortit pour tenter de la joindre à nouveau. Mais il tomba encore une fois sur son répondeur. Poussant un juron, il appela sa sœur, et s'apprêtait à raccrocher quand celle-ci prit la communication.

— Salut, frérot. Que se passe-t-il ?

— Tu es chez toi ? Eliza est partie plus tôt car elle était souffrante, et je me suis dit que tu pourrais peut-être aller voir si elle va mieux.

— Désolée, je suis à Bend, chez Noah.

C'était le nom de son nouveau petit ami.

— Et Soph ?

— Elle est sortie.

Bon sang ! Pourquoi avaient-elles soudain décidé de se trouver un partenaire avec une ferveur si grande qu'il ne pouvait même plus compter sur elles en cas de besoin ?

— OK. Merci. Au revoir.

Il rentra dans le restaurant, impuissant.

Une fois les desserts servis, il passa les rênes à son barman – le plus âgé parmi le personnel présent ce soir-là –, puis il enfourcha le vélo et pédala à toute allure jusque chez Eliza.

Dix minutes plus tard, il aperçut son propre pick-up garé devant son immeuble et en éprouva un immense soulagement. Au moins, elle n'était pas tombée dans un fossé…

Il tapa le code et, deux secondes plus tard, sonnait chez elle.

— Ma chérie, c'est Lachlan.

Pas de réponse. Le cœur battant, il frappa avant de taper de toutes ses forces contre la porte qui finit par s'ouvrir.

— Tu vas réveiller tout le voisinage, dit-elle entre ses dents.

— Il y en a au moins deux qui sont sorties, et tout ce qui m'importe, c'est toi.

Il plaqua la main sur son front.

— Tu n'as pas de température, décréta-t-il. Que se passe-t-il ? Tu as un dérangement ? Tu devrais t'allonger.

Elle haussa un sourcil et s'écarta de lui.

— Je l'étais avant que tu tambourines à ma porte.

— Désolé, j'étais si inquiet. Tu avais dit que tu m'appellerais dès que tu serais chez toi.

— J'ai oublié.

Sur ces mots, elle croisa frileusement les bras autour d'elle-même.

— Peu importe. Va te rallonger. Je vais prendre soin de toi.

Et, refermant la porte derrière lui, il lui saisit le bras, mais elle le repoussa.

— Oh ! tu n'es pas facile quand tu es malade !

— Je ne suis pas malade, je suis enceinte, déclara-t-elle.

Et elle fondit en larmes.

Enceinte ? Mais comment était-ce possible ? Certes, ils avaient souvent fait l'amour, mais ils avaient toujours utilisé des préservatifs.

— Tu es certaine ? demanda-t-il quand il recouvra la voix.

— Je peux te montrer le test de grossesse positif si tu ne me crois pas, répondit-elle, chaque mot ponctué d'un sanglot.

— Mais non, inutile.

Et il eut l'impression d'être le pire des crétins.

— Décidément, ce doit être dans l'air ! ajouta-t-il pour détendre l'atmosphère, faisant référence à ces deux futures belles-sœurs.

Mais Eliza demeura insensible à sa plaisanterie ; elle accepta néanmoins cette fois qu'il la prenne dans ses bras et, lorsqu'elle y fut blottie, il s'efforça de rassembler ses pensées.

Ils avaient été heureux, ces deux dernières semaines : plus il apprenait à la connaître, plus il avait envie d'en savoir davantage sur elle. Il s'était aussi rendu compte qu'ils avaient beaucoup de choses en commun. Quand elle entrait dans une pièce, il sentait son cœur battre plus fort et, dès qu'ils étaient séparés, il comptait les heures jusqu'au moment de leurs retrouvailles.

Même s'ils n'en étaient qu'au premier stade de leur relation et qu'ils s'étaient promis de ne rien brusquer, il était certain d'une chose : il voulait passer le reste de sa vie à ses côtés. Évidemment, cette grossesse n'était pas l'idéal, mais ce n'était pas non plus la fin du monde.

— Asseyons-nous, finit-il par dire.

Elle se laissa conduire jusqu'au canapé, puis il demanda :

— Tu veux boire quelque chose ? Du soda au gingembre ?

C'était la seule chose qui calmait Linda quand elle avait des nausées alors qu'elle attendait les jumeaux.

Elle secoua la tête.

Il s'assit alors près d'elle et lui prit la main.

— Ça va aller, reprit-il.

— Je ne comprends pas comment c'est arrivé, murmura-t-elle. On a toujours été si prudents !

— Moi non plus, je ne sais pas…

Il passa une main dans ses cheveux et poursuivit :

— Écoute, Eliza, je t'aime, et ce n'est pas si grave, cette grossesse. D'ailleurs, l'idée d'un petit enfant qui sera à la fois toi et moi me fait complètement craquer.

— Tu… Tu m'aimes ?

— Oui, je t'aime, répéta-t-il avec un grand sourire.

Lui-même stupéfait de son aveu, il posa la main sur le ventre d'Eliza.

— Et j'aime déjà cette petite fille ou ce petit gars.

Aujourd'hui, tu es très fatiguée, la journée a été assommante, mais dès demain Chelsea ou Bailey te conseilleront une gynéco, tu prendras des comprimés à base d'acide folique, et si tu ralentis le rythme au travail, si tu es…

— Mais qui a dit qu'on allait le garder ?

Il cligna des yeux, confus.

— Comment peux-tu croire que cette grossesse me remplit de joie ? s'écria-t-elle en bondissant sur ses pieds.

Certes, ce n'était pas prévu, mais… Pour le coup, il n'avait pas du tout envisagé une telle réaction.

— Que veux-tu dire, au juste ?

Elle leva les mains en l'air et hurla :

— Je ne sais pas. J'ai besoin de temps. Il faut que je réfléchisse à tout cela.

— Du temps ?

À cet instant, son cœur l'élança douloureusement.

— Oui. Tu m'avais promis que tu me laisserais respirer si j'en avais besoin.

Exact ! Seulement, ces paroles s'appliquaient à Jack et aux confessions qu'elle voulait bien lui faire à son sujet ; or, la donne venait de changer, un autre bébé était désormais impliqué. Le sien, le leur, dont il ignorait l'existence même une demi-heure auparavant, mais qui était désormais une évidence pour lui.

— Cela n'a rien à voir avec Jack, déclara-t-il alors.

— Tout, au contraire ! hurla-t-elle. Écoute, je n'ai aucune envie de continuer cette discussion à cette heure-ci. Les clés du pick-up sont sur la table. J'aimerais être seule, maintenant.

Partagé entre la colère, l'inquiétude et l'effroi, il finit par se lever et plongea les yeux droit dans les siens.

— Comme tu voudras. Je rentre puisque tel est ton

souhait. Mais promets-moi de ne prendre aucune décision sans m'en parler avant.

Il lui fallut quelques instants pour répondre.

— On en reparle plus tard, concéda-t-elle du bout des lèvres.

Elle avait juste promis une discussion, rien de plus.

Prenant ses clés, il lutta contre l'envie de se retourner et de la supplier de garder l'enfant.

- 17 -

Quand l'avion atterrit à l'aéroport de JFK, Eliza n'eut pas l'impression de rentrer à la maison, mais elle ne savait pas où aller, à part à New York. Elle n'avait prévenu ni sa grand-mère ni son père, préférant un retour sans fanfare : elle n'était en effet pas certaine de ne pas s'effondrer. En outre, elle ignorait si elle allait leur parler de sa grossesse, elle savait juste une chose : il lui était impossible de rester plus longtemps à Jewell Rock.

Juste avant de décoller, elle avait envoyé un message à Lachlan pour lui indiquer qu'elle serait absente quelques jours, puis avait éteint son téléphone. Aussi à l'arrivée, quand tout le monde détacha sa ceinture, retint-elle son souffle en rallumant son téléphone… Lachlan lui avait répondu quelques secondes après l'envoi de son texto, constata-t-elle.

J'aurais aimé que tu viennes me parler.

Elle relut le message trois fois, et son cœur se serra douloureusement : elle était consciente qu'elle l'avait blessé en affirmant ne pas savoir si elle allait garder l'enfant, mais comment aurait-il pu comprendre ce qu'elle ressentait ? Devait-elle répondre ?

— Bon, vous comptez rester dans l'avion ?

Le passager assis à côté d'elle, près du hublot, montrait de toute évidence des signes d'impatience. Rangeant son portable, elle détacha sa ceinture et rejoignit la file des passagers qui s'apprêtaient à descendre.

En attendant sa valise devant le tapis roulant où une foule se pressait, elle repensa à la tranquillité de l'aéroport d'où elle avait décollé sept heures auparavant…

Assez ! se dit-elle. Et un quart d'heure plus tard, elle sautait dans un taxi. Le trajet s'effectua dans le silence après qu'elle eut signalé au chauffeur plutôt bavard et convivial qu'elle ne se sentait pas bien. En compensation, elle le gratifia d'un généreux pourboire, et il lui souhaita un prompt rétablissement en sortant sa valise du coffre.

Il y avait juste deux mois qu'elle était partie, mais elle avait l'impression d'avoir quitté les lieux depuis une éternité. Curieux… Elle frappa bien fort à la porte, au cas où sa grand-mère aurait été en compagnie d'un gentleman, mais, comme personne ne vint ouvrir, elle sortit sa propre clé. L'appartement était désert, seul le parfum de sa grand-mère y flottait et, elle avait beau l'adorer, il lui donna la nausée, de sorte qu'elle posa brutalement ses bagages par terre et se dirigea vers les toilettes.

Quand elle en ressortit, elle se servit un verre d'eau fraîche, partagée entre le regret que sa grand-mère ne soit pas chez elle pour la réconforter et le soulagement d'être seule. Au fond, elle aurait peut-être dû descendre à l'hôtel…

Et puis, soudain, toute la fatigue aussi bien physique que psychologique accumulée depuis la veille la terrassa : elle griffonna rapidement un mot à l'attention de sa grand-mère pour lui signaler sa visite surprise et le fait qu'elle dormirait sans doute d'un trait jusqu'au lendemain matin, puis regagna la chambre d'amis, qu'elle avait occupée pendant de longs mois, et s'enfouit sous la couette.

Debout devant le tableau de service, Lachlan eut envie de hurler : cinq jours qu'Eliza était rentrée à New York. Cinq jours que cette absence l'obsédait. Cinq jours qu'ils étaient en sous-effectif au restaurant.

Dans un soupir, il sortit son portable et en regarda pour la millième fois l'écran vide. Elle n'avait toujours pas répondu à son message. Elle devait tout de même être consciente du calvaire qu'elle lui infligeait ! Non seulement il ignorait s'il devait chercher ou non une nouvelle maîtresse d'hôtel, mais surtout il passait chaque heure éveillée à se demander si elle était encore enceinte.

L'idée que ce ne soit plus le cas le glaçait, sans compter qu'elle lui manquait affreusement, bien plus qu'il ne l'aurait imaginé. Il ne cessait de se reprocher d'avoir réagi trop brutalement quand elle lui avait annoncé la nouvelle, ce fameux soir. Il aurait dû faire preuve de plus de patience, comprendre quel choc elle avait ressenti en découvrant sa grossesse après avoir perdu son fils dix-huit mois plus tôt. Totalement pris au dépourvu par la nouvelle, il n'avait sans doute pas montré la délicatesse et la prudence qui s'imposaient.

Une ombre se dessina soudain sur le seuil de son bureau, et il leva les yeux, pensant qu'il s'agissait d'un employé et s'apprêtant à lui ordonner de retourner au travail sans écouter sa demande. Mais il referma bien vite la bouche : c'était son frère aîné.

En silence, Callum entra dans la pièce et referma la porte derrière lui. Il tenait à la main un des meilleurs whiskys McKinnel et deux verres.

— Eh bien, ça a l'air sérieux ! dit Lachlan. C'est une visite officielle ?

— Il s'agit plutôt d'une intervention en urgence, à

double titre : celui de ton frère plus âgé et plus avisé que toi, et celui du directeur de la distillerie.

— Je vois, marmonna-t-il, le regard fixé sur le liquide ambré que Callum versait dans les verres.

Son frère en poussa dans sa direction avant d'avaler une gorgée.

— Plutôt pas mal ! conclut-il.

Lachlan l'imita et confirma, même s'il avait l'impression que Callum n'était pas venu pour vanter leur produit et que, par ailleurs, il n'était guère en mesure d'apprécier quoi que ce soit en ce moment.

— Qu'est-ce que je peux faire pour toi ? demanda-t-il ensuite.

— Lachlan, je ne vais pas tourner autour du pot : dis-moi ce qui se passe entre Eliza et toi.

— De quoi parles-tu ?

Il avait dit à sa mère et à ses frères et sœurs qu'Eliza avait dû rentrer à New York pour une urgence dans sa famille et qu'elle reviendrait bientôt, ignorant en réalité où elle se trouvait et si elle reviendrait.

— Je t'ai dit qu'elle avait dû rentrer dans sa…

— Tu es un piètre menteur, Lachlan. Si ce départ n'affectait pas la bonne marche du restaurant je ne m'en mêlerais pas, et je dirais également à maman de s'occuper de ses affaires. Seulement, nous savons tous qu'elle n'est pas partie pour une urgence familiale. Tu erres comme un animal blessé depuis cinq jours, et ton personnel se plaint auprès de Sophie de ton attitude irascible et déraisonnable.

— Pardon ?

Son frère hocha la tête d'un air grave.

— Ton personnel n'est pas très heureux en ce moment, ce qui n'est pas bon pour les affaires.

Poussant un soupir, il avala une autre gorgée de whisky. *Perdu pour perdu*, pensa-t-il... Et il déclara abruptement :

— Eliza est enceinte.

— Ça alors ! Vous n'avez pas perdu de temps, s'exclama Callum en riant. Il faut croire qu'il y a quelque chose dans l'air. Félicitations !

— J'ai dit la même chose que toi, mais tu peux reprendre les félicitations.

Le sourire de Callum s'évanouit.

— Ah... C'est donc pour cela qu'elle est repartie à New York ? Je conçois que vous n'ayez pas prévu d'avoir un enfant si tôt mais, une grossesse, c'est toujours une bonne nouvelle, non ?

— Écoute, je ne sais même pas si elle est à New York. Tout ce que je sais, c'est qu'elle n'est plus là et que, la dernière fois que je l'ai vue, elle m'a dit qu'elle n'était pas certaine de garder l'enfant.

Callum fronça les sourcils.

— Euh... Tu veux en discuter ?

Il hésita : il avait promis à Eliza de ne parler à personne de Jack mais, en l'occurrence, il avait réellement besoin des conseils éclairés de Callum. Il se resservit un verre...

— Eliza a récemment perdu un enfant, dit-il. Elle est venue à Jewell Rock pour repartir de zéro, et il lui a fallu un certain temps pour aborder le sujet avec moi. Elle en souffre toujours terriblement.

Callum demeura d'abord silencieux, puis déclara :

— Mon enfant n'est pas encore né, mais je n'ose même pas imaginer la douleur que je ressentirais si nous le perdions... Le fait d'être enceinte a dû raviver sa...

— Je sais, l'interrompit-il. J'ai bien compris. D'ailleurs, même notre relation n'avait rien d'évident pour elle.

Mais le fait qu'elle soit partie et ne m'ait pas donné de nouvelles depuis cinq jours me tue !

— Encore une fois, j'irai droit au but : tu l'aimes ?

— Oui.

— Tu veux cet enfant ?

— Oui.

— Dans ce cas, agis en conséquence. Bouge ! La situation ne va pas se résoudre toute seule comme par miracle.

— Mais je ne peux pas aller à New York, si c'est ce que tu insinues ! Qu'est-ce que je fais des enfants ? Du restaurant ?

— Parfois, dans la vie, il faut se battre pour ce que l'on veut. Nous sommes une famille. Nous prendrons en charge les enfants et le restaurant pendant ton absence.

— Tu es certain ?

À cet instant, Callum retrouva le sourire et hocha la tête.

— Allez ! Qu'est-ce que tu attends pour réserver ton vol ?

- 18 -

J'aurais dû annuler, pensa Eliza alors qu'elle traversait Central Park afin de regagner Tavern on the Green, où elle avait rendez-vous avec Lilly.

Cette dernière avait été des plus vexée d'apprendre incidemment par sa grand-mère son retour à New York et l'avait aussitôt invitée à déjeuner pour qu'elle s'explique sur son silence.

Eliza se sentait déjà si coupable d'avoir laissé Lachlan dans le brouillard qu'il lui était impossible d'ajouter sa meilleure amie sur la liste de sa mauvaise conscience.

Cinq jours à New York ne lui avaient hélas pas permis de voir plus clair. Lachlan lui manquait affreusement, et elle regardait *Mary Poppins* en boucle pour se sentir plus proche de lui, mais l'idée de l'affronter la terrifiait. Elle espérait que ce repas et sa discussion avec Lilly l'aideraient à prendre la bonne décision, parfaitement consciente que le repli sur soi-même n'était pas une solution.

Mais pourquoi y avait-il tant de couples amoureux et de femmes enceintes partout autour d'elle ? se demanda-t-elle subitement, très agacée.

Elle comprit que ce repas était en réalité au-dessus de ses forces. Sortant son portable pour envoyer un message à Lilly et annuler leur rendez-vous, elle fit en même temps demi-tour… et se tordit le pied dans une ornière. Un cri lui échappa et, perdant l'équilibre, elle se retrouva à terre. Une petite foule s'assembla aussitôt autour d'elle.

— Ça va ? lui demanda un homme en s'accroupissant près d'elle.

— Mon téléphone ! s'exclama-t-elle.

— Le voici, dit-il.

Ouf ! C'était comme un cordon ombilical qui la reliait à Lachlan, même si elle ne s'en était pas servi depuis son retour.

— Laissez-moi passer, j'ai un diplôme de secouriste !

Cette voix très familière, qui venait de s'élever par-dessus les autres, monta subitement dans les aigus :

— Eliza ! Mais que t'arrive-t-il ?

Et Lilly s'agenouilla tout de suite près d'elle.

Jamais elle n'avait été aussi heureuse de voir son amie. Elle voulut se lever, mais éclata subitement en sanglots. Décidément, elle ne savait rien faire d'autre en ce moment.

— Oh ! Liza…

Tandis que les badauds se dispersaient, Lilly l'aida à s'asseoir, puis se mit à chercher des mouchoirs en papier dans son sac à main tout en demandant :

— Comment es-tu tombée ? Tu t'es bien entaillé le front ! Tu crois que tu peux tenir debout ? Il faut qu'on aille aux toilettes du restaurant pour que je voie si tu as besoin de points de suture ou pas.

Mais Eliza se fichait pas mal du sang qui coulait. Elle avait plaqué les mains sur son ventre, hantée par une question : l'avait-elle perdu à cause de sa chute ?

— Mon bébé, murmura-t-elle.

— Pardon ?

Lilly cligna des yeux.

— Je suis enceinte.

C'était la première fois qu'elle prononçait ces mots

devant une autre personne que Lachlan. Sa grand-mère se doutait qu'il y avait anguille sous roche, mais elle avait été incapable de le lui avouer. Comme si le fait de cacher sa grossesse allait l'annuler ! Or, à présent assise sur l'asphalte, elle venait de se rendre compte qu'elle voulait prendre le risque d'une nouvelle grossesse, et avoir cet enfant avec Lachlan. Les bras de son bel amoureux lui manquaient tant… Mais qu'allait-il se passer si elle venait de perdre le bébé ? Ce dernier penserait à coup sûr qu'elle s'en était débarrassée à dessein. À cette pensée, ses sanglots redoublèrent.

— Allons, ma chérie, dit Lilly en l'enlaçant. Calme-toi, tout va s'arranger.

Son amie l'étreignit jusqu'à ce que ses larmes s'apaisent et, après avoir appliqué une pommade antiseptique sur la plaie qui ne saignait plus, elle lui suggéra gentiment de venir chez elle.

Quelques instants plus tard, Lilly hélait un taxi, et elles arrivèrent rapidement à destination. Elle l'aida alors à se laver le visage, puis lui prêta un chemisier.

— Avec un peu de chance, tu auras une cicatrice façon Harry Potter sur le front, dit-elle pour détendre l'atmosphère.

À défaut de trouver la force de rire, Eliza lui sourit : Lilly avait toujours le don de la réconforter, même quand sa vie partait en lambeaux.

— Bon, normalement, je t'aurais proposé un verre de vin mais, étant donné ce que tu viens de me dire, un jus de fruit sera, je crois, préférable pour discuter.

Elle hocha la tête, et son amie s'éclipsa dans la cuisine.

Quand elle revint avec les boissons, Eliza déclara :

— Je ne sais pas par où commencer…

— Et si tu commençais par me dire qui est le père.

— Très drôle ! Je t'ai dit que je sortais avec Lachlan.

— Exact ! Et que tu voulais aussi prendre ton temps. Et voilà que tu m'apprends que tu es enceinte !

— Ce fut un choc pour moi aussi. Tu sais bien que je souhaitais ne plus jamais avoir d'enfant. J'ai d'ailleurs prévenu Lachlan que je n'étais pas certaine de vouloir le garder.

— Ah bon ? Tu envisages donc une IVG ?

— Je ne sais pas… L'idée d'être à nouveau mère me terrifiait et j'avais besoin de réfléchir.

Lilly lui saisit la main et l'étreignit.

— Et maintenant, tu as pris ta décision ?

Eliza aspira profondément.

— Je n'ai pensé à rien d'autre depuis cinq jours, tout était confus en moi. Je me disais que, si je gardais ce bébé, j'allais trahir Jack, et puis j'avais peur de ne pas être encore une fois à la hauteur… Or, cette chute a provoqué une sorte d'électrochoc en moi, car ma première pensée a été pour cet enfant que je porte… Et j'ai soudain compris que, indépendamment de ma volonté, je l'aimais déjà. Tout comme son père. Mon cœur déborde d'amour pour eux…

— Oh ! Eliza ! dit Lilly en lui serrant la main un peu plus fort. Ce n'est pas parce que tu aimes un autre bébé que ton amour pour Jack en sera amoindri. Tu es la femme la plus courageuse que je connaisse, et tu mérites d'être heureuse.

— Mais si Lachlan ne veut plus de moi ? S'il me tient rigueur d'avoir hésité et fui ?

— Je ne le connais pas, cependant, étant donné ce que tu m'as raconté sur lui, j'ai vraiment l'impression que c'est un homme attentionné et sensible. Répète-lui juste ce que tu viens de me confier. Je te réserve le prochain vol pour l'Oregon ?

Vingt minutes plus tard, quand elle tourna la clé dans la serrure, Eliza ne fut pas étonnée d'entendre plusieurs voix chez sa grand-mère : il ne passait pas un jour sans qu'une amie ne passe prendre un verre. Mais, brusquement, elle s'immobilisa… Avait-elle une hallucination sonore ou la voix masculine qu'elle venait d'entendre était-elle bien celle de qui elle pensait ?

Prise d'un léger vertige, elle se précipita vers le salon et poussa un cri à la vue de Lachlan tranquillement assis sur le canapé. Il lui adressa alors un timide sourire, tandis que sa grand-mère enchaînait calmement :

— Salut, ma chérie ! Je m'apprêtais à t'envoyer un texto pour t'annoncer qu'une livraison était arrivée pour toi. Ton déjeuner avec Lilly s'est-il bien passé ?

— Oui, très bien.

Mais au fait, pourquoi mentait-elle ? Aussitôt, elle ajouta :

— Euh, non, en fait, on n'a pas déjeuné. Je suis…

Et elle fut incapable d'aller plus loin, submergée soudain par une bouffée d'amour en croisant le regard de Lachlan. C'était si merveilleux de le revoir. Elle n'en croyait toujours pas ses yeux.

— Bon sang ! s'écria soudain sa grand-mère en se levant de son siège. Mais que t'es-tu fait au front ?

Lachlan bondit lui aussi pour scruter de plus près sa blessure.

— Ce n'est rien, je vous assure, dit Eliza en repoussant gentiment sa grand-mère.

— Dans ce cas, je vais faire ma promenade de l'après-midi dans le quartier, celle qui me permet de me maintenir en forme, décréta cette dernière d'un ton enjoué.

Puis elle lui étreignit le bras et sortit.

Dès que la porte fut refermée, Lachlan demanda :

— Tu es certaine que tu n'as rien ?

Eliza hocha la tête.

— Écoute, poursuivit-il, je sais que je t'ai promis de te laisser tout le temps dont tu avais besoin, mais je devais absolument te dire quelque chose qui ne pouvait pas attendre.

— Moi aussi. D'ailleurs, je revenais ici pour faire mes bagages et repartir pour l'Oregon.

— C'est vrai ? Donc tu as pris une décision ?

Elle hocha la tête.

— Oui, et je suis désolée pour le chagrin et le stress que je t'ai causés. Mais j'ai si peur de commettre à nouveau une erreur fatale.

— Ce qui est arrivé à Jack était un terrible accident, tu n'as rien à te reprocher. Je t'aime, Eliza, et je crois en toi. Les hauts et les bas de la vie, nous les franchirons ensemble. Je veux que nous formions une famille, une vraie, tous les cinq. Mais, toi, que veux-tu ?

À cet instant, elle plongea les yeux dans son regard aussi vert que sincère. Cet homme n'était pas Tyler : la vie l'avait lui aussi éprouvé mais, contrairement à son ex-mari, il avait fait face. C'était un homme profondément bon, le meilleur en fait, et elle aurait été folle de le repousser !

— Ma chute a tout remis en place dans ma tête et dans mon cœur, dit-elle en souriant. Ce bébé est une bénédiction, et toi aussi.

— C'est vrai ?

— Oui… J'allais m'envoler dans l'Oregon pour te

demander pardon et te dire combien je t'aime. Combien j'aime aussi Hallie et Hamish, et que je désire ardemment former une famille avec vous.

— C'est vrai ?

— C'est tout ce que tu sais dire ?

— Je t'aime, Eliza, et je suis si fier de toi !

Un bonheur indicible l'envahit, mais une pensée subite la traversa :

— Et le restaurant ? Qui s'en occupe ?

— Ma famille et notre incroyable personnel, répondit-il avec un sourire. Apparemment, j'étais devenu impossible à vivre pour tout le monde, et l'on m'a dit que ce n'était pas la peine que je rentre si tu n'étais pas du voyage.

Cet aveu la fit éclater de rire.

Épilogue

— Mama !

Eliza voulut bondir du lit lorsque son fils l'appela joyeusement de son berceau, mais Lachlan enchevêtra son corps autour du sien pour la retenir.

— Arrête, dit-elle en riant. Je vais juste chercher Henry et je le ramène tout de suite.

Avant qu'il n'ait eu le temps de répliquer, des rires s'élevèrent de la pièce voisine : Hallie et Hamish l'avaient devancée dans la chambre de leur petit frère, en conclut-elle. Elle se détendit instantanément et reposa la tête sur le torse de Lachlan tandis que la maison résonnait du rire des enfants…

Il n'était pas toujours de tout repos de vivre une passion torride, de veiller sur la bonne marche d'un restaurant à succès et de s'occuper de trois enfants ayant des besoins très différents, mais elle n'aurait pour rien au monde échangé sa vie contre une autre.

— À quoi penses-tu ? murmura Lachlan d'un ton suggestif, en laissant glisser les mains sur son corps.

— Aux pancakes que tu vas nous préparer pour le petit déjeuner !

— Très bien… Mais tu me revaudras cela ce soir, au lit ?

— Marché conclu !

Et elle jeta un coup d'œil aux photos encadrées sur sa

table de nuit. Jack n'y trônait désormais plus seul, mais en compagnie de ses trois autres enfants qui étaient devenus tout son monde et, avec leur père, lui avaient donné une véritable nouvelle raison de vivre.

Ils avaient loué un appartement en ville, en attendant que Mac et son équipe finissent leur maison, près de la distillerie. À la naissance de Henry, Lachlan l'avait demandée en mariage : elle était consciente qu'il avait patienté tout ce temps pour ne pas lui donner l'impression de précipiter les choses entre eux, même s'il avait affirmé en plaisantant avoir attendu qu'elle retrouve ses esprits pour obtenir la bonne réponse. Ils avaient organisé une cérémonie en toute simplicité à la distillerie, entourés de leurs familles et amis, puis ils étaient partis en lune de miel à Disneyland avec les trois enfants, car elle aurait été incapable d'en confier la garde à quiconque.

Il lui arrivait encore de paniquer quand elle laissait leur bébé à sa grand-mère ou à l'un de ses oncles et tantes ; cependant, son travail lui plaisait énormément et, avec le temps, cette séparation devenait plus facile. Grâce à la patience de Lachlan et à l'aide de sa psychothérapeute, elle parvenait à maintenir sa douleur à distance, tout comme sa culpabilité et ses peurs. La dernière chose qu'elle voulait, c'était faire peser le poids de son passé sur Henry.

— Maman, c'est l'heure de se lever ! déclara Hallie en entrant dans leur chambre, Henry sur la hanche et Hamish sur les talons.

— Rassure-toi, je suis réveillée ! Comment pourrais-je dormir avec le raffut que vous faites ?

Et elle éclata de rire quand Hallie lui donna Henry et se laissa tomber lourdement sur le lit à côté d'eux.

— Dé-solé, dit Hamish d'un air penaud.

— Je plaisantais, répondit-elle en lui souriant. Viens m'embrasser.

Et elle crut que son cœur allait éclater de bonheur avec ses trois enfants réunis autour d'elle, tandis qu'elle entendait Lachlan ouvrir des placards en bas : le petit déjeuner était en bonne voie !

Lorsque celui-ci vint les prévenir que les pancakes étaient prêts, Henry riait de bon cœur devant les grimaces que lui faisaient depuis un moment son frère et sa sœur.

— On dirait qu'on s'amuse bien, par ici ! Le petit déjeuner est servi !

— Super, je meurs de faim ! s'exclama Hallie.

Et elle se précipita hors de la chambre tandis que Hamish se dépêchait de la suivre, Henry devant se contenter de leur jeter un regard envieux.

Eliza croisa alors les yeux de son mari et sourit.

— Quand celui-ci saura marcher, les ennuis commenceront. Il voudra les copier en tout.

Lachlan hocha la tête et prit Henry dans ses bras :

— Tu as raison, mais je ne voudrais pas qu'il en aille autrement. Et maintenant, tu viens ? Ou Madame préfère-t-elle qu'on lui serve son petit déjeuner au lit ?

— Pourquoi pas, au fond ?

Elle fit mine de réfléchir, avant d'éclater de rire.

— Mais non, j'arrive ! Je préfère.

Quelques instants plus tard, elle était assise autour de la table avec les personnes qu'elle aimait le plus au monde. Famille, nourriture et rires ! pensa-t-elle en les regardant tour à tour. Tels étaient les ingrédients les plus simples et les plus fiables pour vivre heureux.

Retrouvez prochainement,
dans votre collection

PASSIONS

Le secret de Harper, de Charlene Sands - N°983

Série : Secrets et scandales 1/2

Harper n'a pas le choix : prise dans la tourmente d'un scandale lié à une émission de télé-réalité, elle doit fuir au Texas. Alors qu'elle se cache incognito dans le chalet d'une amie, la voilà contrainte de cohabiter avec le frère de cette dernière. Aussitôt, entre Cade Tremaine et elle, le désir est palpable. Or Harper est forcée de lui résister, car il ignore tout de son identité secrète...

Fiancée à un play-boy, de Charlene Sands

Série : Secrets et scandales 2/2

Si Gianna accepte de jouer le rôle de la fiancée de Gage Tremaine, c'est uniquement pour lui permettre de redorer son image auréolée de scandale. Mais, prise au jeu, elle finit par succomber à la séduction de cet homme durant une nuit de passion. Seulement alors, Gianna comprend qu'elle a commis l'erreur de tomber amoureuse de lui...

Par une nuit de tornade, de Joanne Rock - N°984

Lorsque Valencia rencontre Lorenzo autour d'un projet de refuge pour chevaux, elle est tout de suite attirée par l'homme d'affaires. Aussi, quand à la faveur d'une tornade ils se retrouvent coincés toute une nuit sous le même toit, cède-t-elle à la tentation entre ses bras. Hélas, au lendemain de leur folle étreinte, ils se quittent froidement, et Lorenzo rappelle à Valencia sa règle d'or : on ne mélange *jamais* travail et plaisir...

Une famille pour Keely, de Christine Rimmer

Toute sa vie, Daniel Bravo a fait face à de lourdes responsabilités. Mais, lorsqu'il se retrouve à devoir élever seul ses adorables jumeaux, il sait qu'il a besoin d'aide – et vite. Vient heureusement à la rescousse Keely, qui adore ses enfants... mais ne l'apprécie guère ! Parce qu'ils se supportent à peine, Daniel est le premier surpris par les sentiments qu'elle éveille en lui...

Le bébé de l'espoir, de Janice Maynard - N°985

Cammie est sous le choc lorsqu'elle croise Drake, deux ans après leur douloureuse rupture. Plus incroyable encore, voilà qu'ils découvrent ensemble un bébé abandonné ! Aussitôt, Cammie décide de s'occuper du nourrisson, tandis que Drake propose de les héberger chez lui. Une situation qui ne manque pas d'ironie : s'ils ont rompu, c'est justement parce que Drake ne voulait pas d'enfants dans sa vie...

Une héritière au défi, de Nancy Robards Thompson

Alors qu'elle pensait hériter de l'entreprise familiale, Maddie est sidérée d'apprendre qu'elle devra se battre pour décrocher le poste de P-DG ! Pire, son rival n'est autre que Zach McCarter, l'homme dont elle est secrètement amoureuse. Un défi de taille pour Maddie, qui doit rester professionnelle tout en travaillant en étroite collaboration avec Zach...

Le retour de son premier amour, de Joss Wood - N°986

Série : Les héritiers de Moonlight Ridge 1/3

Molly est bouleversée. Quinze ans après son départ précipité, Mack Holloway est de retour à Moonlight Ridge, le complexe hôtelier de son père ! Devenue gérante du domaine, voilà Molly contrainte de collaborer avec son amour de jeunesse, qui l'a quittée sans la moindre explication, afin de donner un nouveau souffle à ce lieu chargé de souvenirs et qui les lie bien malgré eux...

Une idylle impossible, d'Anna DePalo

Mia Serenghetti doit à tout prix trouver un cavalier pour le grand gala de la saison. Son unique option ? L'arrogant Damian Musil, dont la famille est rivale de la sienne depuis toujours. Bientôt gagnée par un désir inattendu pour Damian, Mia est assaillie de scrupules : risquera-t-elle sa réputation et celle des Serenghetti pour explorer avec lui leur intense attirance ?

Un enfant de son rival, de Jules Bennett - N°987

Enceinte ? Eve sent une panique irrépressible la gagner. Cet enfant est celui de Graham Newport avec lequel elle a partagé une nuit inoubliable. Or, s'il est l'homme le plus parfait que la terre ait jamais porté, il est surtout l'héritier du clan ennemi de sa propre famille... Ne devrait-elle pas garder pour elle son tendre secret pour protéger le fruit de cet amour défendu ?

Un amour défendu, de Sarah M. Anderson

Josh Calhoun est de retour en ville... Et il vient de l'inviter à dîner. Bouleversée, Lucinda ne sait que lui répondre. Certes, Josh, dont elle était secrètement amoureuse au lycée, est encore plus séduisant que dans ses souvenirs. Mais elle n'a pas le droit d'être troublée par son charisme et son sourire étincelant. Car il n'est autre que le plus proche ami de son mari aujourd'hui disparu...

Un ennemi à charmer, d'Andrea Laurence - N°988

Georgia est abasourdie. Carson Newport, son patron, vient de lui demander de séduire Sutton Winchester, leur plus grand rival... Bien sûr, Georgia est toute dévouée à son entreprise, mais il est absolument hors de question qu'elle se prête à ce jeu mesquin ! C'est décidé : dès demain, elle démissionnera. Et tant pis si cela signifie ne plus jamais revoir Carson, l'homme qui fait battre son cœur en secret...

Envoyée par le destin, de Michelle Celmer

Jason est habitué à ce qu'on le confonde avec son frère jumeau. Or, quand une séduisante inconnue s'évanouit en l'apercevant, il comprend qu'il s'est passé quelque chose de grave. En effet, il apprend non seulement que son frère est récemment décédé, mais aussi que Holly était son épouse ! Plus incroyable encore, elle est la jeune maman d'adorables jumeaux...

HARLEQUIN PASSIONS